COLLECTION FOLIO

Marcel Aymé

Les tiroirs
de l'inconnu

Gallimard

© *Éditions Gallimard,* 1960.

Né à Joigny dans l'Yonne, en 1902, Marcel Aymé était le dernier d'une famille de six enfants. Ayant perdu sa mère à deux ans, il fut élevé jusqu'à huit ans par ses grands-parents maternels, qui possédaient une ferme et une tuilerie à Villers-Robert, une région de forêts, d'étangs et de prés. Il entre en septième au collège de Dole et passe son bachot en 1919. Une grave maladie l'oblige à interrompre les études qui auraient fait de lui un ingénieur, le laissant libre de devenir écrivain.

Après des péripéties multiples (il est tour à tour journaliste, manœuvre, camelot, figurant de cinéma), il publie *Brûlebois*, son premier roman, aux Cahiers de Poitiers, et en 1927 *Aller-retour* aux Éditions Gallimard, qui éditeront la majorité de ses œuvres. Le prix Théophraste-Renaudot pour *La table aux crevés* le signale au grand public en 1929; son chef-d'œuvre, *La jument verte*, paraît en 1933. Avec une lucidité inquiète il regarde son époque et se fait une réputation d'humoriste par ses romans et ses pièces de théâtre : *Travelingue* (1941), *Le chemin des écoliers* (1946), *Clérambard* (1950), *La tête des autres* (1952), *La mouche bleue* (1957).

Ses recueils de nouvelles, comme *Le nain* (1934), *Les contes du chat perché* (1939), *Le passe-muraille* (1943), font de lui un des maîtres du genre. Marcel Aymé est mort en 1967.

I

Je m'appelle Martin. J'ai vingt-huit ans. Un jour que je rentrais chez moi sans être attendu, j'ai trouvé mon frère et ma fiancée couchés dans mon lit, endormis dans les bras l'un de l'autre. Dans le moment, j'ai pu prendre sur moi et, sans éveiller personne, je suis sorti pour aller considérer la situation dans la rue. Ayant descendu un étage, je me suis trouvé, sur le palier du cinquième, nez à nez avec Chazard, un locataire irascible qui se plaignait quotidiennement qu'on fît trop de bruit au-dessus de sa tête. Chazard m'a entrepris avec son habituelle véhémence et, me voyant qui filais sans vouloir l'entendre, il a tenté de me retenir par le flottant de mon veston. Ça a été le réveil de la bête. Je suis revenu sur lui, je l'ai frappé à la mâchoire et, sur un dur coup de pied qu'il venait de me porter au tibia, je l'ai fait basculer par-dessus la rampe dans la cage de l'escalier. Il a poussé un hurlement que tous les locataires de l'immeuble ont dû entendre et il est mort en arrivant au rez-de-chaussée, la tête éclatée sur les dalles.

Les médecins ayant procédé sur ma personne à un examen mental et conclu à une responsabilité atténuée, je n'ai été condamné qu'à deux ans de prison. J'en suis sorti un matin d'octobre et l'après-midi du même jour, vers six heures, j'ai rencontré Tatiana Bouvillon sous les arcades de la rue de Castiglione. Je marchais peureusement, le dos rond, la tête basse, me semblant que chacun des passants reconnût en moi un homme qui sortait de prison et peut-être un assassin. Cette sensation, il paraît que les hommes l'éprouvent ordinairement durant leur premier jour de liberté, les femmes plus rarement. C'est Tatiana qui m'a vu la première et qui est venue à moi, les bras tendus, en faisant retentir mon nom sous la voûte avec une grande voix sonore. J'en ai eu un coup de panique et j'ai pensé à m'enfuir, mais déjà elle était sur moi et m'embrassait d'un élan brutal.

— Alors, c'est vrai ? tu es sorti ? quand ?

— Ce matin, ai-je répondu dans un murmure, en évitant de la regarder aux yeux.

Alors seulement, elle s'est avisée de mon attitude contractée, de mon regard fuyant qu'elle mettait au compte, m'a-t-elle dit plus tard, de la contrition et de la honte. Elle m'a étreint encore un grand coup en criant mon pauvre chéri et m'a donné une robuste claque dans le dos pour me faire descendre mes remords dans les talons. Les passants s'intéressaient aux démonstrations de cette belle personne, certains même ralentissaient le pas pour en voir et en savoir davantage. Je n'avais du reste pas besoin de leurs regards pour sentir ce que pouvait avoir de surprenant mon tête-à-tête avec Tatiana. Sur ses talons aiguilles, elle était plus grande que moi de près de dix centimètres, et le mouvement de son corps dans un tailleur très bien coupé, ses cheveux roux comme négligemment noués sur le haut de la nuque en torsade gépide, sa grande bouche rieuse et ses yeux hardis, tout en elle jurait avec ma personne. Trapu, lourd des épaules et lourd du train, la figure mal avenante, avec ça pas bien habillé, j'avais l'allure d'un marchand de marrons. Je l'ai encore, je l'aurai toujours, même vêtu très convenablement. J'ai dit à Tatiana :

— Je suis content de t'avoir vue, mais mon frère m'attend. A bientôt.

Pourtant, j'aurais aimé rester auprès d'elle, lui parler longuement. De deux ans plus jeune que moi, elle était née dans la maison où j'ai toujours vécu et y avait demeuré jusqu'à l'âge de treize ans. Pendant ma détention préventive, elle était entrée en relations avec mon avocat et m'avait rendu visite plusieurs fois. Mais j'étais sur des charbons. Deux vieilles Anglaises, qui sortaient d'une boutique, m'ont toisé avec mépris et férocité, comme indignées de ma présence dans un quartier élégant.

— Martin ! Martin !

Je m'étais mis à courir comme un dératé, sans tourner la tête, affolé par les mauvais regards des passants et néanmoins conscient de l'absurdité de ma conduite. Du reste, il m'est apparu très vite que le fait de prendre ainsi mes jambes à mon cou ne pouvait manquer d'attirer sur moi l'attention des gens. Courir pouvait déjà passer pour suspect, mais de ce que j'avais à la main une mallette, celle avec laquelle j'étais sorti de prison, il devenait évident aux regards les moins prévenus que j'étais un voleur (surpris en train d'opérer, je n'avais eu que le temps de fourrer dans la mallette le produit de mon larcin et je m'enfuyais à toutes jambes). Je me suis arrêté pile. Je n'osais pas bouger. Je sentais que tout ce qu'il y avait au monde était contre moi et je n'attendais plus que le coup de grâce, l'estocade du destin. Alors, Tatiana, qui m'avait rejoint, a passé son bras sous le mien.

— Je rentre à la maison. Je voulais acheter une agrafe que j'ai vue hier dans une vitrine, mais tout bien réfléchi, je crois que ma robe sera aussi bien sans agrafe. Martin, j'ai été moche. En deux ans, je n'ai pas trouvé le moyen d'aller te voir et je te l'avais promis. Et des siècles sans t'écrire. Tu m'en veux ?

J'ai serré sa main dans la mienne. Elle m'a entraîné vers la chaussée sans lâcher mon bras et pour être plus sûr que je n'allais pas encore détaler, elle s'est emparée de ma mallette.

— J'ai des excuses. J'ai beaucoup travaillé et pour n'arriver à rien. Je t'emmène à la maison. Ce soir, je dîne chez une amie, mais j'essaierai de rentrer tôt et même si je rentre tard, je te réveillerai pour bavarder un peu. On a pas mal de choses à se raconter. Rien qu'en ce qui me concerne...

Nous étions arrêtés au bord du trottoir. Tatiana s'est interrompue, a ôté son gant et, deux doigts dans la bouche, a sifflé un grand coup qui a fait ralentir vingt voitures et stopper un taxi de l'autre côté de la rue. Elle m'a regardé du coin de l'œil en souriant pour me rappeler que je lui avais appris, entre autres choses, à siffler avec deux doigts. Nous avons traversé au petit trot et grimpé dans la voiture. Reprenant le fil :

— Naturellement, a-t-elle dit, tu ne sais pas que j'ai été recalée à l'agrégation. Oui, deux années de suite. Quelle vie de chien j'ai pu mener pendant ces deux ans, tu n'imagines pas. Professeur de math dans une institution libre, cinq heures par jour, plus les leçons particulières, les copies à corriger et la nuit, jusqu'à trois et quatre heures, le travail de l'agrégation. J'ai beau être un cheval, je finissais par me crever. Tu ris ?

Si j'ai ri, ç'a été sans m'en rendre compte. Dans ce fond de taxi bien clos, où je retrouvais un peu de la prison qui me manquait encore, je n'avais plus ce vertige d'insécurité qui m'avait, des heures durant, torturé dans la rue. La foule qui se pressait sur les trottoirs n'était plus qu'un grand remuement hostile, méchant, mais solidement endigué et sans danger pour moi. Pourtant, une fois, j'ai eu un retour de panique.

Stoppé par un agent, le taxi avait freiné en mordant sur un passage clouté et d'énormes grappes de piétons déferlaient sur la chaussée, débordaient entre les voitures, sautaient autour de nous, et je me souviens d'une femme à tête de lézard qui s'est arrêtée une seconde, le nez à la vitre, pour fouiller du regard l'intérieur du taxi.

— Les math, j'en avais jusque-là, poursuivait Tatiana. Je m'étais hypnotisée sur l'agrégation parce que c'était le diplôme des diplômes et aussi la sécurité, une longue carrière tranquille, la retraite... mais oui, la retraite. C'est mon côté prudence, caisse d'épargne, je suis la fille de la steppe et du petit employé à moustaches. Mais repiquer une année dans les mêmes conditions, c'était au-dessus de mes forces. Bien sûr, j'aurais pu entrer dans l'enseignement de l'Etat pour débuter à Sainte-Menehould. Merci. Alors, j'ai tout envoyé dinguer. Je suis mannequin chez Orsini. Note que le métier n'est pas de tout repos.

Tatiana m'a longuement entretenu des avantages et des servitudes de son nouveau métier, ne parlant d'elle que pour n'avoir pas à parler de moi. Elle jugeait que le moment n'était pas venu d'aborder un sujet épineux, qu'il y fallait une préparation et un climat convenable. Mais bloqués dans un embouteillage en deçà de la place Clichy, comme elle était lasse de se raconter, c'est moi qui ai changé de conversation.

— Tout à l'heure je t'ai dit que mon frère m'attendait. Ce n'était pas vrai.

— Tu n'as pas besoin de me le dire.

— Est-ce que tu l'as vu ?

— Il y a six mois, je l'ai rencontré un soir à Montparnasse. Il m'a dit qu'il venait de faire une demande à la S.N.C.F. pour une place de garde-barrière.

Elle a pris un temps et ajouté d'une voix dure :

— J'ai eu la surprise d'apprendre qu'il n'était jamais allé te voir, qu'il n'avait répondu à aucune de tes lettres. Il en a d'ailleurs convenu sans la moindre gêne.

— Michel est comme ça. Négligent, paresseux. Au fond...

— Au fond, ton frère est une ordure. Quoi ? Mais pauvre imbécile, sais-tu que depuis deux ans, Michel habite avec Valérie ? Après tout, il fallait bien que tu l'apprennes. Alors, c'est tout ce que ça te fait ?

Tatiana ignorait la découverte qu'avant le meurtre de Chazard j'avais faite des deux amants endormis. Je n'avais mis personne au courant, même pas mon avocat. La rue était maintenant désembouteillée et notre taxi arrivait en haut de la montée. Il s'était mis à pleuvoir. Le nez à la vitre, je regardais la pluie dans les lumières de la place Clichy en pensant à Michel, à l'existence végétative à laquelle il s'était probablement condamné en vivant avec Valérie. Je sentais sur moi le regard sévère de Tatiana qui résistait à l'envie de me secouer. Le taxi nous a déposés rue Eugène-Carrière et nous avons monté six étages à pied. Sur le palier du troisième, Tatiana m'a imposé une halte et, me prenant la main, m'a demandé à mi-voix :

— Dis, Martin, j'espère que tu n'es pas assez bête pour avoir du remords de ce qui est arrivé à Chazard ?

— Oh ! non.

La réponse m'est venue si naturellement qu'après coup j'ai éprouvé un sentiment de gêne et le besoin d'atténuer l'effet de mes paroles. A vrai dire, je n'ai jamais eu de remords, mais seulement de la compassion pour ma victime et le vif regret d'un mouvement de colère qui lui avait été fatal. Pas plus le jour que la nuit le fantôme de Chazard n'est venu me tourmenter. En revanche, je me suis beaucoup inquiété de cette atonie de ma conscience et je crois pouvoir l'expliquer, étant entendu que mes raisons ne sauraient être des excuses. Les circonstances de mon crime m'ont toujours paru rassurantes, car j'ai à peu près la certitude de n'avoir pas voulu tuer. Le fait que Chazard était âgé de cinquante-neuf ans aura également contribué à me tranquilliser. Quoi que je fasse pour m'en défendre, j'ai toujours eu le sentiment qu'à partir de cinquante ans, la place des vieilles personnes n'est plus sur cette terre où elles n'ont à nous offrir que la vue de leur laideur physique et de leur usure morale. Enfin, Chazard avait été en prison pendant huit mois, de septembre 44 à avril 45 et les fifis qui étaient venus l'arrêter l'avaient battu et couvert de crachats. Sans doute était-il innocent puisqu'un non-lieu avait mis fin à sa détention, mais les coups, les crachats, le hasard obscur qui l'avait fait emprisonner, me le rendaient, contre toute justice, suspect et malpropre. Avant comme après le crime, je me suis souvent appliqué à rétablir la vérité, à la fixer dans mon esprit, mais je n'ai jamais pu faire que l'image de Chazard ne soit pas celle d'un être répugnant. A cet égard, mes sentiments ont eu l'approbation de Tatiana qui s'est hautement félicitée de « l'accident ».

— Tu sais que c'était un vieux cochon. Quand j'étais gamine, que je le rencontrais dans l'escalier, il essayait toujours de fourrer sa main sous mes jupes. C'est arrivé vingt fois.

J'ai été content d'apprendre que Chazard était un vieux cochon. Ainsi se trouvait justifiée, légitimée, mon aversion pour lui.

Quand nous sommes entrés dans l'appartement, madame Bouvillon, à genoux sur le parquet de la salle à manger, lisait un livre. C'était une femme de plus de cinquante ans ne ressemblant en rien à sa fille. Son visage s'était empâté, mais il ne semblait pas qu'elle eût été d'une beauté remarquable et en fait, aussi loin que je remonte dans mes souvenirs, je ne me rappelle pas l'avoir connue jolie. elle avait un regard doux et bienveillant et parlait calmement, avec simplicité, en se laissant aller à tous les détours de sa pensée. Elle s'est levée pour nous accueillir et lorsque Tatiana lui a rappelé qui j'étais, son visage s'est éclairé, mais sans qu'elle m'ait reconnu ni que le nom de Martin ait rien éveillé dans sa mémoire. Toutefois, ma présence lui a semblé des plus naturelles.

— Je suis contente que vous soyez là, a-t-elle dit à Tatiana, c'est aujourd'hui l'anniversaire de la mort de ton pauvre père.

— Mais non, qu'est-ce que tu racontes ? Je te l'ai déjà dit vingt fois, papa est mort un 17 juillet.

Madame Bouvillon a admis le fait, mais est restée sur sa première impression.

— Pauvre homme. C'est si triste de mourir en hiver quand il tombe une pluie froide. Il y a ce cercueil qui descend dans une terre mouillée et le cœur se serre en pensant au corps déjà si froid. Le jour qu'il est venu à moi, en 1919, près des Galeries Lafayette, c'était aussi un jour de pluie. Adrien avait un bel uniforme de lieutenant ou plutôt, non, adjudant. Oui, je crois adjudant. Il était un héros et il portait tant de décorations, une médaille jaune, surtout...

— La médaille militaire.

— Oui, militaire. Je l'ai perdue dans le déménagement de la rue des Dames ou dans celui de la rue d'Alésia. Il était venu à moi et je trouvais si charmant d'aborder dans la rue une pauvre jeune fille exilée, mais la première chose que je lui ai dite, c'était un mensonge. Il s'étonnait de m'entendre, Russe, parler le français si bien et moi, la fille du petit marchand de drap de Kharkov, usurier un peu, je lui ai dit que dans toutes les grandes familles de Russie c'était ainsi et que mon père était comte. Peut-être que Dieu me soufflait un mensonge utile. Adrien, qui pensait à m'emmener dans un hôtel, n'y a plus pensé quand il a su que j'étais la fille d'un comte. Toute sa vie, il a été si fier de moi, je n'ai pas osé le détromper.

— Maman, ne rase pas Martin avec l'histoire de ton mariage. Prépare le dîner.

Pendant que sa mère se rendait à la cuisine. Tatiana m'a fait entrer dans sa chambre, une très petite pièce meublée en bois blanc. Au mur, il y avait une photo de Katia, sa sœur aînée, tué en 40 sur les routes de l'exode par une balle de mitrailleuse. Le souvenir que j'avais de la jeune fille était voilé par l'idée de sa mort, qui m'imposait une image sévère, celle d'une figure dont le destin tragique, avant de s'accomplir, l'aurait marquée dès sa naissance. Pendant que je regardais le portrait, Tatiana se déshabillait derrière moi et j'étais un peu troublé de cette proximité. Dans le verre qui protégeait la photo, je voyais bouger, sans pouvoir la distinguer, le reflet de sa nudité. Je me disais que si je me retournais tout à coup et si j'appuyais mon visage sur son corps, elle ne m'en voudrait pas.

— Tu peux te retourner, je suis en peignoir. A propos, Christine essaie de me marier.

— Christine ?

— La comtesse de Rézé, chez qui je dîne ce soir. Elle était mannequin avec moi chez Orsini, elle a épousé son Rézé au printemps et figure-toi qu'elle s'est mis en tête de me marier dans les mêmes parages. Pas mon genre. Devenir un bel objet dans la maison d'un monsieur très bien, non, merci. Pourtant le mariage me fait très envie. Ce que j'aimerais, c'est un homme avec qui travailler, entreprendre une chose difficile qui exige de la volonté, de la patience, et même de renoncer à tout ce qui ne serait pas cette chose-là. Toi, bien sûr, tu n'as rien à me proposer de pareil, mais tu es tout à fait le type : un bûcheur, comme moi, un obstiné. Si tu en avais envie, je me marierais bien avec toi.

— Tu te fous de moi.

— Attends-moi là. Je vais à la cuisine. Dans l'appartement, rien n'a été prévu pour se laver. On fait sa toilette sur l'évier.

J'ai encore donné un coup d'œil à la photo de Katia. Entre le lit et la fenêtre, il y en avait une autre, celle de Tatiana à l'âge de treize ans, un visage maigre, volontaire et presque garçonnier en dépit des cheveux qui tombaient aux épaules. Elle avait dû être prise un peu avant la mort de son père, pendant l'occupation. A l'hôpital où il avait été transporté après l'accident qui devait lui coûter la vie, il avait dit à l'enfant : « Je te confie ta mère. » Quittant l'école aussitôt, elle avait été emballeuse, livreuse à bicyclette, femme de ménage, plus tard dactylo, sans cesser de poursuivre ses études, le soir à la maison. L'ayant aidée pendant deux ans dans ses travaux scolaires, j'avais pu admirer sa force de caractère, la conscience de ses responsabilités envers sa mère et envers soi-même. Quand il m'a fallu interrompre mes études pour gagner ma vie et m'occuper de mon jeune frère, nos rencontres se sont espacées, je ne la voyais plus que de loin en loin, toujours laborieuse, tendue par la lutte, ne prenant pas le temps d'être jolie. Aussi son nouveau métier de mannequin qui m'apparaissait plutôt frivole, sa métamorphose et surtout cette vacance d'esprit si contraire à tout ce que je savais d'elle, m'avaient-ils surpris et déçu, comme si Tatiana était en train de renoncer à ce qu'il y avait en elle de meilleur. Elle est revenue de la cuisine et je me suis encore tourné au mur pendant qu'elle passait une robe. En se faisant les yeux devant un miroir accroché à l'espagnolette de la fenêtre, elle s'est livrée à un examen rapide des problèmes que posait pour elle le mariage et s'est même laissée aller à des confidences sur sa vie sentimentale. Trop attentive à ses cils pour bien surveiller ses paroles, elle était sincère, comme se parlant à elle-même et les yeux dans les yeux.

— Sans me donner de coups de pied, je ne vois pas tellement de femmes qui soient aussi bien que moi. Pourtant mon expérience de l'amour est plutôt courte. Quand je travaillais comme une brute, je n'avais pas trop le temps d'y penser. L'amour, c'était pour moi une futilité, une fioriture que je m'accordais de loin en loin. Dès mes dix-huit ans, j'avais résolument écarté les jeunes gens qui sont tout le temps dans vos jupes et ne pensent qu'à vous prendre votre temps. Les hommes mûrs me convenaient mieux. Ils ont leurs affaires, leurs amis, ils ne tiennent pas à une présence assidue. Les femmes sont pour eux comme un parfum, il en faut peu. Je crois aussi qu'ils ont peur, en les voyant trop souvent, de s'en lasser. Devenue mannequin, mon point de vue avait changé. J'avais du temps, je commençais à savoir m'habiller, les hommes se retournaient sur moi. J'ai souhaité vivre une grande aventure d'amour, un roman, quoi. Je voulais un homme jeune, beau, ardent qui n'aurait respiré que pour moi. Je l'ai eu. Beau comme un archange et suave et frénétique, abîmé dans la passion, dans l'amour total. Je l'ai liquidé la semaine dernière après lui avoir flanqué une trempe. Je n'en pouvais plus. Ces grands amours passionnés, ces moiteurs, ces orages, ces trémulences, ça me faisait mal au cœur. L'amour et rien que l'amour, ça me fait l'effet d'une horrible machine qui tourne à vide. Pendant l'occupation, au printemps de 44, pour gagner deux cents francs, j'étais allée à Vendôme livrer cinquante douzaines de paires de bretelles et au retour, le train est tombé en panne dans la campagne, j'ai vu une femme attelée à la charrue. Elle se foutait qu'on la regarde. Penchée en avant et la bricole lui meurtrissait les seins, elle faisait une grimace qui lui tordait la mâchoire. Et l'homme, la tête dans les épaules, tenait les mancherons de la charrue qu'il essayait de pousser tout en traçant son sillon. Il a crié : « Jeanne ! » Ils se sont arrêtés pour reprendre haleine, ils se sont regardés et ils ont regardé le travail qu'ils avaient déjà fait. La sueur brillait sur leurs visages. Ils ont recommencé à ouvrir la terre. J'ai souvent pensé à eux avec envie. Vois-tu, Martin, l'amour, c'est pas les genoux qui se dérobent, ni les pâmoisons ni les hauts gueulements ni l'ineffable des trente-six infinis. L'amour, le vrai, c'est la charrue.

J'ai dit : « Oui, sûrement », sans être sûr de rien. Tel qu'il était posé, le problème me dépassait, en tout cas me prenait au dépourvu. Pendant qu'elle soulignait ses sourcils d'un trait de crayon, j'ai réfléchi et je me suis repris.

— Franchement, j'ai dit, ton amour à la charrue, ça me fera jamais sortir les yeux de la tête. Mets-toi à ma place, pense à ce qui m'attend : des heures de bureau ou d'usine jusqu'au bout de la bête, des soucis étroits et en plus, toutes les tracasseries promises à un assassin. Tu comprendras que l'amour, je veuille plutôt le tenir à l'abri de la vie, en faire un joli bouquet de rose que je puisse renifler à l'écart, dans le secret, pour oublier justement l'héroïsme du quotidien.

— Ce que tu ferais bien d'oublier en premier lieu, c'est l'affaire Chazard et ce qui s'en est suivi. Si tu te mets en tête que tu es un être à part, tu ne sortiras jamais de prison. La belle affaire d'avoir tué un homme. Ce n'est pas ce qui empêche de vivre. Ce n'est surtout pas une raison d'avoir peur de l'amour. Comment trouves-tu ma robe ? C'est la patronne qui me l'a prêtée pour ce soir.

C'était une robe noire, un fourreau qui la prenait sous le menton. Je crois me rappeler un froncé en forme d'éventail, mais je ne sais plus s'il était à la taille ou en bas du ventre.

— Elle te va vraiment bien.

— Ce qui m'embête, c'est mon manteau. Il est d'un tarte. Heureusement, Janick m'a prêté une veste qui n'est peut-être pas de saisons, mais qui ne me donnera pas l'air ridicule. Pour cet hiver, je dois dire que la question du manteau me préoccupe. Ne me dis pas que c'est idiot, qu'on n'a pas le droit de donner tant d'importance à des histoires de chiffons, je le sais et comment une femme se marie ou se fait putain. Bonsoir. A tout à l'heure.

Le potage était brûlé, l'omelette trop salée et le vin avait un goût de bouchon. Madame Bouvillon, qui continuait à célébrer la mémoire de son défunt, ne s'apercevait de rien et mangeait avec un solide appétit.

— ... Une fois, une seule fois, je me suis cachée pour aller regarder Adrien à la Samaritaine. Il était chef de rayon à la passementerie et avec les clientes, toujours aimable, toujours un sourire, mais si dur, j'ai trouvé, avec les pauvres vendeuses qui restaient debout du matin au soir pour gagner si peu, si peu qu'elles vivaient tout juste. En rentrant chez nous, j'ai pleuré, j'ai eu honte d'être la femme d'un chef de rayon qui était dur avec des filles pauvres. J'aurais dû me dire que le métier l'avait façonné, un métier que peut-être il n'avait même pas choisi. Pourtant il y avait dans son service une jolie fille prénommée Fernande, et avec elle, il n'était pas dur, parce qu'il couchait avec elle. Je sais qu'Adrien me trompait assez souvent. Et moi, jamais, sauf quelquefois, mais c'était pour me rendre compte.

Le chef de rayon m'avait laissé un vif souvenir. Je n'avais fait que le rencontrer dans l'escalier ou dans la loge de la concierge, mais suffisamment pour admirer sa prestance, son noble port de tête, sa belle voix grave et l'évidente certitude qu'il avait de sa supériorité sur les autres locataires. Tout enfant, j'avais entendu dire qu'il était Croix de feu et la tragique fulgurance d'un mot pour moi inexplicable lui conférait à mes yeux un prestige presque magique. Et puis, il y avait eu l'algarade avec Chazard sur le palier du premier où il avait eu le dernier mot : « Monsieur, je n'ai pas à entendre les raisons d'un paltoquet qui a fait la guerre dans l'Intendance, et je vous avertis que dorénavant, j'y répondrai en m'adressant à vos fesses d'une manière qui les tiendra au chaud. » Commentant ces paroles magnifiques, papa, qui lui aussi était un peu cornichon, nous disait à mon frère et à moi : « On peut discuter Bouvillon. C'est quand même un homme qui a l'aristocratie dans le sang et en politique, des vues d'une profondeur pas ordinaire. » Tout en s'attendrissant sur le disparu, Sonia Bouvillon me le décrivait avec une lucidité qui me faisait sourire malgré moi. Et pour conclure :

— Quand il est mort, j'ai cru mourir aussi et mon cœur me faisait mal comme je ne peux pas dire. Pourtant, je me suis consolée tout de suite et je peux dire que dès le lendemain de l'enterrement, sa présence ne m'a pas manqué. Et je l'ai aimé tellement, avec l'amour et aussi une admiration si grande que devant lui, je me sentais petite et pauvre chose. Il savait toujours ce qu'il fallait faire, lui, et il le faisait. Surtout, il avait une conscience, alors que moi, je n'avais rien que des sentiments. Et les sentiments sont les choses qui passent avec le moment qui s'en va et la conscience est la chose qui dure. Si j'étais morte la première, Adrien n'aurait pas été consolé si vite et si vite oublieux. Il ne se le serait pas permis. Sa conscience l'aurait obligé à être triste pendant des années. Il était un vrai chevalier. Et moi, je le trouvais très ennuyeux et qu'il me pardonne s'il est vrai qu'il puisse m'entendre, mais je préférais à sa conversation celle du cordonnier ou de la concierge.

Madame Bouvillon n'avait aucune coquetterie d'esprit et ne cherchait ni à plaire ni à étonner. Elle pensait à haute voix, sans toutefois oublier ma présence qui semblait être celle d'un ami de toujours et cet abandon créait une telle atmosphère de confiance qu'il m'aurait été pénible de n'être pas sincère avec elle. Aussi, quand la conversation est venue sur Tatiana et son métier de mannequin, n'ai-je pris aucune précaution pour faire entendre que ce changement de direction m'avait déçu.

— Je vous comprends, m'a-t-elle dit. Tenez, je suis moins fière d'être sa mère. D'un autre côté, je pense, son courage, son opiniâtreté, sa conscience, c'était ce qui faisait d'Adrien un être si optus — qu'il me pardonne si mes paroles montent jusqu'à lui. Et il me semble, elle a en elle autre chose, que le travail de l'agrégation de mathématiques n'aidait pas à sortir. Qui sait ce qui est le mieux pour le mieux de chacun ? Cependant, j'ai si peur quand je vois le souci noir pour une robe, pour un manteau qu'elle n'a pas et qu'elle désire comme autrefois l'agrégation. Si un jour elle se fait entretenir, j'aurai le chagrin qui fait mourir et aussi, c'est le plus affreux, je sais que je m'y habituerai très vite et que le lendemain je n'y penserai plus. Les émigrés russes ont eu tant de courage et d'énergie, et moi pas du tout. Je ne sais rien faire qui soit bien ou seulement utile. Quand mon mari est mort, que Tatiana, qui avait douze ans, gagnait notre vie, j'ai voulu travailler et jamais je n'ai réussi rien et toujours si peu honte. Mais la chose abominable, c'est que tous les jours de ma vie, autrefois comme aujourd'hui, je suis heureuse, oh ! si heureuse, même s'il arrive le pire. Il n'y a que les cors au pied qui me donnent le spleen.

Sonia Bouvillon m'a entretenu de ses cors et m'a

demandé ce que je faisais dans la vie. Je lui ai répondu que je sortais de prison, j'ai parlé de Chazard et tout à coup, elle a compris qui j'étais. Avec des exclamations, en s'accusant de légèreté, — il n'y a rien dans ma tête — elle s'est levée de sa chaise et d'un geste affectueux m'a pris par le cou.

— Mon pauvre enfant, j'ai eu si peur pour vous pendant le procès, si peur, et je vous vois dans ma maison et je ne vous reconnais pas. Moi qui vous ai vu si petit, quand nous habitions rue Saint-Martin. Je me souviens de votre père avec sa si douce figure. Il avait l'air d'une bête tendre et résignée.

Pendant qu'elle égrenait des souvenirs, je sentais sur mon cou son bras rond, un peu dodu et mes regards plongeaient dans son lourd corsage. L'idée ne m'a même pas effleuré qu'elle était déjà une vieille femme. Les tempes serrées, la tête ravagée, le souffle suspendu, il me restait l'obscure conscience d'être abandonné de moi-même. Je me suis levé si brusquement que ma chaise est tombée, mais déjà je prenais Sonia par les épaules et par les seins et collais ma bouche à la sienne. Ensuite, j'ai promené l'une de mes mains sur son corps avec une avidité brutale. Après avoir eu très peur, Sonia s'est vite rassurée et je l'ai sentie se détendre entre mes bras. C'est en entendant des pas et un bruit de voix sur le palier que je me suis repris. J'ai alors considéré l'offense irréparable, la trahison à l'égard de Tatiana et plus encore ce mouvement de brute qui m'avait jeté contre une femme seule. Je suis allé prendre la mallette que j'avais posée dans un coin de la pièce, mais comme je gagnais la porte, Sonia m'a barré le passage, me suppliant de ne pas quitter l'appartement.

— Si vous partez, Tatiana me fait la scène épouvantable. Elle dira encore que j'ai été gaffeuse, que j'ai dit le contraire de ce qu'il fallait.

— Vous n'aurez qu'à lui dire la vérité.
— Elle me reprochera de n'avoir pas fait tout ce que je devais. Soyez bon, restez. Vous vous faites le sang noir pour une chose si petite. Adrien couchait avec les plus jolies de ses employées. Il était si beau, la petite moustache dure, le regard noble, l'air mousquetaire et moi, il y a plus d'un homme qui m'a aussi serrée dans ses bras et voilà : pour Adrien, la vie a passé et pour moi bientôt, mais les bras qui ont serré, je me souviens à peine aujourd'hui. Adrien, sur le lit d'hôpital, il avait oublié. Ne vous mettez pas la tête à l'envers pour ce qui n'est rien, donnez la mallette et venez manger votre fromage.

Tatiana, rentrée vers deux heures du matin, est venue s'asseoir auprès de moi sur le divan de la salle à manger où sa mère avait fait mon lit. Ses yeux étaient brillants. Elle a dit en posant sa main sur mon front :

— J'espère que tu vas être content, je t'ai trouvé du travail.

— Du travail ! Mais tu as dit qui j'étais ?

— J'ai tout raconté, Chazard, le sale type qu'il était, l'accident, tout.

— Tatiana, tout à l'heure, j'ai été infect, j'ai manqué de respect à ta mère. J'ai failli... J'ai voulu...

Je bafouillais. Finalement j'ai réussi à lui faire comprendre ce qui s'était passé.

— Pauvre vieux, a-t-elle dit. Bien sûr, tu l'as trouvée trop âgée.

Je renonce a lui faire comprendre que je suis un mufle et je la remets sur le départ de la conversation.

— A table, j'avais à ma gauche un vicomte à peu près de ton âge, jolie figure, charmant, léger, brillant, tout à fait le genre d'homme qui m'est insupportable. A ma droite, un type énorme, monstrueux, sûrement plus de cent vingt kilos, qui ne savait pas où mettre son ventre. Quand il essayait de se tourner vers moi, sa tête n'arrivait pas au quart de tour et il en avait la viande qui lui tremblait jusque dans le gilet. Age entre cinquante et soixante. Ce mastodonte, figure-toi, c'était Lormier.

Elle avait dit Lormier, comme elle aurait dit Boussac. J'ai dit quel Lormier ?

— Lormier de la S.B.H. Lormier président d'un tas de sociétés. Enfin, Lormier. Un des moellons du mur d'argent. C'est à lui que j'ai parlé presque toute la soirée. Je lui ai raconté ma vie, la pauvreté, l'agrégation manquée, le métier de mannequin. On s'est entretenu de l'Algérie, du général de Gaulle, du coût de la vie. J'ai placé deux ou trois topos que j'avais lus au galop dans des hebdomadaires. J'ai senti le bonhomme accroché. Ces gens richissimes, la pauvreté digne et diplômée, quand elle a la taille bien faite, ça les impressionne. Quand je lui ai parlé de ton affaire, tout de suite j'ai compris que c'était enveloppé. Et en plus je crois que le vieux est très emballé par ma petite personne.

— Ça te fait rêver ?

Avant de répondre à ma question, Tatiana a détourné son regard du mien et les yeux plissés, la bouche un peu avalée, a pris le temps de réfléchir.

— Oui, tout de même, a-t-elle dit.

II

A onze heures, je me suis présenté rue de Monceau, au deuxième étage de l'immeuble occupé par la S.B.H. J'ai été introduit presque aussitôt dans le bureau du président, une pièce immense, luxueusement installée. En entrant, j'ai vu, tel que me l'avait décrit Tatiana, Lormier assis derrière une longue table. En face de lui, à trois mètres, un homme se tenait debout, le dos humble.

— Vous m'avez compris ? a demandé Lormier.
— Oui, Monsieur le président.
— Alors, foutez-le camp, salaud. Et que ça ne se renouvelle pas.

L'homme ayant tourné le dos, je l'ai vu de face et son visage décomposé, ses yeux brillants de larmes excluaient l'hypothèse qu'il eût joué la comédie devant moi, mais j'ai pensé que Lormier avait choisi, pour me faire entrer, le moment culminant de la semonce. Il a eu pour moi un sourire d'accueil et m'a parlé aimablement.

— Mademoiselle Tatiana Bouvillon m'a entretenu de vos malheurs et de votre désir de trouver du travail. Comme elle vous tient pour un homme intelligent, laborieux et d'une moralité irréprochable, je pense que vous trouverez à vous employer ici selon vos mérites et vos aptitudes. Vous étiez dans la comptabilité ?

— A la mort de mon père, en 53, comme il me fallait gagner ma vie et celle de mon jeune frère, j'ai pris la place qu'occupait mon père dans une maison du Sentier et j'y suis devenu chef comptable.

— Vos employeurs étaient-ils disposés à vous reprendre au jour de votre libération ?

— Certainement non. Lorsque mon avocat les a sollicités de venir à la barre comme témoins de moralité, ils ont craint de faire du tort à leur maison et se sont dérobés.

— Puis-je vous demander comment vous avez connu mademoiselle Tatiana Bouvillon ?

— Nous sommes nés tous les deux dans la même maison, rue Saint-Martin, qu'elle a quittée à l'âge de treize ans. Depuis, nous n'avons jamais cessé d'entretenir des rapports amicaux quoique assez espacés.

— Est-ce que vous avez des opinions politiques ?

— Je n'ai jamais appartenu à aucun parti.

— C'est tout ce que je souhaitais savoir sur ce point. Si j'ai bien compris, quand votre père est mort, vous étiez en train de faire des études ?

— Venu de l'école communale, je ne suis entré au lycée qu'après avoir passé mon certificat d'études, et quand j'ai eu passé mon second bac, il ne restait que trois mois avant l'appel de ma classe. J'aurais pu obtenir un sursis, mais j'hésitais à m'engager dans de longues études dont la charge aurait en partie incombé à mon père, car les leçons de grec et de latin que j'avais trouvé à donner étaient loin de couvrir les frais de mon entretien. J'ai donc décidé de faire d'abord mon service militaire pour le laisser respirer et prendre moi-même le temps de la réflexion. C'est quand j'ai eu fini mon service, quinze jours après mon retour d'Allemagne, que mon père est mort subitement.

Lormier avait suivi mes paroles avec un intérêt visible. Dans ce visage informe, noyé par la graisse, les traits étaient d'une remarquable finesse, presque d'un enfançon, et les yeux, d'une couleur violette, particulièrement expressifs. Mes explications, instructives, lui permettaient de comprendre par un exemple pris sur le vif à quelles difficultés se heurtait la jeunesse pauvre pour faire des études et sa physionomie laissait assez paraître le contentement qu'il en avait. Il m'a dit avec une gaieté dans l'œil :

— Vous avez quand même coupé à la guerre d'Algérie ?

— J'ai suivi le sort de ma classe.

— C'était en 50 ? Vous auriez pu demander l'Indochine.

J'ai souri et sans doute niaisement. Comme je me rassemblais pour chercher une réponse agressive, le temps déjà en était passé. Lormier me demandait quand je souhaitais entrer à la S.B.H. J'ai répondu que j'étais disponible et nous sommes convenus que je commencerais dès le lendemain. J'avais besoin d'être cadré, de ne pas me sentir vacant de corps et d'esprit. La seule perspective de cette journée de liberté que j'avais devant moi me faisait très peur.

En quittant la S.B.H., à onze heures et demie, je me suis dirigé à pied vers la rue Saint-Martin. Je n'avais pas l'intention d'aller chez mon frère. L'idée de pénétrer dans l'immeuble du crime, d'affronter les regards des locataires me paraissait presque insensée. Il était à peu près midi lorsque j'ai traversé la rue Saint-Martin, en empruntant la rue Réaumur.

Il y avait beaucoup de mouvement sur la chaussée et sur le trottoir et au milieu de la foule, je me sentais abrité. J'ai fait le tour de Saint-Nicolas-des-Champs, retraversé la rue et comme je m'engageais dans la rue de Turbigo, je me suis trouvé nez à nez avec Valérie.

C'était une petite brune platinée, bien faite et d'un joli visage, les yeux vifs. La rencontre était inattendue pour elle, mais moi, je l'avais escomptée, j'y avais d'ailleurs beaucoup pensé en prison.

— Bonjour, chérie, ai-je dit. Quel bonheur de te retrouver après deux ans d'absence. Tu es contente de me voir ?

Tandis qu'elle me regardait avec effroi et perplexité, elle a murmuré « oui bien sûr ». Je l'ai prise par le bras et entraînée dans une petite rue sans qu'elle ait osé un mouvement de résistance.

— Pendant mes prisons, j'ai beaucoup pensé à toi, tu sais, et aussi bien le jour que la nuit. C'est merveilleux que notre amour ait résisté à une séparation aussi longue. N'est-ce pas que c'est merveilleux ?

Le gosier serré, elle a acquiescé. J'ai parlé de cette première rencontre dans un bar de la rue Réaumur où nous avions côte à côte déjeuné au zinc d'un sandwich. Valérie, en risquant de temps à autre vers moi un coup d'œil craintif, disait d'une voix neutre : « Oui, je me rappelle. » J'ai arrêté la promenade devant la façade d'un hôtel meublé et j'ai poussé Valérie vers la porte.

— Passe.

Tandis que brillait dans son œil noir une lueur de colère, elle a eu comme une velléité de résistance, alléguant le peu de temps dont elle disposait, mais devant le visage froid et résolu que je m'étais composé, la peur l'a emporté. La bonne nous a fait monter dans une chambre triste, pas très propre, où l'humidité boursouflait le papier de tenture et, allumant au plafond une ampoule électrique, elle a tiré les rideaux de la fenêtre. Valérie semblait avoir pris son parti de l'aventure ; son visage s'était détendu, son regard adouci. Lui ayant pris les mains, je lui ai parlé des jours heureux et des jours qui s'étaient écoulés lentement loin de sa présence. « Le plus souvent, dans ma cellule, quand je pensais à toi, je te voyais dans la robe bleu roi que tu avais il y a deux ans, tu sais, une robe bleue avec des boutonnières bordées de blanc ou encore dans ton imperméable clair, rappelle-toi, la ceinture très serrée, tu avais une taille comme ça — ou encore sans robe, sans rien. Chérie, déshabille-toi. » Il faisait froid dans cette chambre non chauffée. Sans entrain, elle a retiré sa veste en plastique bleu, doublée de feutre, puis sa robe. Pour me distraire de l'émoi où ne pouvait manquer de me jeter cette métamorphose, je me suis amusé à noter les progrès accomplis durant ma détention dans la confection des vêtements féminins à bon marché. Déjà, au cours de mes pérégrinations de la veille et de la matinée, le spectacle de la rue et des passants m'avait fait percevoir cet enrichissement de Paris réalisé au cours de ces deux années. Valérie n'avait plus maintenant que son slip et son soutien-gorge. Les lui ayant fait ôter, j'ai plissé les yeux et froncé les sourcils.

— Tiens, tiens, tiens, ai-je dit. Qu'est-ce qui t'est arrivé ? Curieux. Vraiment curieux.

Effarée, Valérie, de ses deux bras nus, a couvert sa poitrine qui n'avait d'ailleurs pas changé. Mon regard, lentement, est descendu au ventre, aux cuisses, et j'ai réussi à faire entendre un rire assez bien venu, qui n'avait pas l'air fabriqué. Valérie s'est empourprée.

— Tourne-toi.

Gauchement, gênée par le sentiment de ses imperfections, elle a fait demi-tour et le revers m'est apparu, un ensemble charmant, jambes galbées, cuisses rondes, fesses en pomme, hanches bien dessinées dont l'évasement avait une forme très pure.

— Mon Dieu ! ai-je murmuré.
— Quoi ?
— Rien, rien.

Je me suis éloigné au fond de la chambre pour me sentir plus en sûreté et j'ai dit en me retournant :

— C'est bon, rhabille-toi.

S'il est vrai que la vengeance est un plat qui se mange froid, je peux dire que la mienne ne m'a procuré que peu de plaisir. Je ne faisais que me conformer à une ligne de conduite arrêtée depuis longtemps, lors des premiers jours passés en prison. Encore la rancune y était-elle pour peu de chose, même à cette époque. Je m'étais dit qu'étant appelé à revoir mon frère, il me fallait d'abord entre Valérie et moi créer un incident qui nous mît l'un et l'autre à l'abri d'une rechute. C'est encore la même pensée qui dictait ma conduite dans cette chambre d'hôtel. Les larmes se sont mises à couler sur le visage de celle que je feignais de considérer comme ma fiancée, des larmes d'humiliation, peut-être aussi de remords. J'ai détourné la tête pour lui laisser le temps de s'habiller et quand elle a eu passé sa robe, je suis allé auprès d'elle m'asseoir sur le lit.

— Après ce que je viens de voir, il va de soi que je te rends ta parole.

Valérie a eu un rire de mépris. Ayant vêtu sa nudité, elle se sentait forte tout à coup et d'autant plus que lui ayant signifié la fin de l'aventure, mes intentions n'avaient plus rien de redoutable. Ses yeux noirs (à vrai dire marron foncé) où brillaient encore des pleurs, se sont mis à jeter des feux.

— Ma parole ? Pauvre minable, il y a longtemps que je l'ai bazardée et si tu veux savoir la vérité, je te dirai qu'elle n'a jamais compté pour moi, ma parole.

— Valérie ! ce n'est pas possible.

— Il faut croire que si puisque bien avant que tu aies tué Chazard, j'avais un amant. Oui, parfaitement, un amant.

— Tu me dis ça pour me faire de la peine. Tu m'en veux parce que je te trouve tocarde.

Elle a eu un petit rire pointu, très méchant. Une seconde, la crainte l'a fait hésiter, son regard chargé de haine a vacillé sous le mien, mais la folie de la vengeance, la rage de détruire ont tout emporté.

— Je vais t'étonner, mais mon amant, c'était Michel, oui, Michel, ton frère.

— Je ne te crois pas.

Ma naïveté l'a fait rire. A son tour, elle m'examinait d'un regard critique et semblait s'amuser de mon format, de ma silhouette trapue, de mon visage lourd aux traits tourmentés, aux petits yeux enfouis sous les sourcils noirs. J'ai fini par en ressentir un certain malaise qui a provoqué chez Valérie un accès de gaîté.

— A propos, lui ai-je demandé, est-ce que tu vois quelquefois mon frère ?

— Naturellement, puisque j'habite avec lui. Tu ne me crois toujours pas ? Je peux te montrer mes papiers, tu y verras la preuve que j'habite rue Saint-Martin, chez ton frère.

Elle a ouvert sa pochette de plastique, y a pris un portefeuille, mais j'ai arrêté le geste.

— Je te crois. Mais puisque tu étais la maîtresse de Michel, pourquoi ne m'avoir pas dit que tu t'étais trompée, que tu en aimais un autre ? Ce n'était pas une chose impossible à dire.

— Tu aurais pu te brouiller avec Michel.

— Quand bien même ?

— Si tu l'avais mis à la porte, il me retombait sur le dos. C'est du reste ce qui m'est arrivé après ton départ. Ton frère ne fait rien. C'est mon salaire de dactylo qui nous fait vivre tous les deux. Il se lève vers une heure de l'après-midi, après que je lui ai eu servi son repas au lit. Le reste de la journée, il le passe à lire ou à rêver, et le soir, après dîner, il sort seul pour rentrer à deux ou trois heures du matin. Voilà sa vie. Notre vie, en somme.

Les tiroirs de l'inconnu.   2.

— Tu l'aimes ?

A ma question, Valérie n'a fait que hausser les épaules. Des liens plus solides que ceux de l'amour l'attachaient à ce garçon indolent et indifférent qu'était Michel. Sans l'avoir voulu et du simple fait de mon emprisonnement, elle avait endossé mes responsabilités de chef de famille et n'en était plus à se demander si Michel méritait qu'elle se chargeât de le faire vivre. Plus ou moins inconsciemment, elle admettait que son inertie lui donnât des droits sur elle et peut-être que s'il avait gagné sa vie, elle lui aurait été moins attachée. J'éprouvais maintenant quelque remords du traitement que je venais de lui infliger.

— Tu as eu beaucoup de cran, mais si tu l'avais laissé se débrouiller tout seul, il aurait bien fallu qu'il se mette à gagner sa vie.

— Je peux te faire le même reproche. Je peux même dire que c'est avec toi qu'il a pris l'habitude de ne rien faire. Et maintenant, adieu. Il faut que j'aille faire le déjeuner.

— Dis à Michel que je l'attends à trois heures dans le petit café près de chez nous.

— Bon.

— Inutile de lui raconter que je t'ai amenée ici.

— Je n'ai pas de raison de le lui cacher. Du reste, il s'en fiche complètement.

Valérie est sortie après m'avoir jeté un regard où j'ai cru lire plus d'ironie que de rancune. Je suis resté seul un instant dans la chambre en songeant à l'étrange garçon qu'était Michel. Avant l'affaire Chazard, il avait une jolie figure, une nonchalance gracieuse, une intelligence singulièrement lucide et je ne sais quelle souplesse, quelle fluidité de l'esprit et du cœur, qui m'avait toujours fait douter qu'il pût s'attacher à rien ni à personne. Après ses études secondaires, il avait entrepris une licence d'histoire, s'était lassé, et sans se soucier jamais de la charge qu'il m'imposait, comme si mon effort lui était dû, il avait suivi des cours de théâtre et tenu pendant trois mois un petit rôle dans une pièce adaptée de l'anglais. Sans doute le théâtre l'avait-il aussi lassé puisque Valérie n'en parlait pas.

A trois heures de l'après-midi, je me suis installé au café où j'avais donné rendez-vous à Michel. Anxieux, sursautant à chaque fois qu'une porte s'ouvrait, je l'ai attendu près d'une heure, n'osant pas l'accuser, dans le doute que Valérie ne lui ait rien dit. La déception m'a fait perdre mon sang-froid, je me suis levé brusquement et j'ai couru jusqu'à notre maison de la rue Saint-Martin. En arrivant à la porte de l'immeuble, j'ai eu non pas une hésitation, mais une petite peur qui ne m'a toutefois pas arrêté. Par chance, la concierge n'était pas dans sa loge. J'ai évité de regarder l'endroit où Chazard s'était écrasé et j'ai monté en courant, pour éviter autant que possible une rencontre avec un locataire, les cinq étages du grand escalier de pierre. On accédait au sixième, celui des appartements mansardés, par un escalier de bois que j'ai pris le temps de gravir plus lentement afin de reprendre mon souffle. Michel, à moins que ce ne fût Valérie, avait laissé la clé sur la porte. J'ai frappé et j'ai ouvert en même temps. Dans le vestibule, je me suis trouvé nez à nez avec une fille d'entre vingt et vingt-deux ans, assez belle, vêtue d'un soutien-gorge et d'une jupe. Elle a fait un saut dans la salle à manger d'où Michel est sorti aussitôt, en pantalon et robe de chambre. Il est venu à moi avec un sourire d'accueil. Je l'ai serré contre moi sans pouvoir parler, la gorge nouée et les lèvres tremblantes. De bonne grâce, il s'est prêté à mes transports, puis s'est dépris de mon étreinte et a jeté vers la porte restée ouverte :

— Tu peux venir, Lena, c'est mon frère.

Lena est revenue dans le vestibule et Michel me l'a

présentée, puis il a relevé ses jupes pour me montrer ses cuisses et ajouté : Elle te plairait ?

Lena m'a regardé avec un sourire doux et gentil. J'ai balbutié que j'étais venu le voir, lui.

— Bon. Sauve-toi, Lena. Je te verrai peut-être ce soir à minuit ? Adieu.

Lena partie, nous sommes entrés dans la salle à manger dont il avait fait une manière de bureau. La table était envahie par des piles de livres et par des feuillets couverts de son écriture.

Maintenant que je me trouvais seul en face de lui, j'ai pu le regarder mieux que je n'avais fait. Il était beau et son visage, qui avait gardé des traits de son adolescence en dépit de ses vingt-quatre ans, avait à présent une expression de sérénité un peu lointaine qui m'a serré le cœur. Il m'avait toujours été supérieur par une intelligence plus prompte, plus large aussi et plus aérée que la mienne, mais la vie en commun, le souci que je prenais de sa santé, de ses études, créaient alors entre nous une intimité étroite. Je souffrais de ne pas la retrouver et je me montrais maladroit. J'ai demandé à Michel ce qu'il faisait. Rien, m'a-t-il dit, et il n'y avait dans sa réponse aucune intention provocante. L'air préoccupé, pensif, il n'a même pas levé les yeux sur moi pour guetter ma réaction. Ne rien faire lui semblait aller de soi. J'ai été désarçonné.

— Mais le théâtre ? Ça ne marchait pas mal. Tu avais eu un rôle.

— Oui, un petit rôle. J'en ai joué un autre plus important, mais j'ai abandonné, je n'en pouvais plus. Ça me venait trop facilement, trop naturellement pour m'intéresser. Tu comprends, j'avais tout de suite le public avec moi et c'était justement ce contact qui m'était désagréable, je dirai même odieux certains soirs. Je m'étais figuré qu'au contraire, le théâtre devait créer de la distance entre la scène et le public et, à vrai dire, j'en suis encore là. Comment c'est, la prison ?

Lui ayant expliqué ce qu'était ma vie là-bas, il a eu cette réflexion :

— Je crois que j'aimerais bien ça. Voir le monde à travers les murs d'une prison.

Cette façon d'envisager la prison, qui m'a paru fleurer la littérature, avait de quoi indisposer quelqu'un qui en sortait, mais je n'ai pas relevé. Avisant les feuillets épars sur la table, j'ai fait observer à Michel qu'il n'était pas vraiment sans rien faire.

— Je ne fais rien pour gagner ma vie, c'est ce que je voulais dire tout à l'heure pour répondre à ta question. Ce que j'écris là, c'est une pièce de théâtre. Disons, si tu veux, que j'essaie de l'écrire. Qu'est-ce que tu en penses ?

Je n'en pensais rien. C'était une distraction qui en valait sans doute une autre. Par politesse j'ai demandé quel en était le sujet.

— L'amour, m'a répondu Michel. N'ayant jamais été amoureux, j'ai cru ou plutôt j'ai feint de croire que j'étais bien placé pour en parler avec toute l'objectivité souhaitable. La vérité est que je nourrissais un sentiment de rancune contre cet amour qui m'était refusé. Tout d'abord, j'ai commencé à écrire une sorte d'essai que je ne devais d'ailleurs pas tarder à abandonner...

Michel a pris sur une pile de livres un cahier à couverture bleue. J'étais trop près de lui pour ne pas me saisir de ce cahier que peut-être il me tendait, mais je ne l'ai pas ouvert tout de suite.

— Finalement, le théâtre m'a paru un moyen d'expression sinon plus clair, en tout cas plus direct, propre à me suggérer sous une forme concrète des idées encore incertaines.

Ici, mon frère s'est penché sur la table et, lisant des yeux l'un des feuillets couverts de dialogue, a barré d'un trait de stylomine la dernière réplique. Comme il s'asseyait pour mieux examiner le problème que posait cette suppression, je me suis assis moi-même en face de lui et j'ai commencé à lire le cahier bleu. Il n'y avait d'écrit qu'une quarantaine de pages où abondaient les ratures et les surcharges, mais que l'écriture nettement dessinée rendait très lisible. Ecrivant et raturant, Michel m'avait oublié.

III

CAHIER BLEU — PREMIER CHAPITRE

Le petit Larousse illustré, pour lequel j'ai du respect, donne de l'amour la définition suivante : « Sentiment par lequel le cœur se porte vers ce qui l'attire fortement. »

J'examine le mot cœur, qui a ici un sens figuré, et peut à ce titre passer pour suspect. Le même Larousse me dit encore que c'est « une disposition de l'âme » et pour finir, il donne l'âme comme étant « le principe de la vie ». Je viens d'en apprendre suffisamment pour me rendre compte que l'amour, sans en avoir l'air, se définit en termes de métaphysique. Pourtant, le petit Larousse est une des plus sérieuses institutions de mon pays. S'il se met dans son tort et dans son flou, c'est qu'il n'a pas pu faire autrement.

Supposons que Roméo, après avoir épousé Juliette et vécu six mois avec elle, reçoive la visite d'un Martien et que son visiteur lui tienne ce langage :

— Monsieur Roméo, nous autres Martiens, nous n'avons pas de sexe. Quatre ou cinq fois au cours de notre existence, il nous pousse sur la tête un cheveu qu'après avoir planté dans le sable nous arrosons trois fois par semaine pendant une année entière au terme de laquelle il a grossi, grandi et pris la forme d'un petit Martien. Il n'y a plus qu'à l'arracher et le laisser courir.

Je sais qu'il n'en est pas de même chez vous autres Terriens et j'ai beaucoup entendu parler d'amour. On m'a dit que le vôtre et celui de madame Juliette étaient exemplaires. Voulez-vous, monsieur Roméo, m'expliquer ce que c'est que l'amour ?

— Volontiers. L'amour, Monsieur, est une extase qui, au seul prononcer du doux nom de Juliette, me fait fondre le cœur et me rend plus léger qu'un oiseau.

— Ainsi donc, il vous arrive de vous envoler ?

— Non, Monsieur, non. C'est une façon de parler.

— Bon. Mais dites-moi, votre cœur qui fond et qui doit en avoir bien souvent l'occasion, n'est-ce pas dangereux pour votre santé ?

— Pardonnez-moi. Quand je vous dis que mon cœur fond, c'est encore une façon de parler.

— Monsieur Roméo, je vous supplie d'être sérieux. Essayez, s'il vous plaît de vous exprimer en termes concrets.

— C'est difficile, Monsieur. Pour moi, l'amour est une attirance irrésistible que j'éprouve de tout mon être pour celui de Juliette.

— Voilà bien la définition que j'attendais, claire, nette, concise. Ainsi donc votre foie, votre rate et vos boyaux sont irrésistiblement attirés par Juliette.

— Monsieur, vos propos sont indécents, mais je fais la part de votre ignorance. Il va de soi que mon foie, ma rate et mes boyaux ne sont pas intéressés en cette affaire.

— Et la peau de vos fesses ?

— Monsieur !

— Puisque votre foie, votre rate, vos boyaux et la peau de vos fesses, qui font partie intégrante de votre être, n'ont aucune part à cette attirance que vous éprouvez à l'endroit de madame Juliette, il vous faut donc trouver une autre définition.

— Mais, Monsieur, quand je dis de tout mon être,

cela veut dire évidemment de toute mon âme. C'est ce qui tombe sous le sens.

— Quel sens, monsieur Roméo ?

On le voit, il n'est pas facile, à propos de cet amour, de se faire entendre, même d'un être aussi peu prévenu que l'est à cet égard un Martien asexué. Roméo et le Petit Larousse, qui ont du savoir-vivre, de la gentillesse, parlent cœur et sentiment, mais certaines personnes disent que l'amour n'existe pas, qu'il s'agit dans tous les cas de l'instinct de reproduction qui a découvert un objet particulièrement attractif, l'imagination, le délire verbal et l'instinct de possession faisant tout le reste. « Mignonne (disent-ils), vous sentez en plongeant votre regard dans celui de Gontran fondre votre chair de vingt ans et monter à vos lèvres des paroles d'actions de grâce, mais nous qui sommes de vieux melons bien savants, bien matérialistes, nous donc qui ricanons de pas mal de choses, il nous arrive pareillement de sentir fondre notre vieille bidoche boucanée et monter à nos lèvres grises un balbutiement émerveillé ; mais c'est, figurez-vous, en regardant briller sur un narcisse la rosée d'un matin d'avril. Non, mignonne, votre instinct de reproduction ne s'est pas sublimé comme pourraient le faire croire vos lettres à Minie, mais vous avez un esprit charmant, vous avez le goût des jolis arrangements et vous cultivez l'art de dissimuler la nudité de votre désir sous d'aimables harmoniques. N'empêche (disent-ils encore) que votre si beau sentiment pour Gontran n'est qu'un désir de femelle ne différant de celui d'une vache que par la fréquence. » On rougit de devoir rapporter de tels propos. Disons tout de suite que l'instinct de reproduction est une simple vue de l'esprit ou plutôt une expression creuse ne signifiant rien de précis. Pour le désir auquel ces méchants prétendent réduire l'amour, nul n'ignore qu'il y entre en qualité de simple ingrédient et qu'il n'y est même pas indispensable. Les femmes sont en effet, pour plus d'un quart, frigides. Cela représente rien qu'en France plusieurs millions de femmes n'ayant pas le moindre désir et qui n'en sont pas moins amoureuses d'un homme ou de plusieurs successivement et qui ont une vie amoureuse.

Définir une chose, c'est écarter d'elle les innombrables significations qu'y pourrait attacher notre ignorance et c'est, à son propos, en finir avec l'infini. Je trouve utile et satisfaisant pour l'esprit de définir les mots soutane, bigoudis et sous-ventrière, par exemple. Je me sentirais gêné et inquiet si, faute d'être contenu dans la définition convenable, soutane prenait dans les esprits une excessive importance et se gonflait à l'infini. J'en dirai autant de bigoudis et de sous-ventrière. En revanche, il est des mots dont il est vain de vouloir limiter le sens et qui débordent toutes les définitions. Ce sont les plus beaux et les plus dangereux de la langue, ceux qui agrandissent notre univers mais nous font facilement divaguer si nous ne prenons pas garde que leurs contours sont des plus vagues. Les utiliser dans un raisonnement comme on utilise soutane ou sous-ventrière, c'est y introduire non pas seulement une cause d'erreur, mais l'erreur elle-même. Il me semble qu'amour est justement l'un de ces mots et qu'à la place de Larousse, au lieu de compromettre mon autorité dans une définition impossible, je l'aurais ainsi catalogué : Mot prestigieux, mais aussi mot bouche-trou dont la signification est variable presque à l'infini, il est très habituellement employé dans des phrases aussi diverses que celles-ci : Il dit à la baronne qu'il déposait à ses pieds son amour et sa fortune. — Il l'aimait d'un amour profond. — Son amour procédait d'un sentiment élevé. — Marceline savait pouvoir compter sur un amour solide. — Pendant quatre jours, ils vécurent un grand amour. — Il l'aimait, mais d'un amour tiède. — Il l'aimait d'un amour brûlant. — Malheureusement, l'amour d'Alcide n'était pas partagé. — Léonie ne répondait pas à son amour. — L'amour du vieux richard était odieux à Léonie. — L'amour est aveugle. — L'amour est singulièrement lucide. — Ce jeune homme avait faim d'amour. — Elle ne pouvait accepter qu'un amour honnête. — Ce n'était qu'un amour de vacances. — L'amour pervers de Maximin, l'amour contre nature de Francesca, l'amour bestial de Balthazar révoltaient la pauvrette. — Pierre et Paulette filaient un parfait amour. — Pierrette et Pauline filaient un parfait amour. — Je meurs d'amour. — On ne meurt pas d'amour. — A côté du furieux amour d'Auguste, celui d'Ernest était bien pâle. — Vous êtes l'amour de ma vie. — Elle connut l'amour un soir de 14 Juillet sous une porte cochère. — L'amour s'offrit à Hermeline sous les traits d'un homme au teint coloré. — Meurtrier par amour, il sanglote auprès du cadavre. — C'était le premier amour d'Andréa. — Sur les cendres de ce premier amour défunt, un nouvel amour allait naître et bientôt s'épanouir. — L'amour de Melchior déclina rapidement. — Le spectacle qui s'offrit à la vue d'Antoine coupa les ailes à son amour. — L'amour ne connaît pas d'obstacles. — L'amour le plus sincère finit par se lasser des entraves où il se débat. — L'amour est indulgent. — L'amour est exigeant. — L'amour ne se commande pas. — Lorsqu'il lui fut révélé qu'Edmonde était sa fille, Flaminius chassa de son cœur cet amour criminel.

Parmi les innombrables écrivains qui ont écrit sur l'amour, les plus sages sont ceux qui n'en ont pas disserté (ce que je suis précisément en train de faire) et qui se sont contentés de composer des romans, des nouvelles, des pièces de théâtre, dont l'amour était le sujet. Dans les meilleurs cas, ils ne nous apprennent rien. Shakespeare, l'auteur de *Roméo et Juliette*, d'*Othello*, Racine qu'on dit être le meilleur peintre de l'amour, ne nous apprennent rien. Ils ne se proposaient, dira-t-on, que de nous émouvoir. Sans doute, mais il est surprenant que des esprits aussi pénétrants, aussi justes, servis par un grand génie poétique, n'aient pas réussi dans ce domaine à faire quelque découverte. Il y a eu des romanciers heureux qui ont su nous toucher au récit de certaines amours, mais eux non plus ne nous apprennent rien.

Stendhal qui a passé sa vie à se regarder dans la glace avec une passion presque obscène pour sa propre personne et qui a tant soupiré après les femmes et les aventures, a cru qu'il avait beaucoup à dire et même à apprendre (à ses lecteurs) sur l'amour. Il a donc écrit un essai intitulé *De l'amour* et attaque ainsi le chapitre premier du livre premier : « Je cherche à me rendre compte de cette passion dont tous les développements sincères ont un caractère de beauté. Il y a quatre amours différents : 1° L'amour-passion... 2° L'amour-goût... 3° L'amour physique... 4° L'amour de vanité. » Il se garde de définir l'objet de son étude et il a l'habileté supplémentaire de le considérer comme une chose connue de chacun et tombant naturellement sous le sens. Sachant que dans l'esprit de chaque individu le mot correspond à un ordre personnel de sensations, de sentiments ou de spéculations, il en parle sans craindre les généralisations. Ayant à proprement parler coupé l'amour en quatre et numéroté les morceaux, cet excellent feuilletoniste qui fut aussi un laborieux observateur explique ce qu'il faut entendre sous ces diverses étiquettes. Parlant de l'amour de vanité, il s'exprime ainsi : « L'immense majorité des hommes, surtout en France, désire et a une femme à la mode, comme on a un joli cheval, comme chose nécessaire au luxe d'un jeune homme. » Ainsi sommes-nous avertis dès le début du premier chapitre que dans l'esprit de Stendhal l'amour auquel il consacre une étude ne saurait concerner que les gens appartenant à un monde élégant : gentilshommes, très riches bourgeois et, parmi les militaires n'ayant ni la naissance ni la fortune, ceux qui ont rang d'officiers supérieurs. Je ne veux pas dire qu'il regardait le peuple, les boutiquiers et les sans-grade comme un bétail dont les soupirs et les effusions ne méritaient pas le nom d'amour ni qu'il eût sur la question les idées sommaires d'un jeune fat de bonne famille, mais enfin le fait est là. Cette immense majorité des hommes qui a une femme à la mode n'appartient évidemment qu'à une aristocratie et qui n'est pas celle de l'esprit, mais notre auteur trouve seul digne de ses investigations de psychologue ce petit univers clinquant et boursouflé. Dès lors, on ne voit que trop clairement ce qu'il faut attendre d'une tentative pourtant ambitieuse. Il est bien sûr que si je me propose de renseigner la postérité sur l'intelligence de mes contemporains et que je me contente d'étudier l'intelligence chez les tambours-majors, je risque non seulement de ne pas épuiser la question, mais aussi d'aboutir à des conclusions baroques. Stendhal, cet écrivain prétendument de gauche, qui l'est en effet dans la mesure où l'étaient sous l'ancien régime les gens bien nés qui se piquaient d'être pour les lumières, croit appréhender l'univers et en pénétrer les secrets partout où les marquises ont le cœur sensible et le derrière bien fait. Ceci dit, ajoutons que s'il s'est trompé sur l'amour, ce n'est ni plus ni moins que les autres écrivains. Il a écrit là-dessus ce qu'avaient déjà écrit tous les honorables de la confrérie. Je lis par exemple dans son chapitre cinq : « L'homme n'est pas libre de ne pas faire ce qui lui fait plus de plaisir que toutes les autres actions possibles. L'amour est comme la fièvre, il naît et s'éteint sans que la volonté y ait la moindre part. » C'est ce que je disais quatre lignes plus haut. Il répète ce qu'ont dit avant lui cinquante mille poètes, faiseurs de chansons, philosophes et raconteurs d'histoires. Pendant des milliers d'années, on avait cru en effet que l'amour s'empare des êtres à l'improviste, parfois même à leur insu, s'installe en eux et y dure un an ou deux ou dix, parfois toute la vie. Vous avez vingt ans (ou trente ou soixante), vous dînez un soir chez les Champigneul et vous avez en face de vous une superbe créature de quarante-deux ans avec d'adorables grands yeux de vache. Entre les plats, vous la regardez bouche légèrement bée et à la fin du repas vous vous sentez comme du mou dans la région des côtes du côté gauche. Les jours suivants sont délicieux. A tout instant, vous pensez à la belle et chaque fois, ça vous fait le coup de l'ascenseur : Il vous semble de votre cœur qu'il tombe à l'intérieur de votre corps. Et un soir, vous vous déclarez parce que vous n'en pouvez plus d'amour et justement, on vous aimait en silence depuis le dîner. Vous rentrez chez vous, vous vous confiez à la famille. Tu n'es pas fou ? disent vos parents qui sont d'honorables épiciers. Une fille qui a vingt-deux ans de plus que toi et dont le père est mort en prison ? Mais vous vous fichez bien du père mort en prison. Le jour même de votre majorité, vous épousez, vous êtes heureux et puis malheureux, jaloux. Vous travaillez pourtant vingt ans sans vous aviser une seule fois que vous n'êtes pas riche, mais votre poupée légitime qui a maintenant soixante-deux ans manifeste un jour le regret de n'être allée ni à Valparaiso, ni à Tamatave. Rien ne vous paraît plus naturel que de cambrioler la perception de votre arrondissement et comme votre coup est mal monté, que d'autre part vous avez tué le percepteur d'une balle en plein cœur, vous récoltez dix ans de prison. Quand vous sortez, vous trouvez que Poupée a encore embelli de dix ans et tout recommence et c'est l'amour sans fin. Cette image de l'amour plus fort que l'homme et disposant de lui à tout instant peut paraître juste à vue de nez. En tout cas, elle a prévalu et continue de prévaloir. L'opinion la plus communément répandue est encore que l'amour est une fatalité à laquelle il est vain de vouloir se dérober. On croirait une espèce de parasite se nourrissant de votre chair jusqu'à ce qu'il s'en dégoûte, seule issue qui puisse vous rendre la paix du cœur. Mais la vérité est toujours longue à triompher des habitudes de penser. Voilà maintenant une quinzaine d'années qu'a été opérée la grande découverte appelée à transformer notre optique de l'amour. C'est en effet pendant l'occupation que le docteur Alexis Carrel dans son livre *L'Homme, cet inconnu* faisait cette remarque en apparence bien anodine, que les jeunes filles appartenant à la classe privilégiée ne tombent jamais amoureuses de garçons d'un milieu inférieur. Je prie le lecteur d'arrêter longuement sa réflexion sur cette remarque du docteur Carrel. Il ne manquera pas de s'apercevoir qu'elle nous entraîne fort loin de nos habitudes de penser. Supposons en effet que je sois une jeune fille de dix-huit ans prénommée Eponine. Papa est directeur au ministère de l'Agronomie, maman est la fille du banquier Kahn et nous habitons un appartement de sept pièces avenue Henri-Martin. Deux fois par jour je me rends au lycée Molière, soit en prenant l'autobus, soit à pied. J'arrive à connaître de vue beaucoup d'hommes jeunes et je m'amuse en pensant à la crainte qui saisit parfois maman à l'idée de me savoir déambulant par les rues en proie et cédant peut-être aux vilaines entreprises des hommes. Je m'amuse parce que je sais combien les jeunes filles de notre monde sont fortes en face de semblables périls. Tout d'abord et c'est une chose que maman ignore, il n'y a presque pas d'hommes à Paris.

Bien entendu, je ne considère pas comme des hommes les garçons bouchers, les employés de commerce, les employés de bureau, les voyageurs de commerce et les gens de maison, entre autres. Je ne me cache pas que nombre d'entre eux me sont supérieurs par l'intelligence ou par le savoir ou par l'agrément du visage, mais enfin, ce ne sont pas des êtres dont une fille de mon milieu puisse devenir amoureuse. C'est un fait que je ne me charge pas d'expliquer. En passant devant la charcuterie Sauvanère, j'aperçois souvent un commis particulièrement beau qui est la réplique d'un des bergers d'Arcadie de Poussin et qui me regarde en souriant avec quelque tendresse. De mon côté, ce beau visage tout empreint de sensibilité, je le regarde avec plaisir, mais sans aucune espèce de trouble, alors que Jean-Victor Chapolier, le fils du grand oto-rhino-laryngologiste, quand le hasard me met en face de lui et quoiqu'il ait un regard de veau de lune dans un drôle de faciès tordu, je me sens du mou intercostal et le ventre ému et bien pire : je ne peux pas m'empêcher de lui décocher au-dessous de la ceinture un vif regard, dont je m'empourpre et balbutie, mais lui, merci mon Dieu, ne s'en est jamais aperçu et si vous voulez savoir pourquoi, je vous dirai que c'est parce qu'il saute, c'est Marie-Claude Popinard qui habite sa maison qui me l'a dit, donc que c'est parce qu'il saute la petite bonne (ah ! comment peut-on ? la bonne !) la petite bonne des Maréchal, les Maréchal avocat conseiller d'Etat qui habitent aussi le même immeuble.

Si j'ai cru devoir illustrer d'un exemple concret la remarque du docteur Carrel, c'est afin de la présenter sous un jour familier qui rende plus apparent ce qu'elle offre de choquant pour certaines habitudes de penser où nous nous complaisons. Ce qui remue le ventre d'Eponine lorsqu'elle se trouve en face de Chapolier, est-ce le fait qu'il est un mâle ? Sans doute et pourtant, nous savons que si au lieu d'être le fils du célèbre otorhino, Chapolier était commis charcutier, Eponine n'éprouverait rien. Cela seul suffirait à prouver que la situation sociale d'un homme a, aux yeux d'une femme, plus d'importance que son apparence de mâle, l'efficacité du charme masculin étant subordonnée à des facteurs aussi inattendus qu'une voiture grand sport, un carnet d'adresses, un monocle, une cravate, une certaine nonchalance, l'affiliation à un club, une particule, une parenté, des relations, une chaîne en or, un blason, plusieurs paires de gants, un étui à cigares, toutes choses qui forment un répertoire très lisible. On me reprochera d'avoir complaisamment extrapolé, on me flanquera à la figure que le comportement amoureux des filles riches ne doit pas faire préjuger de ce qu'il sera chez les filles du peuple. Mais moi qui habite rue Saint-Martin, j'ai pu observer qu'il est le même. Je m'appelle Eponine. Je suis dactylo aux Laboratoires Bessière où papa a été successivement homme de peine, livreur et finalement veilleur de nuit quand l'âge est venu et qu'il n'a plus été bon qu'à ça. De grands yeux, de petites dents, le mollet cambré et le buste confort, sans me vanter, je serais plutôt mimi. Les hommes sont aimables avec moi et il n'en manque pas pour me faire des propositions. Dans l'établissement, ils peuvent être rangés en deux catégories, d'une part ceux du personnel subalterne, de l'autre les ingénieurs et les cadres administratifs. Je ne suis pas snob ni mijaurée pour un sou et je n'ai pas du tout la religion des diplômes et des professions libérales. Avec les chauffeurs, livreurs, magasiniers, pour la plupart des hommes jeunes, je me sens à l'aise et j'entretiens des rapports amicaux, souvent familiers, mais qu'ils soient beaux ou non, je n'éprouve d'attirance physique pour aucun d'entre eux. A côté de ça, marrez-vous, je vois Lépandier, l'ingénieur chimiste à qui j'ai souvent affaire, un vieux pourtant de près de cinquante ans et pas beau, une moustache jaune sale mais n'empêche, des fois quand son regard se pose sur le mien, il me va au ventre direct. Et je dis Lépandier, il n'est pas le seul, j'en vois d'autres, toujours dans les techniciens ou le côté de l'administration. L'homme qui me remue le sang, c'est celui avec qui je pourrais me faire une vie, et ce n'est pas l'argent qui entre en ligne de compte, mais tout ce qui tient, dans la façon d'être, à un métier et à un milieu. Comme quoi l'éternel féminin, ce n'est pas forcément la douce proie qu'on nous dit dans les livres et les magazines de dames, une proie qui serait toujours à mijoter dans une vapeur de fatalité et qui s'abandonnerait avec soupir et sentiment aux appétits du mâle. C'est même tout le contraire. En amour, les personnes du sexe, faut pas se tromper, c'est social d'abord.

IV

Comme je terminais le premier chapitre du cahier bleu, j'ai entendu s'ouvrir et se refermer la porte d'entrée de l'appartement. Michel, qui avait levé la tête, a crié : « Qu'on me foute la paix ! » Mais déjà s'encadrait dans la porte de la salle à manger la silhouette d'un garçon d'environ vingt-cinq ans, très sommairement vêtu pour la saison d'une chemise d'un vert délavé, serrée sur un pantalon de velours gris par une courroie de cuir noir. Le visage était sympathique avec de beaux yeux bleus, une tignasse blonde hirsute et une barbe également blonde soigneusement mal soignée et tout entière déportée vers la gauche comme par un coup de vent.

— Tu m'excuses, a dit Michel, je ne savais pas que c'était toi.

— Je venais seulement t'apporter de l'argent.

— Bon. Pose-le là.

Le garçon a posé sur la table trois billets de mille francs et quitté la pièce, puis l'appartement.

— Drôle de costume, ai-je dit à Michel. Il ne doit pas avoir chaud.

— Hiver ou été il n'en porte pas d'autre.

— Qu'est-ce qu'il fait ?

— Il étudie un dialecte de l'Afrique orientale qui

n'est plus parlé que par quelques milliers d'indigènes.

Et comme je lui demandais la raison de ce choix, il a ajouté :

— C'est une étude qui l'intéresse et dont il est sûr qu'elle ne pourra jamais lui être utile.

L'explication, qui appelait des commentaires, n'a pas éveillé en moi la curiosité qu'elle devait susciter plus tard à la réflexion. Je me sentais un peu perdu dans la vie de mon frère Michel et j'essayais maladroitement de le redécouvrir, sans savoir profiter des occasions qui s'offraient à moi. Je lui ai parlé de son premier chapitre, sans du reste songer à lui en faire aucun compliment, car il était dépourvu de toute espèce de vanité, je pourrais même dire d'amour-propre.

— Je ne vois pas qu'en amour, le « social d'abord » se soit vérifié dans le cas de Valérie quand elle a décidé de se fiancer avec moi.

— Tu n'étais pas le chah de Perse, bien sûr, mais étant chef comptable, tu étais pour elle un beau parti. En tout cas, elle sentait qu'avec toi, c'était la sécurité, le foyer solide.

— Et avec toi ?

— Avec moi, c'était le contraire. Elle a compris que j'étais un incapable, mineur pour la vie et sans même se poser de questions, elle s'est dévouée pour me sauver du naufrage. Social d'abord et dans tous les sens. A propos, comment est-ce que tu t'installes ? Si tu la reprends, pas de problème. Sinon, comme je couche ici, sur le divan, je te demanderai de partager la chambre avec elle, toi dans le grand lit, elle dans le lit de cuivre.

La proposition me prenait de court. Quand j'étais en prison, je n'avais jamais envisagé de réintégrer mon domicile. Après ce qui s'était passé, en dépit de l'affection que je conservais à Michel, l'idée d'une existence en commun avec Valérie et lui m'aurait paru absurde, mais il parlait si naturellement de mon installation que je me suis pris à douter d'avoir sainement pensé le problème.

— Ce n'est pas aussi simple que tu as l'air de le croire. Il y a tout de même Valérie. Partager sa chambre avec moi ne peut pas lui être agréable.

— Quelle importance ? Elle m'a raconté votre entrevue à l'hôtel. Puisque tu la trouves tocarde, il n'y a pas de question.

— Autre chose, il y a les locataires. J'ai eu la chance de monter ici sans être vu de personne. Je ne sais pas quelles seraient leurs réactions si j'habitais la maison.

Sur ce point, Michel a pu me rassurer. Dans l'immeuble, les locataires n'avaient pas été fâchés de la mort de Chazard, tous ayant eu à pâtir de son humeur irascible. On prétendait même que maniaque de la persécution, il commençait à être dangereux et bien que personne ne fût venu le dire au tribunal, chacun avait la certitude que j'étais en état de légitime défense. De le sentir si seul dans la mort, j'ai eu le cœur un peu serré pour Chazard.

— Tu t'installes tout de suite ? m'a demandé Michel.

J'ai répondu non, pas tout de suite, comme s'il s'agissait seulement de différer la date de mon installation. Avant de partir, je suis allé prendre du linge dans l'armoire de la chambre à coucher. C'était la chambre de mes parents, celle qu'ils avaient achetée vers 1930, presque neuve, à un locataire qui partait pour Madagascar. Le grand lit était à gauche de la fenêtre mansardée, l'armoire à glace dans le prolongement et, en face, contre le mur de droite, une table coiffeuse surmontée d'une glace ovale. Les chaises et le fauteuil étaient tendus de velours rouge qui avait passé et viré au rose. Enfin, à droite de la porte, laquelle faisait face à la fenêtre, il y avait un lit de cuivre à une personne, acheté en 1937 quand mes parents avaient offert de loger ma cousine Angèle venue de Bergerac pour entrer, grâce à des relations politiques, aux Grands Magasins du Bon Marché en qualité de vendeuse et qui, au bout de six mois avait épousé un capitaine de gendarmerie nommé peu après en Tunisie.

J'ai essayé d'imaginer sur place ce que pourrait être la cohabitation dans cette chambre. Vers neuf heures du soir, le dîner expédié, Michel sortait. Valérie et moi restions seuls dans le petit appartement de deux pièces. Tel était mon désir de vivre auprès de mon frère que la présence de Valérie ne me paraissait pas un obstacle. Je me suis dit qu'ayant été son amant, puis son fiancé, je ne l'avais pourtant pas aimée et aussitôt, je me suis demandé, comme l'avait fait Michel dans son premier chapitre, ce qu'était l'amour. Après tout, je n'en savais pas plus que lui.

Comme je sortais de l'appartement, je me suis trouvé nez à nez avec un garçon assez bien vêtu, au visage rond et rose, portant de fortes lunettes de myope. Me voyant qui tirais la porte derrière moi, il m'a demandé : « Porteur est chez lui ? » Porteur, je m'en suis souvenu heureusement, était le nom d'acteur de Michel. J'ai répondu que Porteur ne voulait voir personne, après quoi, songeant au visiteur précédent, je lui ai demandé s'il apportait de l'argent. Le garçon a rougi, s'est troublé et il est resté plusieurs secondes avant de pouvoir répondre :

— C'est une malchance, je suis dans un creux terrible. Bien sûr, je pourrais donner deux cents francs, quoique... Vous comprenez, je suis à Normale Supérieure. Mes parents sont des ouvriers bornés, socialos et patriotards — A bas la classe ouvrière ! soit dit en passant — et bourrés d'économies. Les études, ils étaient contre, l'instituteur de la communale a dû bagarrer pour moi et maintenant qu'à vingt-deux ans, je ne gagne pas encore ma vie, je les écœure. Alors pas un rond.

— N'allez pas croire que Porteur attende quoi que ce soit des visiteurs.

— Vous n'avez pas besoin de me le dire. Je ne l'ai jamais vu, mais je sais ce qu'il est. A l'Ecole, c'est moi qui ai formé le groupe Porteur. Quand je dis groupe, c'est un peu prétentieux, nous ne sommes que trois.

Côte à côte nous descendions l'escalier, moi fort surpris du sentiment fervent qu'inspirait Michel à ce jeune normalien.

— Vous me dites que vous n'avez jamais vu Porteur. Mais qu'est-ce qui a pu vous amener à lui ?

— Il m'est difficile de vous le dire maintenant. Le fait est que je ne sais plus quand j'en ai entendu parler pour la première fois. En tout cas, je connais plusieurs types qui l'ont vu, qui lui ont parlé. Oui, parlé !

Tout à coup, mon joufflu était redevenu écarlate et derrière les vitres épaisses de ses lunettes, son regard étincelait.

— Mais enfin, ai-je encore demandé, qu'est-ce qui vous a accroché dans ce qu'on vous a rapporté à son sujet ? Est-ce une façon personnelle d'envisager certains problèmes artistiques, politiques ?

— Pendant que vous y êtes, a ricané le normalien, dites qu'il a une doctrine ! Non, mon vieux, ne vous travaillez pas. Porteur, on ne le détaille pas. Porteur, c'est un bloc. Il est Porteur et ça suffit.

Nous étions arrivés en bas de l'escalier. La concierge, derrière sa vitre, m'a vu passer devant sa loge et j'ai entendu sa porte s'ouvrir. Comme j'étais accompagné, elle est restée sur sa curiosité et je n'ai pu que tourner la tête pour la saluer d'un sourire. Devant la Cour d'Assises, elle avait témoigné en ma faveur avec une sympathie chaleureuse et répondu aux questions insidieuses de l'accusateur avec un mépris agressif.

Dans la rue, mon normalien, brusquement, m'a saisi les deux poignets en s'écriant :

— Dites donc, puisque vous sortiez de chez lui, vous le connaissez ! Racontez-moi.

— Que voulez-vous que je vous raconte ? Il n'y a rien à raconter.

— Rien à raconter. Ah! c'est bien Porteur! Il-n'y-a-rien-à-ra-con-ter. Quand je vais dire ça à Forlon et à Couture, ils vont faire trente-neuf de fièvre. Ils n'ont pas fini d'en parler. Rien à raconter !

Il m'a lâché sur ces mots et nous nous sommes séparés, moi m'éloignant vers la Porte Saint-Martin. Un moment, le joufflu est resté figé sur le trottoir pour suivre des yeux l'homme qui connaissait Porteur.

Quand je suis arrivé rue Eugène-Carrière, vers sept heures, Tatiana était déjà rentrée et, a-t-elle dit, fort heureusement, car sa mère avait oublié de mettre, comme convenu, la clé sous le paillasson et rentrerait Dieu sait à quelle heure. J'avais beaucoup à raconter. J'ai commencé par ma visite à Lormier. Comment le trouves-tu ? Il a une gueule qui ne me revient pas. Pourtant, il y a en lui une force. Il te plaît parce qu'il t'a trouvée belle. Pendant une demi-heure, nous avons disputé si Lormier avait d'autres mérites que celui d'être riche et d'autres boursouflures que du corps. Je sentais Tatiana accrochée. Dans la journée, Lormier avait envoyé une corbeille d'orchidées. J'ai poussé un grand cri d'alarme, je lui ai dit regarde-toi, soulève ta jupe, tes jambes valent déjà tous les royaumes de la terre et pour le reste, on n'ose y penser qu'avec des mitaines. Tu ne vas pas, tout de même, te laisser avoir par ce graisseux, cette gonflure ? A quoi Tatiana m'a répondu sèchement : ce qui m'excite, justement, c'est l'idée de ces cent trente kilos qui me pèseraient sur le corps. Nous étions assis sur le divan de la salle à manger et ses grands yeux verts dont le regard plongeait dans le mien, étaient pleins de défi. Lasse des années d'efforts et de pauvreté et des problèmes de manteau, elle flanchait brusquement, aspirée par la perspective d'une vie facile. Voulant argumenter encore, je l'ai prise par les épaules, mais elle, se dégageant, m'a giflé avec tant de force que l'arête de sa main portant sur celle de mon nez, les larmes me sont venues aux yeux et comme elle redoublait de l'autre main, j'ai paré d'un mouvement trop prompt en sorte que mon coude l'a durement touchée à la naissance du cou. Devenue pâle de ce coup-là, elle semblait être au bord de l'évanouissement. Alors, je l'ai bien aimée. Je l'ai prise dans mes bras, je lui ai parlé doucement. Les couleurs lui sont revenues. Elle s'est jetée à mes pieds en criant qu'elle était une salope, une ordure, qu'elle m'avait fait ça à moi sorti de prison d'hier, et sur sa tête elle appelait toutes les calamités du Ciel. On était en plein Dosto. Elle y a pensé soudain et nous avons ri tous les deux. J'ai raconté ensuite ma rencontre avec Valérie, la chambre d'hôtel, le striptise. Tatiana a battu des mains et m'a embrassé avec emportement. Je n'en étais que mieux à l'aise pour parler de la suite. Sans oser avouer que j'avais vainement attendu Michel dans un café, j'ai dit que j'étais monté le voir à notre appartement. Fronçant les sourcils, Tatiana m'a dit et alors ? comment l'as-tu trouvé ?

— Assez singulier. Plus étrange encore qu'il n'était il y a deux ans. En somme, ai-je ajouté en souriant, il est très Porteur.

— Lui, très Porteur ? Ce mollasson sans cœur et sans entrailles ? Laisse-moi rire. Heureusement, Porteur, c'est tout autre chose. Il me tarde d'ailleurs de le connaître. Enfin, on m'a promis de me présenter. Mais

Porteur, c'est un monde à lui tout seul ! Si ton frère te parle de Porteur, envoie-le sur les roses. De sa part, c'est tout simplement du chiqué.

Tatiana ne s'était évidemment pas intéressée à la brève carrière théâtrale de Michel et avait ignoré, en tout cas oublié, son pseudonyme. Je lui ai demandé ce qu'elle savait de Porteur. Peu de choses à ce que j'ai compris, mais pour elle, il représentait, à l'état de pressentiment ou d'aspiration, une certaine morale relevant d'évidences esthétiques. J'ai cru ne pas devoir la détromper quant à l'identité véritable de son héros. Il m'a semblé qu'il était utile et fortifiant d'admirer une figure plus ou moins imaginée et façonnée avec le meilleur de soi-même.

Le plus dur restait à dire : la proposition faite par Michel de réintégrer le domicile familial, que je me suis efforcé de présenter comme une chose allant de soi. Je m'étais attendu à ce que Tatiana fût hostile au projet, mais non pas à la voir exploser d'indignation. Je n'avais donc aucune fierté ? Je m'étais juré de passer le reste de ma vie à ramper dans la boue, à barboter dans les excréments ? Etais-je assez stupide pour ne pas comprendre que s'étant lassé de Valérie, mon frère manœuvrait à me la repasser ? Sans compter qu'avec les quatre sous que je gagnerais chez Lormier, il me faudrait les entretenir tous les deux.

— Tu n'es qu'un veau, un abruti, un torchon, une tête faible, mais je n'ai pas le droit de te laisser te dégrader, je n'ai pas le droit de te laisser envahir par la vermine. Tu vas me faire le plaisir de ne plus remettre les pieds là-bas. Je te l'interdis !

Mes arguments : Rue Saint-Martin, j'étais chez moi et il me fallait bien avoir un domicile, fût-ce une chambre de bonne, ce qui n'était pas facile à trouver. Quant à Valérie, j'avais réglé le problème une fois pour toutes dans la chambre d'hôtel. Autre raison de réintégrer, j'étais gêné de ce qu'elle faisait vivre mon frère avec son salaire. Tatiana, qui s'était levée, arpentait la salle à manger en m'accablant d'injures et de réfutations. Valérie, disait-elle, m'avait trahi pour se jeter dans les bras de Michel, ils n'avaient qu'à se débrouiller tous les deux. Mais si j'avais le malheur de (disait-elle), c'était tout vu : Avec ma lourde nature d'homme, il ne se passerait pas trois jours avant ce qu'elle redoutait. Et puisqu'il me fallait un domicile, je l'avais ici même. Pourquoi chercher ailleurs ?

— Après tes deux ans de morfondu, pour te réadapter à la vie blessante de maintenant, tu as besoin d'être entouré, de baigner dans une atmosphère de confiance et d'affection. Où peux-tu être mieux qu'entre deux femmes telles que nous ?

Tatiana s'était agenouillée sur le divan et me pressait la tête au creux de son épaule. C'était un bon moyen de me convaincre. Je respirais l'odeur de son corps, un peu forte, et d'un œil je voyais dans son peignoir la naissance du sein qui en soulevait l'étoffe. Je l'ai allongée sur le divan et à mon tour, je me suis agenouillé auprès d'elle.

— Crois-tu vraiment que je puisse vivre aussi près de toi sans perdre la tête ? Ou acceptes-tu de courir le risque qu'un soir j'entre dans ton lit ?

Tatiana ne m'a pas répondu et m'a regardé avec une curiosité provocante.

— Si j'habitais chez toi, je n'aurais pas besoin d'être beau ni séduisant. Je serais là, simplement. Je serais commode.

— Quoi qu'il arrive, Martin, tu seras toujours bien autre chose.

— Figure-toi que mon frère s'est mis à écrire. Il a commencé et abandonné une sorte d'essai sur l'amour.

Passant outre au ricanement de Tatiana, je lui en ai résumé le premier chapitre pour arriver à la conclusion : « En amour, les personnes du sexe, faut pas se tromper, c'est social d'abord. » Madame Bouvillon est entrée pour entendre la fin de mon résumé.

— C'est bien vrai, a-t-elle approuvé, social d'abord. En 1919, quand j'ai rencontré Adrien, j'ai tout de suite souhaité qu'il m'épouse parce qu'il était beau, mais aussi parce qu'il avait le bel uniforme. Si beau, j'ai pensé, si bien habillé, et toutes ces médailles, il doit être riche. Oh ! je n'ai pas calculé, je n'ai pas cherché non plus à m'informer s'il avait de l'argent — quelle horreur — mais de lui voir tant de richesse, j'avais la tête enchantée et le cœur aussi. Et je dois dire, parce que c'est la chose vraie, j'ai trouvé qu'Adrien avait une belle intelligence tant que je l'ai cru riche et après, non. Qu'il me pardonne, s'il est vrai qu'il puisse m'entendre, d'avoir une âme aussi misérable.

— Maman, si tu nous faisais à dîner ? A propos, je te signale qu'en sortant, tu as oublié de mettre la clé sous le paillasson. Heureusement, je suis rentrée de bonne heure, sans quoi Martin était à la porte.

— C'est donc ça ! s'est écriée Sonia. Toute la soirée, je me suis sentie mal à l'aise. J'avais décidé d'aller au cinéma, mais sur les Champs-Elysées, j'ai rencontré Dounia Skouratov qui m'a emmenée prendre le thé. Pendant des heures, elle m'a parlé de son petit-fils qui a été reçu cette année à Polytechnique et de sa petite-fille qui est déjà une vedette de cinéma. Pauvre vieille pie, elle était si fière de la réussite. Et moi, je n'ai pas l'orgueil, mais j'ai fini par dire à Dounia que tu étais agrégée de mathématiques.

— Voyons, maman, c'est stupide. Je vois souvent Pierre Skouratov. Il sait très bien que j'ai échoué et que je suis mannequin.

— Tu as raison, mais Dounia n'a pas eu l'air de savoir ce que c'est qu'une agrégée et je crois, elle a déjà oublié. C'est comme ton père, un jour qu'il me demandait des explications sur la noblesse de ma famille, j'ai répondu, pour me débarrasser et c'était si mal, qu'elle était apparentée aux Tolstoï. Mais Adrien ne savait pas qui était Tolstoï et il a oublié. Il était si bon. Je voudrais tant ne mentir jamais et, sans raison, il arrive que le mensonge s'échappe de moi.

Pendant le dîner, Tatiana a pris sa mère à témoin de la grande naïveté qu'il y aurait de ma part à rejoindre mon domicile de la rue Saint-Martin.

— S'il aime son frère, a répondu Sonia, il est naturel qu'il veuille vivre avec lui.

— Un frère qui l'a trahi après l'avoir abandonné ?

— L'affection vraie ne se souvient pas.

V

Le lendemain matin à neuf heures, je me suis présenté à Keller, le chef du personnel de la S.B.H. qui m'a accueilli avec froideur, comme un intrigant imposé par de hautes instances et dont la maison n'avait que faire. Il m'a d'ailleurs immédiatement confié à une secrétaire qui m'a fait remplir des fiches. Je me suis inscrit comme domicilié rue Saint-Martin. Les formalités terminées, elle m'a fait descendre un étage et conduit dans un bureau vide, des plus exigus, meublé d'une table et d'une chaise. Je devais me tenir là, m'a-t-elle expliqué, jusqu'au jour où le chef du personnel m'aurait trouvé une affectation et quant à la date, elle ne pouvait me fixer même approximativement, le personnel étant au complet pour l'instant, ce qui revenait à dire que j'étais un parasite, en surnombre à la S.B.H. L'habitude de la prison m'a beaucoup aidé à supporter la solitude et l'inaction dans cette petite pièce qui avait à peu près les dimensions de la cellule. Apparemment, il n'y avait rien, dans cette retraite, dont le regard n'eût fait le tour en moins d'une minute, mais il faut avoir vécu longtemps en prison pour être capable d'explorer à fond un lieu clos. Après un coup d'œil par la fenêtre qui donnait sur la cour, je me suis assis sur la chaise, les genoux engagés sous la voûte de la table-bureau. J'avais à ma gauche trois tiroirs superposés et trois autres à ma droite. Tous étaient absolument vides, à l'exception du sixième, celui du bas à droite, dans lequel j'ai trouvé tout au fond et calée par deux punaises, une pointe Bic. Il ne m'a pas fallu cinq minutes de réflexion. J'ai fait sortir le tiroir de son alvéole et, l'ayant retourné, j'ai vu ce que j'avais pressenti, à savoir que le bois, sur cette face normalement invisible, était couvert presque entièrement de lignes serrées, écrites à la pointe Bic. Remettant le tiroir en place, j'ai opéré de la même façon avec le premier, celui de gauche en haut, que la même écriture placardait au verso sur toute sa surface. Sans prendre le temps de vérifier les tiroirs intermédiaires, j'ai commencé à lire :

« La première voiture que j'ai volée, j'avais seize ans. Le chauffeur m'avait appris en vacances à conduire la Buick de mon père. J'ai vu un type arrêter la sienne rue de l'Université et se diriger, en tournant le dos, vers un bureau de tabac. Avant qu'il soit arrivé, j'avais démarré. J'ai pris l'autoroute de l'Ouest, aller et retour à toutes berzingues, et j'ai laissé la bagnole pas loin de chez moi, dans une rue de Passy. Ça ne m'avait pas amusé. Pour que ça soit marrant, faut être quatre ou cinq dedans, qu'on en ait un vache coup dans le nez et qu'on beugle et qu'on rigole quand on frôle les autres voitures pour les doubler. Faut dire aussi que j'étais dans une période que la vie me semblait tarte. Je venais de parler à mes parents, je leur avais dit que les études ça allait comme ça. T'as pas d'orthographe, objectait mon père. Ça me donne pas de complexes, que je lui répondais. Mais enfin, qu'est-ce que tu comptes faire ? Je ferai comme maman, je me sortirai avec ton fric. Je me ferai une petite vie mondaine. La conversation en est restée là, mais le fait est que j'ai quitté le collège. Justement, ce qui m'a inquiété, c'est que je m'ennuyais autant qu'avant. Rester à la maison, pas question, c'était le vide, maman jamais là, le père toujours à son travail de haut fonctionnaire, comme il disait. Nous autres hauts fonctionnaires. Vieux schnock. Quand j'étais môme, il était déjà haut fonctionnaire. Pourtant, c'était pareil. Je restais seul avec la bonne et la gouvernante qui gouvernait ma sœur Flora (ce nom à la con) et qui avait un droit de regard sur mon travail scolaire. Mademoiselle, c'était une petite femme brune, anguleuse qui mettait pas de moelleux dans la maison. Un jeudi, Flora dormait, j'avais déjà douze ans, Mademoiselle m'a emmené dans le bureau pour me parler de mon orthographe, et moi, pour faire quelque chose de révoltant, je lui ai mis la main sous les jupes. J'attendais des cris ou une paire de claques, mais elle a ouvert les jambes et toute pâle, elle a regardé ma main monter le long de son bas vers la boucle de la jarretelle et se coller au slip. Finalement, je l'ai sautée sur la moquette et on a recommencé le lendemain et les jours suivants, mais la bonne qui pouvait pas blairer Mademoiselle a compris ce qui se passait. Un jour qu'on était à poil l'un sur l'autre, elle est entrée dans le bureau avec ma sœur Flora qui allait sur ses cinq ans. Le temps de compter jusqu'à trois et de bien nous voir, elles ont repassé la porte. D'un seul coup, je me suis senti seul au monde et tout qui se retirait de moi. Mademoiselle, je lui ai dit rhabille-toi, ordure, et avant qu'elle sorte, je lui ai balancé mon poing en pleine gueule. Depuis, les femmes, je les encaisse pas bien. De temps en temps, il m'arrive d'en sauter une et après, j'ai envie de cracher dessus. Après le coup de Mademoiselle, j'ai pris l'habitude de pas traîner à la maison. Tous les jours, c'était le cinéma. J'en ai appris des trucs au ciné et d'abord que l'amour c'est du jamais vrai, c'est du faridon pour faire soupirer les rombières. Je me barrais toujours avant le finale du baiser et des horizons qui s'élargissent. Mais j'y ai appris bien d'autres choses et qui m'ont servi. N'empêche, comme je disais tout à l'heure, quand j'ai eu lâché le collège, je me suis embêté jusqu'aux vacances. Mon père a un château en Bourgogne, mais on n'y met presque pas les pieds. A la veille des vacances, ma mère a toujours une autre idée en tête. Deux ans de suite, ç'a été Saint-Tropez. Comme elle s'y prend trop tard, on a une chambre d'un côté, une chambre d'un autre, ailleurs un coin de grenier, des galetas miteux payés à prix d'or. Elle, tous les soirs, c'était danser, les surprise-parties, les amis qui se l'arrachaient. Pendant ce temps-là, je me trimbalais dans les rues. Le soir, Saint-Tropez, c'est pas marrant. J'allais dans les boîtes, les caves où on dansait. Germain, je l'ai connu dans l'escalier d'une cave. On montait tous les deux, avec la musique dans le cul, lui juste devant moi et en arrivant vers le haut, il s'est trouvé devant un type en pantalon de flanelle blanche qui descendait le colimaçon. Je t'avais défendu de venir ici, lui a dit Germain et en même temps il l'a assis sur une marche d'un coup de tête dans le ventre. Prends-le par un bras, il m'a fait, Germain. On l'a remonté à l'air libre. Il était deux heures du matin. Pas un chat. Le mec, Germain l'a sonné à coups de poing, à coups de pied et pour finir, il a mis la main à la poche du pantalon de flanelle et il a tiré jusqu'à ce que l'étoffe craque. Tout le devant a été arraché. On l'a laissé sur le carreau, on est allé faire un tour sur la jetée sans rien se dire. Je le sentais heureux. Le lendemain, entre quatre et cinq heures du matin, on a été au grand parking avec chacun un pavé et on a descendu une cinquantaine de pare-brise. C'est à Saint-Tropez aussi, vers la fin de notre séjour que j'ai fait la connaissance d'Hermelin, directeur général de la S.B.H. C'était dans la première semaine d'août. Mon père venait d'arriver à Saint-

Les tiroirs de l'inconnu. 3.

Tropez. On lui avait gonflé un matelas pneumatique à côté de la paillasse du chauffeur dans un coin de grenier. Lui aussi trouvait que c'était amusant.

Un soir qu'on allait dîner, mes parents, Flora et moi, on rencontre Hermelin. Mon père et lui se connaissaient un peu, pas beaucoup, mais maman avait une jolie robe et à son regard j'ai vu que le type était accroché. Moi, tout de suite, je l'ai eu dans le nez. Le visage, la voix, le format joueur de rugby, c'était le bel homme de la cinquantaine, avec un côté muflard qui ressortait sous ses airs nobles, je dirai même un côté ruffian. Il avait une villa dans le patelin, il nous a invités à dîner pour le lendemain. Pour ma part, j'ai décliné et à papa qui me demandait pourquoi, j'ai répondu : Ton M. Hermelin a une tête qui ne me revient pas. Et pendant que mes parents acceptaient en se tortillant l'échine, je me suis taillé au restaurant.

« A Paris, Germain et moi, on a continué de se voir. Il avait des copains, je les connaissais, mais c'est moi qu'il aimait le mieux. On volait des voitures pour aller les détraquer ailleurs. Germain connaissait des trucs fameux pour fusiller un moteur. La nuit, on attaquait les passants isolés et on leur flanquait des raclées. Un soir, à minuit, on a emmené une fille dans la forêt de Rambouillet. Une grande blonde, le genre bien roulé. Germain et moi, on n'est pas des bavards, mais elle, y avait qu'à la laisser dévider. Une seule fois elle a paru inquiète. C'est encore loin ce cabaret yougoslave ? elle a demandé. Germain a freiné. On est descendu tous les trois sur une petite route en pleine forêt. Germain a commencé par une paire de claques. Alors, la fille a relevé sa robe, elle a dit c'est ça que vous voulez ? Alors, on a cogné dessus tous les deux, mais rien de grave, et puis on l'a déshabillée en lui laissant juste ses souliers et d'un coup de poing, Germain l'a envoyée dinguer dans le fossé. Quand on a démarré, elle était déjà debout sur la route. Après qu'on a eu roulé deux cents mètres, il a arrêté la bagnole. On va se marrer, il me dit. La fille, toute nue, s'est mise à courir pour nous rattraper. Dans le clair de lune on la voyait vachement bien. Nous deux, on se bidonnait qu'on en avait mal au ventre. Elle courait la gueule ouverte en ramant des deux bras et les nichons qui ballottaient. Nous, pliés en deux. Arrivée à dix mètres de la bagnole, Germain repart pour s'arrêter encore deux cents mètres plus loin. Comme ça, trois fois. A la fin, elle s'est mise à genoux sur la route, les mains jointes, en gueulant et en sanglotant. Du spectacle. Où on n'a plus été d'accord, c'est que Germain voulait l'abandonner à poil dans la forêt par un vent glacial. C'est bien d'être vache, mais faut savoir se contrôler. J'ai insisté pour lui rendre ses habits et il a cédé.

« Hermelin, le directeur de la S.B.H. couchait avec ma mère et à chaque instant, il venait déjeuner ou bien dîner chez nous. Mon père, il voyait rien, il savait rien. Maman aurait pu porter douze paires de couilles en sautoir que même en mettant ses lunettes par-dessus son monocle, il aurait encore rien vu. Un dimanche, on déjeunait à la maison avec Hermelin, et maman se met à dire qu'elle avait décidé de mettre Flora en pension à Neuilly. Tout ça parce que Hermelin avait lui aussi une fille de onze ans en pension dans la même boîte. Flora, c'est pas que je la blaire tellement bien. Elle a beau avoir onze ans, on sent c'est déjà de la femme, c'est du pas bien sûr, avec le caractère qui trouve sa pente dans la raie de ses fesses. Quand même. La colère me prend, je dis à mon père : Alors, t'es plus chez toi ? C'est l'amant de ta femme qui s'occupe de caser Flora ? Oui, l'amant de ta femme. Tu peux le regarder avec l'œil qui frise derrière ton carreau. C'est bien lui. Mais moi, je m'oppose, je dis que Flora n'ira pas en pension. Là, j'ai eu droit à des gueulements, jusqu'à Flora, la petite gale, qui s'y est mise. Le soir, je retrouve Germain et ni une ni deux je me déboutonne. Jamais je lui avais rien dit de ma famille, ni lui de la sienne. Pourtant, il en avait sur le cœur et autant que moi. Chez lui, c'était la grosse galette, une demi-douzaine de domestiques à Paris, autant sur la Côte. Sa mère, quarante ans, un mètre quatre-vingts, carrure en rapport et lunettes en or, était devenue veuve un an après sa naissance. Elle, les hommes, ça la travaille pas. Sa passion ravageuse, c'était les bonnes œuvres, les comités, les réunions, les congrès, la prospection des pauvres. Toujours courant d'un comité à un autre ou voyageant à l'étranger pour étudier le paupérisme au Japon ou en Argentine, elle était presque jamais à la maison et si elle y prenait un repas, c'était avec une tablée de rombières charitables. Germain avait passé son enfance à recevoir des claques des domestiques qui avaient toujours raison auprès de sa mère, parce qu'une de ses œuvres était consacrée à la défense de la dignité des gens de condition servile. La bonté, les bonnes œuvres, il les avait drôlement dans le nez. Quand je lui ai raconté le coup de Flora en pension, il a compris que dans ma vie ça tournait pas rond non plus. T'occupe de rien, il m'a dit. Le lendemain soir, avec des copains, il attend Hermelin devant chez lui et il le dérouille à zéro que le mec il en a eu pour huit jours à pas sortir de chez lui. Moi, le soir de la raclée, j'étais resté à la maison avec Flora et mon paterbroque, soi-disant que je me sentais pas bien. C'était l'alibi pas discutable, mais Hermelin était pas dupe. N'empêche qu'il a pas mouffeté. N'empêche aussi qu'à la rentrée d'après Pâques, Flora n'a pas été en pension. Germain et moi, on a continué à se distraire. Un soir, à minuit, on embarque trois filles qu'on connaissait bien et on s'en va du côté de P... dans une villa que Germain avait repérée, une maison cossue au bord d'une petite route, derrière une grille et le patelin à plus de cinq cents mètres masqué par un rideau d'arbres. Quand la bagnole s'est arrêtée devant la baraque, une autre voiture qui roulait vite nous a pris dans ses phares et on a attendu pour descendre qu'elle ait disparu. Germain a distribué le matériel, un gros marteau pour moi et pour chacune des trois filles. Pour lui, une pince-monseigneur. La porte de la grille a cédé tout de suite. Pour la porte d'entrée de la maison, il a fallu un peu plus de temps, mais ç'a été sans accroc. On est tout de suite monté dans la salle de bains, au premier étage. La baignoire, le lavabo, les glaces, le bidet, tout a volé en éclats. On cognait en gueulant comme des ânes. Dans les chambres on a défoncé les coiffeuses, les commodes, on a vidé dans le linge des bouteilles d'eau de Javel, on a déchiré les couvertures, éventré les matelas, les oreillers, et tous ensemble on a pissé sur un tapis. Au rez-de-chaussée, on a trouvé du whisky qu'on a bu à la bouteille. Il faisait chaud, le temps était à l'orage. Les filles s'étaient dégrafées, les seins à l'air. La petite D. disait qu'elle s'était jamais sentie aussi bien. C'est vrai qu'on était salement bien. Après qu'on a eu déchiré les tableaux et les tentures du living-room, on a rassemblé au milieu de la pièce tout ce qu'on a trouvé de vaisselle, de porcelaines, de faïences, de verres, de bouteilles. Pendant qu'on cassait, qu'on était en pleine frénésie, les gendarmes sont entrés, revolver au poing. On a été embarqué à la prison de P... Les gendarmes, la prison, c'est quand même un sale truc. Comme les familles avaient le bras long, l'affaire a pas eu de suite, surtout que la mère de Germain a largement payé la casse, mais le procureur a passé la main en mettant des conditions. Il a fallu que Germain aille en pension dans un collège anglais. Moi, j'ai dû entrer à la S.B.H. où Hermelin offrait de m'ouvrir les portes. Je me méfiais, mais le coup de la prison, ça m'avait secoué, j'ai pas osé me défiler. Le matin de mon arrivée à la S.B.H., une secrétaire m'a mis dans un bureau vide, celui où j'écris. Elle m'a dit de rester là en attendant mon affectation. A midi, je suis sorti sans avoir vu personne. Je suis revenu à deux heures et dix minutes après, Hermelin est entré. Il avait une clé et il a bouclé la porte derrière lui. Il a traversé la pièce pour me couper la fenêtre et il s'est marré doucement avant de me raconter comment il m'avait fait suivre par une agence privée pendant près d'un mois pour finalement me faire pincer dans un coup dur. J'ai voulu crâner, lui dire qu'il avait une gueule de vache. Alors, il me l'a bouclée d'un coup de poing en pleine poire et il s'est mis à m'assaisonner. Costaud comme il était, à côté de lui, j'existais pas. Pour finir, il m'a envoyé rouler au pied de la table, la tête appuyée à un barreau de la chaise qui était tombée avec moi. Le choc était dur, mais je me sentais pas trop mal en point. Quand même, j'ai fait semblant d'être groggy pour mieux voir venir. Lui, le salaud, il s'est mis à se débraguetter, il a baissé son slip tout en bas de son ventre et il a sorti son arsenal en me regardant. Petite ordure, il m'a dit, tu vas y passer comme ta mère, comme ta sœur Flora. Rien que d'avoir parlé, ça l'avait excité et son truc qu'il tenait à deux mains s'était déjà dressé. Ça m'aurait embêté d'y passer, comme il disait. Je me suis relevé lentement, comme si j'étais encore anéanti et sans crier gare, j'ai brandi la chaise en visant à la tête. Pendant qu'Hermelin, surpris, levait les mains pour parer l'estocade, je lui ai décoché dans son bazar un sûr coup de pied avec une force que je n'ai probablement jamais eue. Il a étouffé un cri et, tellement il avait mal, il est devenu blanc comme un linge. Les dents serrées, le corps un peu penché en avant, il avait les mains à plat sur les cuisses, sans oser toucher l'endroit douloureux. Une seconde il a fermé les yeux. Alors, moi, du même pied, à la même place, j'ai fait mouche encore un coup. Cette fois, il s'est évanoui. J'ai pris la clé dans la poche de son veston et je suis allé ouvrir la porte que j'ai laissée entrebâillée. Quand je l'ai vu revenir à lui, j'ai ouvert la fenêtre, prêt à me laisser glisser au rez-de-chaussée s'il faisait mine de revenir sur moi, mais après qu'il a eu reboutonné sa braguette, il s'en est allé à petits pas, les jambes écartées. J'ai fermé à clé derrière lui en ayant soin de laisser la clé sur la porte. Le reste de l'après-midi, je l'ai passé à réfléchir à ce qui venait de m'arriver. Hermelin avait son compte pour deux ou trois jours, mais je savais qu'il se vengerait. Le lendemain, à force de ruminer mon histoire et tellement seul, j'ai commencé à avoir peur et c'est même ce qui m'a décidé à écrire sur le derrière des tiroirs. Qu'au moins, s'il m'arrive quelque chose, on finisse par savoir que ça a pas été par hasard. Naturellement, je m'enferme à clé, mais ce qui peut se passer, c'est qu'il s'introduise dans le bureau avant moi et qu'il se cache pour m'attendre. Ce n'est pourtant pas ce que je redoute vraiment. Il y a maintenant quatre jours que je suis à la S.B.H. Hier soir et aujourd'hui à midi, en quittant la boîte, je l'ai rencontré dans le grand couloir. Il ne m'a pas regardé. S'il ne m'arrive rien, si je quitte normalement la pièce où je me trouve pour aller ailleurs, je ferai une croix sous la table entre les tiroirs. S'il n'y a pas de croix, priez pour moi. Non, quand même, j'exagère. Hier soir, en rentrant à la maison, vers sept heures, je trouve mes parents qui étaient en train de se toiletter pour un dîner officiel. Tiens, je dis, Flora n'est pas là ? Non, répond ma mère, le chauffeur de M. Hermelin est venu la chercher tout à l'heure pour dîner avec Janine. Janine, c'est la fille à Hermelin. Je l'ouvre pas, mais je file à l'autre bout de l'appartement téléphoner à la directrice de la pension de Janine. — Ici, le secrétaire de M. Hermelin etc. —

Non, Monsieur, aucun cas de scarlatine chez nous etc. — J'aimerais pouvoir dire à M. Hermelin que j'ai parlé à sa fille etc. Une minute s'écoule et j'ai Janine au bout du fil. Jamais été question pour elle de sortir. Je raccroche, je file comme un dard à la salle de bains. Pendant que maman se faisait les lèvres au pinceau, papa en habit, archiprêt, se fignolait le menton au rasoir électrique. Je lui coupe le courant à la prise. Je viens de téléphoner à la pension de Janine, je lui dis, elle n'est pas en train de dîner avec Flora. La vérité, c'est que ta fille se fait enfiler par Hermelin. Mon papa, il en était comme deux sous de flan. Ma mère voulait la ramener, je lui dis ta gueule, eh putain, morue, et je me retourne vers le père. Alors, quoi, qu'est-ce que tu fais ? Voyons, voyons, mais comment, comment, qu'il bavait, mon auteur. Je l'ai sorti de la salle de bains, je l'ai emmené au téléphone pour qu'il appelle Hermelin. Il avait une mine sombre, mais dès qu'il a eu l'autre au bout du fil, un sourire mondain lui a fleuri aux lèvres et ç'a été du cher ami. Les petites s'amusent beaucoup, disait Hermelin. Et mon Ducornard en habit continuait de sourire. C'est seulement quand je lui ai eu balancé un coup de coude dans les côtes qu'il est devenu sérieux. Il s'est mis à tousser dans l'appareil, à se racler la gorge et alors maman est arrivée comme une flèche, lui a pris l'appareil des mains. Allô ! Nous sommes très en retard... Merci, vous êtes gentil. Bonsoir. Mes parents ont fait vite pour décarrer. Je les ai traités de fumiers, de salauds, de pourvoyeurs, je leur en ai vomi jusque dans l'escalier. Hermelin, mes vieux veulent pas voir, pas comprendre, mais moi, je sais et j'oublierai pas. Ce matin, samedi, onze heures et demie, on a frappé à ma porte et sans perdre de vue que je m'étais enfermé à clé, j'ai dit entrez, mais personne n'a essayé de manœuvrer la poignée de la porte et je n'ai plus rien entendu. »

Ici s'arrêtait le récit de l'inconnu, environ aux trois quarts du sixième tiroir. Ma lecture terminée, j'ai aussitôt cherché la croix qu'il se proposait de tracer sur le plateau de la table si, selon ses propres paroles, il quittait normalement la pièce pour aller ailleurs. M'éclairant avec la lampe de bureau, j'ai constaté non sans émotion qu'il n'y avait pas de croix sous le plateau de la table, mais seulement une inscription d'une écriture autre que celle de l'auteur du récit : « Vive K... Vive Mao. Porteur avec nous. » Pendant le reste de la matinée, j'ai vainement cherché une indication, un signe qui m'aurait permis d'ajouter à l'aventure un maillon supplémentaire. J'avais rendez-vous à midi et quart avec Tatiana dans un snack-bar des Champs-Elysées. Elle est arrivée à la demie, n'ayant qu'un quart d'heure à m'accorder.

— Raconte, m'a-t-elle dit.

— On m'a mis dans un bureau vide en attendant de me trouver une affectation.

Nous avons mangé un sandwich en moins de cinq minutes et nous sommes allés prendre un café dans un endroit plus tranquille. Quand nous avons été assis, Tatiana a placé sa main sur la mienne posée à plat sur la banquette.

— Alors, ce soir, tu rentres chez toi ? Ne t'excuse pas, Martin, ce n'est pas un reproche que je te fais, mais j'ai de la peine. J'aurais tellement aimé que tu restes chez nous. Savoir que je te trouverais en rentrant, c'était toute ma vie qui était changée. Bien sûr, on aurait fini par coucher ensemble. Et après ? Sans être éprise de toi, ça ne m'aurait pas déplu, je t'assure. Tu es propre, tu es solide. Toi et moi, on aurait été un peu marié sans l'avoir voulu, sans même y penser.

J'ai souri à ces félicités indécises qui flottaient dans sa jolie tête.

— Tu l'oublies, mais je sais, moi, combien tu es

vigilante. Tu découvrirais un jour que tu t'enlises et tu me planterais là avec ta mère.

— Je reviendrais. Vois-tu, Martin, ce retour dans tes foyers me fait peur pour toi. J'imagine qu'après deux ans de prison, on ne sait pas bien qui on est.

— C'est vrai. J'y pensais ce matin dans l'autobus. Pour se retrouver, on a besoin de l'épreuve de la vie, du contact des gens.

— C'est ça. On est de nouveau comme un gosse qui se façonne sur son entourage. Et toi, tu vas vivre avec ton frère qui est un petit cul et surtout un petit indifférent n'ayant même pas le désir de t'apporter quoi que ce soit. En fait, c'est avec Valérie que tu vas vivre. Elle va s'agripper à toi parce qu'elle sentira très bien, si elle a pu l'oublier, que tu es queiqu'un de solide. Valérie, je l'ai vue quelquefois quand vous étiez fiancés, Valérie est une fille qui ne manque pas de cœur ni de bon sens, mais bornée par des soucis étroits, ravagée par de petites jalousies de métier et des susceptibilités de toute sorte. Avec elle, tu vas vivre un peu à ras de terre et ça me chagrine. Tu sais bien qu'avec moi ce serait tout autre chose. J'ai l'habitude d'ouvrir les fenêtres. Allons, il est l'heure. Tu m'accompagnes ?

Nous sommes allés à pied jusqu'à la rue François-Ier J'ai demandé à Tatiana si je la reverrais.

— Bien sûr, mais quand ? Nos métiers nous entraînent chacun d'un côté. Nos heures de sortie ne sont pas les mêmes et ni toi ni moi n'avons le téléphone. D'ailleurs, dans deux mois, auras-tu encore envie de me voir ?

J'ai protesté (comment peux-tu croire) avec beaucoup de conviction, puis nous avons marché en silence et je me suis souvenu que dans les douze mois ayant précédé mon arrestation, nous nous étions vus trois fois. Sans doute était-elle très prise par ses études et par son gagne-pain, mais ses occupations actuelles, plus agréables, semblaient n'être pas moins absorbantes.

Nous nous sommes quittés à la porte d'un studio où elle allait poser pour des photos publicitaires. J'ai voulu la remercier d'avoir tant fait pour moi en ces deux jours, mais ému, la voix m'a manqué.

L'après-midi, entre deux et six heures, je suis resté dans le bureau sans voir personne et j'ai passé mon temps à classer dans ma tête les données du problème que posait le récit de l'inconnu. Celui-ci avait pris grand soin de ne livrer ni son nom, ni son prénom, ni rien qui permît d'identifier sa famille, si ce n'est que sa sœur s'appelait Flora et que son père était un haut fonctionnaire portant monocle. Encore le prénom de Flora pouvait-il fort bien être un déguisement, la même remarque valant pour celui de Germain. Quant à dater l'aventure, la difficulté n'était pas moindre. Elle pouvait remonter à quatre mois et aussi bien à cinq ou six ans. Ces divers points auraient pu être éclaircis sans peine à la direction du personnel, mais il ne pouvait être question pour moi d'y mener une enquête, d'autant moins qu'on m'y avait accueili sans bienveillance. Mais ce qu'il importait de savoir en tout premier lieu, c'était si le récit de l'inconnu n'était pas celui d'un mythomane ou d'une farceur, ou d'un littérateur, ni même il ne s'agissait pas de salir un homme irréprochable. Si ma rencontre avec Tatiana n'avait pas été aussi brève, ces doutes m'auraient peut-être retenu de lui confier le secret des tiroirs.

VI

A six heures, dans le métro qui m'emportait vers la station Saint-Denis, un couple auquel je n'ai pas d'abord prêté attention, est monté à un arrêt. La femme, une rougeaude de la quarantaine, blondasse et mamelue, qu'il me semble n'avoir jamais vue auparavant, s'est mise à me dévisager et nos regards s'étant rencontrés, le sien a brillé d'insolence. Sans me quitter des yeux, elle s'est penchée vers son compagnon et lui ayant parlé à l'oreille, m'a désigné d'un mouvement du menton à son attention. Je me suis senti blêmir. Ces gens parlaient de mon crime. Sous la pression de leurs regards qui ne me quittaient pas, j'ai marché à reculons en bousculant plusieurs personnes, sans oser seulement détourner les yeux. Enfin, le métro s'est arrêté et, pris dans un remous, je suis descendu sur le quai où j'ai laissé passer deux ou trois rames.

En arrivant rue Saint-Martin, je suis entré dans la loge de la concierge. Madame Letord, une petite femme mince, grisonnante, avec une voix d'homme bien timbrée qui avait surpris le Tribunal lors de mon procès, a stigmatisé le jury qui m'avait condamné.

— Une vraie fournée de manches, que c'était, monsieur Martin. Ça ne connaissait pas le béaba de la vie, ça n'avait jamais médité sur les passions humaines.

Comme je l'interrogeais quant aux réactions probables des locataires à la nouvelle de mon retour, elle a été catégorique. Après ce que j'avais fait de Chazard, a-t-elle dit, j'étais le caïd de la maison. Malgré ces paroles de réconfort, j'avais le cœur lourd en gravissant l'escalier. Je pensais à Tatiana, à sa tendre brusquerie, me demandant si ce n'était pas le sentiment de ma déchéance qui m'avait fait refuser de profiter plus longtemps de son rayonnement. J'escaladais les marches deux par deux, toujours pour diminuer le risque de rencontrer un locataire, si bien qu'entre le troisième et le quatrième étage, j'ai rattrapé Fondriant, le locataire du quatrième étage droite, un vieil homme de près de soixante ans, qui m'avait connu enfant. En entendant mon pas, il a eu un coup d'œil par-dessus l'épaule, m'a reconnu et s'est tourné vers moi avec un sourire cordial qui m'a fait rougir de plaisir.

— Je suis content de te revoir, m'a-t-il dit en me serrant la main. J'ai souvent pensé à toi et à la malchance d'avoir affaire à un jury borné.

Fondriant était lui aussi venu à la barre comme témoin de moralité, mais en dépit de ses bonnes intentions à mon égard, rien dans son témoignage n'était assez fort pour remuer les jurés. Tout ce que je savais de lui me faisait croire que s'il avait lui-même été juré et qu'il se fût agi d'un autre que moi, il aurait été satisfait d'une peine de deux ans de prison. Sur le palier du quatrième, je l'ai remercié d'avoir élevé la voix en ma faveur et lui, en tirant de sa poche un trousseau de clés m'a recommandé : « Maintenant, tâche de ne plus faire de bêtises et méfie-toi à l'avenir de ton humeur emportée. » Je le lui ai promis avec un air et un ton cafards qui ne m'ont même pas gêné après coup, tellement l'accueil de Fondriant me donnait de satisfaction.

A demi couché sur le divan de la salle à manger, mon frère lisait un livre ayant pour titre *Lolita*. Il a levé le nez à mon approche et m'a dit qu'il était en train de lire un livre comme jamais lu, un roman faramineux. Je n'ai pas manifesté de curiosité. Les romans et plus généralement la littérature ne m'intéressent pas. Michel, qui s'en est souvenu tout à coup, m'a considéré un moment en silence. « C'est, a-t-il ajouté, l'histoire d'un type de quarante ans qui est l'amant d'une petite fille de douze ans. » A quoi je n'ai pu me retenir de hausser les épaules. On se casse le dos à faire des études, on avale des centaines et des centaines d'alexandrins qui vous cambrent les sentiments et après, il faudrait se plonger dans une littérature qui va à contre-poil de tout ce qu'on a appris. C'est ce que j'ai dit à mon frère. Maintenant, on en est au derrière des fillettes, demain peut-être à celui des octogénaires. Une littérature de pissotière, d'égout, d'asile de fous, voilà à quoi tu te délectes. A quand le best-seller mondial dont l'action se passera tout entière dans les chiottes ? Mon indignation a fait rire Michel et j'ai fini par sourire en me forçant. J'ai le côté puritain qu'ont souvent les gens pauvres ayant fait quelques études et s'étant attachés à retrouver dans un enseignement qui les a dépaysés, la rigueur de cet autre enseignement qu'a d'abord été pour eux la pauvreté. N'ayant jamais partagé avec mon père et moi nos soucis d'argent et d'ailleurs assez indifférent aux conditions matérielles de l'existence, c'est en dilettante que Michel avait fait des études. Reparlant de *Lolita* et comme je m'insurgeais encore, il m'a dit qu'en littérature comme ailleurs, il fallait aller toujours plus loin dans tous les sens, qu'il devait exister, dans l'une ou l'autre direction une sorte de mur du son au-delà duquel l'esprit acquerrait une agilité insoupçonnable. De tels propos ne cadraient guère avec la nonchalance que je lui connaissais.

Valérie est entrée, le ventre ceint d'un tablier de cuisine noué par-dessus sa robe et n'a laissé paraître aucune mauvaise humeur de me trouver là. Je me suis excusé de venir m'installer plus tôt que je ne l'avais prévu. Elle a répondu paisiblement que tout était en place pour me recevoir et qu'il y aurait de quoi dîner.

— Tout à l'heure, je te mettrai des draps dans le grand lit. Ça ne change rien pour moi, j'ai l'habitude de coucher dans le lit de cuivre. Le matin, pour la toilette, on s'arrangera.

A la maison, de même que chez Tatiana, on faisait la toilette sur l'évier. Tout en parlant, Valérie dégageait une partie de la table envahie par les livres et les papiers de Michel et mettait nos trois couverts. Comme elle regagnait la cuisine, je lui ai proposé mon aide qu'elle a refusée aimablement. Je l'avais accompagnée jusqu'à la porte de la salle à manger et quand je me suis retourné, Michel s'était déjà replongé dans *Lolita*. En attendant le repas, je me suis avancé contre la fenêtre mansardée donnant sur une cour intérieure plongée dans une demi-obscurité. Des sept fenêtres mansardées qui faisaient vis-à-vis aux nôtres, deux étaient éclairées et des ombres bougeaient derrière les rideaux de tulle. Si les locataires n'avaient pas changé en mon absence, ces ombres devaient être celles de gens que je connaissais depuis très longtemps. L'une des mansardes abritait une vieille femme n'apparaissant à la fenêtre qu'à la belle saison, l'autre un homme chauve à moustache noire, qui s'agenouillait chaque matin sur la banquette de la fenêtre et, non sans ostentation, priait les mains jointes en finissant par un signe de croix. Ces manifestations de piété irritaient Chazard qui, logeant juste au-dessous de nous, avait également vue sur la cour. Elles avaient même déplu à mon père du jour où il avait appris que l'homme était garçon de café. « Je vous demande un peu, disait-il, un garçon de café ! »

Comme nous passions à table, j'ai demandé à Michel s'il était devenu communiste pendant mon emprisonnement. Il s'est contenté de secouer la tête en signe de dénégation et je lui ai rapporté l'inscription que j'avais découverte dans mon bureau : « Vive K. Vive Mao. Porteur avec nous. » Il a souri, l'air amusé, et redevenu sérieux, il est resté songeur un instant. Au nom de Porteur, le regard de Valérie s'était durci. J'ai cru comprendre que ce pseudonyme évoquait pour elle une part de la vie de Michel qui lui échappait, où elle n'était pas admise.

— Est-ce que toi tu l'es devenu ? m'a demandé mon frère.

— Ma foi non. En prison, tu sais, on est vraiment sorti du rail. On n'a pas le sentiment que la politique nous concerne, même si peu que ce soit. D'autre part, avant d'aller en prison, je n'avais jamais réussi à m'y intéresser. Je pensais que tout ça c'était du décor mangé aux mites, que ce qui comptait, c'était la technique, l'électronique, l'atomistique, enfin quoi, tu vois.

— N'empêche, a dit Valérie, que si on n'avait pas des types comme Pinay au gouvernail, on serait dans un beau pétrin.

— Ta gueule, a coupé Michel, tu débloques. Moi, j'avais honte de papa, de ses sales petites convictions politiques, celles de notre milieu petit employé pour qui la droite représente la sagesse, la sécurité, la monnaie solide, les vieux jours.

— Des convictions politiques qui valent bien celles de tes cocos et de tes sales youpins ! a lancé Valérie.

Michel et moi n'avons pas été surpris de cette sortie. Valérie, depuis que je la connaissais et probablement bien avant, était antisémite. Je me souviens d'avoir trouvé parmi les livres scolaires de mon frère, il y a plusieurs années, un livre de Sartre contenant des pages brillantes sur l'antisémitisme. Avec une admirable précision, Sartre y démontait le mécanisme des sentiments anti-juifs chez les Français de la riche bourgeoisie. Malheureusement, je crains qu'il n'ait pas été bien informé. Dans sa très grande majorité, notre riche bourgeoisie s'entend parfaitement avec la bourgeoisie juive. A Paris, les antisémites, ce sont surtout les employés de commerce. Ce n'est pas qu'ils soient racistes ou qu'ils s'érigent en défenseurs de la religion, mais le Juif, pour eux, c'est tout simplement le patron. Sont également antisémites nombre de petits commerçants qui furent autrefois employés, et, plus ou moins répandus dans les professions libérales, ceux de leurs enfants qui continuent à penser ou plutôt à parler comme leurs parents. Mais la souche antisémite reste l'employé de commerce. Le cas de Valérie, je devais l'apprendre quelques jours plus tard, était un peu particulier. Elle avait vu lui passer sous le nez un poste de secrétaire qu'elle avait des titres à ambitionner et qui était échu à une petite cousine des patrons, deux frères juifs. En même temps que Valérie, sa mère, ouvrière en chambre à Belleville, et ses deux frères, l'un routier, l'autre mécanicien, étaient devenus de furieux antisémites.

J'ai demandé à Michel s'il avait des nouvelles de Dépardon, un camarade de lycée, rédacteur à la Préfecture de la Seine, avec lequel j'étais assez lié. Il avait justement rencontré sa mère qui habitait dans le quartier. Dépardon, trouvant que la France s'abêtissait, était parti pour Caracas au début de septembre. Après le repas, vers neuf heures, Michel a revêtu un vieux défeulcote et nous a quittés, sans un mot.

— Le voilà qui s'en va retrouver ses youpins, a dit Valérie. Maintenant, il est Porteur. Porteur ! Tiens, je me marre. Porteur !

— Qu'est-ce qui te fait marrer ?

— Naturellement, tu ne sais pas. Je suis même étonnée qu'en voyant le nom de Porteur écrit dans ton bureau par un communiste, tu aies pensé à faire le rapprochement. Quand même, tu vas être surpris si je te dis qu'il y a des gens pour qui Porteur, c'est quelqu'un. J'avais eu plusieurs fois l'occasion de m'en rendre compte, mais jamais comme la semaine dernière. J'ai une collègue, Emilienne, son frère était permissionnaire d'Algérie et en revenant de Saint-Hilaire-du-Harcouët — ils sont de Saint-Hilaire-du-Harcouët — il s'est arrêté deux jours à Paris. Sa sœur a voulu le sortir, elle m'a mise dans le coup et on l'a emmené un soir à Saint-Germain-des-Prés. Je te dirai que jamais je n'y avais mis les pieds. Quel coup de barbe ç'a été. Quand même, après les grands cafés historiques, on est tombé dans un petit bastringue où il y avait trois couples qui dansaient sur le jukebox. Les gars, c'étaient des étudiants et je crois bien que leurs nanas aussi. Moi, les étudiants, je peux pas les blairer. Cet air petit con, tourné au public, avec ça pas bien sûr de soi, pas bien dans la vie non plus, c'était pas possible. Trois quarts d'heure, pas même le temps d'amortir une fine à l'eau et on sort. Comme il était à peine onze heures et quart, on se balade un peu sur le boulevard et sur l'autre trottoir, on voit une terrasse en estrade. Ça s'appelait... attends, La Rhumerie, ça existe, ce nom-là ?

— Je ne sais pas. Pourtant, il me semble l'avoir entendu autrefois.

— N'importe. On s'installe. A côté de nous, une table de six personnes, cinq types et une fille pas mal arrangée. Discussion animée. Et sans même prêter l'oreille, voilà que j'entends le nom de Porteur.

— Porteur est un nom possible, ai-je fait observer. Il existe peut-être des milliers de Porteur.

— Je sais. Mais quelqu'un a dit : « Essayez de voir les choses dans l'optique de Porteur », et ils se sont engueulés à propos de l'optique de Porteur. Et aux tables voisines, les gens se levaient pour venir faire le cercle et donner leur avis sur l'optique de Porteur. La fille bien habillée a demandé si quelqu'un le connaissait, Porteur. Ç'a été le silence. « Moi, je le connais, elle a dit, la fille. Ou plutôt, je connais quelqu'un qui le connaît. Porteur, il habite rue Saint-Martin. » Là-dessus, recueillement et silence sauf qu'un type a murmuré : « C'est formidable ! »

— Et tu n'as pas demandé à Michel de t'expliquer pourquoi son nom et sans doute sa personne étaient révérés ?

— Si, bien sûr. Il n'a pas eu l'air de comprendre. Mais quand il ne veut rien dire, tu le connais.

J'ai accompagné Valérie à la cuisine et la conversation s'est poursuivie pendant qu'elle lavait la vaisselle. Comme je lui demandais si elle sortait souvent le soir, elle m'a répondu qu'elle n'avait pas assez d'argent à distraire de la maison pour des sorties. Une fois par semaine, elle allait voir sa mère. Je l'ai informée que désormais, je prendrais à ma charge le loyer de l'appartement et les frais d'entretien de mon frère. Elle n'a rien objecté, mais j'ai senti que cette décision ne lui faisait pas plaisir.

Ayant parlé jusque passé dix heures et comme elle me surprenait à bâiller, Valérie m'a déclaré qu'il était temps d'aller dormir.

— Couchant dans la même chambre, il y a deux façons de procéder. Ou bien on fait très attention à ne pas se déshabiller ensemble et à ne pas se rencontrer à poil. Ou alors on s'en fiche complètement et comme l'appartement est très petit, c'est beaucoup plus commode. Puisque tu me trouves tocarde, je pense que tu n'y vois pas d'inconvénient.

— Je n'ai pas voulu dire que je te trouvais tocarde.
— Bon. Qu'est-ce que tu décides ?
— Choisissons ce qui est commode.

Dans la chambre, j'ai suivi Valérie qui en est sortie pour aller se démaquiller à la cuisine. J'ai commencé à délacer mes souliers et j'avais le torse nu quand elle est rentrée. Le temps de retirer mon pantalon, de le plier et de le poser sur une chaise, elle était déjà dévêtue, n'ayant plus que son slip et ses bas. Elle était plantée devant moi et quand elle m'a parlé je n'ai pas osé la regarder aux yeux.

— Si tu as envie de lire au lit, m'a-t-elle dit, ne te gêne pas pour moi. La lumière ne m'empêche pas de dormir.

— Merci. Je verrai. En tout cas, pas ce soir.

Elle s'est couchée nue, m'expliquant que les pyjamas et les chemises de nuit étaient trop chers. Du même coup j'ai appris que mes pyjamas n'existaient plus, Michel les ayant usés d'autant plus vite qu'ils étaient trop étroits pour lui. C'est donc nu, moi aussi, que je suis entré dans mes draps sous le regard de Valérie qui, assise sur son lit, a allongé le bras pour éteindre la lumière. J'avais craint que la proximité d'une fille ayant autrefois partagé ma couche ne me tînt éveillé une partie de la nuit dans les affres de la tentation, mais je me suis endormi presque aussitôt couché. Le lendemain matin, quand je me suis levé, elle faisait sa toilette sur l'évier, nue jusqu'à la ceinture. Pendant que je faisais la mienne, elle s'est habillée et occupée du petit déjeuner pour elle et moi, car Michel, rentré tard dans la nuit, ne s'éveillait pas avant midi. Ensuite, nous avons pris le petit déjeuner dans la cuisine et je suis parti le premier, ayant à effectuer un parcours plus long que le sien. Il était clair que nous étions appelés à vivre presque aussi proches l'un de l'autre que peuvent l'être mari et femme.

VII

Ma deuxième journée à la S.B.H. s'est écoulée dans une solitude aussi complète que la première. J'avais apporté un livre emprunté à Michel et intitulé *Service de l'inutile*. Imprimé en gros caractères, enrichi d'une dédicace dithyrambique, il exposait une théorie selon laquelle « faire œuvre utile » dans le sens ordinairement reçu avait pour seul résultat d'abâtardir l'humanité, de l'enlaidir et de l'amener rapidement à une fin ignoble. Le premier chapitre commençait ainsi : « J'appelle parasite l'homme supérieur qui se repose sur autrui du soin de subvenir à son existence matérielle réduite à un sévère minimum. » Je l'ai lu dans la journée, mais non pas d'un trait. Après avoir ingurgité deux ou trois chapitres, je m'accordais un long temps de repos pendant lequel ma réflexion se partageait entre Valérie et l'inconnu des tiroirs. Quant à Valérie, je m'émerveillais de mon empire sur moi-même et de ma sagesse. C'est à peine si deux ou trois fois la veille et une fois le matin, il m'avait fallu résister à l'envie fugitive de me jeter sur elle. Surtout, j'étais frappé des changements qui semblaient s'être opérés en elle pendant mon absence. Sans parler du courage dont elle avait fait preuve pendant deux ans pour faire vivre son singulier ménage, j'avais été surpris par une façon lucide de considérer son propre cas et sa franchise un peu rude de femme qui n'a rien à cacher de son existence. Autrefois, elle m'agaçait par un souci presque constant de donner le change sur elle-même en se composant des attitudes et en échafaudant des mensonges subtils, qui auraient été le plus souvent gratuits si ce n'eût été son désir de m'apparaître sous un jour avantageux. Comme je prends les gens au sérieux, je lui faisais des reproches. La vie en commun avec Michel devait l'avoir vite convaincue de la vanité du mensonge et de l'artifice. C'était une supériorité qu'il avait sur moi et sur bien d'autres de sentir tout de suite chez un être ce qu'il y avait d'affecté en paroles ou en attitudes, et de le confondre sans aucune précaution, parfois d'un simple ricanement.

Pour l'inconnu dont j'avais lu le récit sur les tiroirs, je n'en pensais pas plus long que la veille. Mais la proximité de cette énigme recommençait à me chauffer l'imagination. A plusieurs reprises j'ai réexaminé la table-bureau avec minutie, m'assurant ainsi de n'avoir laissé échapper aucun renseignement utile. La pièce elle-même, de dimensions réduites, était vite explorée et ne proposait rien à ma curiosité. Les murs étaient nus, sans un placard, sans un rayonnage. Il y avait toutefois près de la porte un porte-manteau à trois branches dont je m'étais assuré qu'il ne portait, à l'endroit ou à l'envers, aucune inscription, mais la trouvaille à faire n'était pas forcément une inscription. Ce pouvait être une pièce à conviction, à la rigueur une carte de visite ou une photo, bien que l'utilité de ces deux documents fût loin d'être démontrée. Si l'inconnu avait voulu faire connaître son nom, il l'aurait écrit sur l'envers des tiroirs avec son récit. Aussi bien aurait-il pu coller sa photo à côté de son état civil. Vers onze heures, agacé de sentir ainsi buter mon imagination, j'ai attaqué le quatrième chapitre de mon livre. J'ai lu des yeux sans vraiment m'arrêter à leur signification ces deux premières phrases : « Efforçons-nous maintenant de distinguer sans doute possible la chose inutile et la chose utile. Les éléments d'appréciation, pour qui s'en tient à une évidence superficielle paraissent innombrables. » Ce quatrième chapitre promettait d'être au moins aussi ennuyeux que les autres, et avant de m'y plonger, je me suis accordé un répit. Tandis que je laissais errer mon regard sur les vitres dépolies de la fenêtre, les derniers mots de la première phrase et le premier mot de la dernière me sont revenus à la mémoire : « La chose utile les éléments » et sans réfléchir, j'ai répété mentalement : « La chose utile les éléments de radiateur. » Déjà s'opérait dans mon esprit une obscure perception et soudain j'ai reconnu la sensation de cette chaleur légère, subtile, qui me montait à la tête lorsque je pressentais la solution d'un problème de mathématiques. Je me suis levé pour aller me placer devant le radiateur fixé au mur dont il était éloigné de quelques centimètres. J'ai su ce qu'était la chose utile et où j'allais la trouver. Passant la main derrière le radiateur, j'ai saisi, puis décroché l'objet, une clé nickelée dont l'ovale était muni d'un crochet en gros fil de fer. Le système d'accrochage était ingénieux. Contre la face intérieure du radiateur, l'inconnu, entre deux tubes de circulation d'eau, avait tendu un fort cordon de caoutchouc, fixé par deux robustes crochets qui ne pouvaient glisser vers le bas, maintenus qu'ils étaient par la tension du caoutchouc. La clé allait à la serrure de la porte dont j'ai fait jouer le pêne plusieurs fois.

Très ému par ma découverte, je suis allé m'asseoir pour y réfléchir. Cette clé constituait un témoignage, une référence matérielle qui me faisait croire que le récit de l'inconnu contenait une part de vérité. On pouvait se méfier d'exagération ou d'invention inclinant la vérité dans l'intérêt de quelque vengeance, mais il fallait bien qu'il y eût une raison grave à la nécessité où s'était trouvé le garçon de s'enfermer à clé dans le bureau. Ce n'était d'ailleurs que par acquit de conscience que je m'efforçais encore à douter et à objecter. Au fond de moi-même, je voyais ce récit pullulant de fautes d'orthographe et d'une syntaxe limitée. J'ai connu à l'école communale des cancres ainsi dépourvus de toute orthographe et éprouvant de grandes difficultés à construire une phrase plus ou moins bancale. Au régiment, j'en ai connu d'autres. Tous répugnaient à écrire et il aurait fallu un motif bien puissant pour les engager dans une longue rédaction.

Il était facile de comprendre pourquoi l'inconnu, avant de quitter le bureau à midi et à six heures, accrochait sa clé derrière le radiateur. Il craignait, la portant sur soi, qu'Hermelin, hors du bureau, ne la lui reprît de force. Un jour, soit à midi, soit à six heures, il avait accroché sa clé comme à l'ordinaire et il n'était pas revenu. Peut-être qu'il était tout bonnement parti un samedi à midi avec l'intention de revenir le lundi et qu'après vingt-quatre heures de réflexion, il avait le lendemain dimanche signifié à ses parents qu'il ne remettrait plus les pieds à la S.B.H., dût-il aller en prison. Et peut-être qu'il était en prison ou qu'il s'était engagé dans les paras ou dans la Légion ou dans les paras de la Légion. Mais peut-être aussi qu'il était mort.

A midi, avant de sortir, j'ai remis la clé derrière le radiateur. De la porte faisant vis-à-vis à la mienne, une jeune femme est sortie dans le couloir en se serrant frileusement dans son manteau. « Quelle sale boîte, a-t-elle dit à un collègue qui venait d'une autre porte. Il y fait un froid ! » Il est vrai qu'on n'y avait pas chaud. Le collègue, un ventru de la cinquantaine, lui a frictionné le dos, en a profité pour humer sa nuque avec l'air ignoble qu'ont les hommes de cet âge-là, mordus par le désir. « Chardon, a-t-il dit, j'ai une bonne nouvelle pour vous. On est en train d'allumer. » Les gens que je croisais dans le couloir ne prenaient pas garde à moi et j'en souffrais comme s'il y avait de leur part une intention. Dans le monde unitaire qu'était la prison, chaque nouveau visage était au contraire l'objet d'une attention intense avec bénéfice d'un préjugé favorable. Ici, personne ne me témoignait la moindre curiosité. En arrivant près du grand escalier, j'ai vu venir la jeune femme qui s'était occupée de moi à la direction du personnel et j'ai cherché son regard, mais elle est passée devant moi sans me voir. Cette évidente volonté de m'ignorer m'a paru de mauvais augure pour mon avenir à la S.B.H.

Dans la rue, Tatiana m'attendait dans un taxi. Je suis monté auprès d'elle et nous avons roulé vers la rue Saint-Honoré où était sa maison de couture.

— J'ai eu vingt minutes de battement. J'en profite pour te cueillir à la sortie de midi. Je t'invite à dîner à la maison pour ce soir. D'accord ? Bon. Comment s'est passée la soirée d'hier, chez toi ?

— Bourgeoisement. Michel est parti après dîner comme chaque soir pour rentrer à deux ou trois heures du matin.

— Charmant. Se tirer le jour où tu t'installes. Quelle affectation. Quel chiqué.

— Je t'assure, Tatiana, que tu te trompes sur le compte de Michel. Il a de grands défauts, mais il est incapable aussi bien de vanité que d'affectation. C'est d'ailleurs ce qui rend la vie avec lui si facile. Je suis donc resté en tête à tête avec Valérie. Nous avons parlé argent et matérielle et nous sommes allés nous coucher, elle dans le lit de cuivre, moi dans le grand lit.

— Tu as eu des tentations ?

— Infiniment moins que je n'aurais craint. Pourtant, nous avons convenu de ne pas prendre garde à nous déshabiller l'un après l'autre ou à nous cacher.

— Ne te flatte pas trop, Martin. Un jour tu peux très bien être surpris. Ce qui me rassure un peu dans ton cas, c'est que Balzac, dans sa *Physiologie du Mariage* condamne formellement la chambre à deux lits, qui lui paraît on ne peut plus périlleuse pour la bonne entente et l'harmonie du couple. Il est vrai que les écrivains se mettent souvent le doigt dans l'œil. Martin, ne fais pas de bêtises.

J'ai promis d'un cœur tranquille et, déposant Tatiana devant la maison Orsini, j'ai gardé le taxi jusqu'à la Bourse d'où j'ai gagné à pied la rue Saint-Martin. Valérie était déjà rentrée et mettait le couvert à la salle à manger. Michel, ayant ouvert les yeux, s'est tourné au mur et enfoncé sous les couvertures. J'ai attendu qu'elle soit sortie pour, d'un seul coup, tirer les couvertures sous lesquelles il était nu.

— Lève-toi. Tu ne vas tout de même pas l'obliger à te servir au lit devant moi.

Il s'est assis sur le lit, m'a repoussé vers la table et se recouvrant jusqu'au menton, s'est de nouveau allongé.

— Pourquoi veux-tu que je me lève ? Son bonheur est justement de me servir au lit. Le contentement qu'elle en a est triplé par celui de récriminer, de me flanquer à la figure que je suis un feignant, sans gêne et sans honte, que je la ferai crever, mais qu'elle me lâchera avant, qu'elle me laissera pourrir dans mon bocal et ainsi de suite. Moi, c'est une chance, les reproches et les injures ne me font rien. Elle sait qu'elle peut y aller. Ta présence va la freiner, au moins les premiers temps, mais elle s'habituera.

Valérie a apporté sur la table le biftèque et les pommes frites, puis elle a jeté deux pullovers à la tête de Michel qui les a passés l'un sur l'autre. Elle lui a servi la part de viande la plus importante et comme il réclamait des frites, l'a rabroué d'un ton hargneux.

— Tu mangeras tes frites quand tu auras mangé ta viande.

— Quelques-unes. Tiens, deux ou trois, rien que pour y goûter.

— J'ai dit non. Si tu veux manger comme tout le monde, lève-toi comme tout le monde.

Pour faire diversion, j'ai soulevé le problème du chauffage. Pour Valérie, ce n'en était pas un. Pendant deux ans, on ne s'était jamais chauffé, même au plus dur de l'hiver, et on ne s'en était pas plus mal porté. Ayant mangé sa viande, Michel a redemandé des frites et tendu son assiette. C'est alors que j'ai dit à Valérie de ne pas m'attendre pour dîner, étant retenu au-dehors. Elle n'a pas su cacher sa contrariété de cette sortie que je lui annonçais pour la soirée et j'ai vu changer son visage. Valérie ne m'aimait pas et peut-être me détestait-elle, mais j'étais entré dans la communauté et, dans la mesure du possible, elle entendait disposer de moi. Sa colère s'est tournée d'abord vers Michel.

— Les voilà, tes frites, puisque je n'ai même pas le droit de manger. Quand je pense que je me lève à sept heures, le travail ici, le travail là-bas, jamais une minute. Toi, dormir, manger et cavaler le soir avec des salopes. Qu'est-ce que je suis ici ? La bonniche et même pas payée et nourrie avec mon oseille. Deux hommes sur les bras, deux hommes qui vadrouillent. Si j'ai envie de me faire sauter, je n'ai plus qu'à passer chez le voisin.

Michel lui a fait observer que je n'étais pas tenu de passer mes soirées en sa compagnie et moins encore de me soumettre à ses fureurs lascives.

— Que veux-tu, a-t-il conclu, il te trouve moche. Personne n'y peut rien.

Valérie n'a pas répliqué, mais le climat n'était pas à la détente. C'est ce que j'ai fait observer à mon frère quand elle est allée faire le café.

— Si tu la braques contre moi, la vie va devenir impossible.

— Ne t'affole pas. Pour toi, la seule chose à craindre est que Valérie te donne l'assaut dans ton lit. Tu verras bien.

Après avoir bu le café, il était moins d'une heure et quart, j'ai quitté la rue Saint-Martin et c'est à pied que j'ai fait le trajet jusqu'à la S.B.H. A une heure un quart, Paris est encore à table et j'avais plaisir à marcher dans ces rues apaisées, éprouvant parfois devant les longues perspectives une légère angoisse, un retour fugitif de l'absurde nostalgie de la prison où j'avais joui pendant deux ans d'une incomparable liberté d'esprit, la vie étant là-bas si calme et si réduite qu'elle ne commandait pas mes jugements. Il est vrai que je n'appartenais pas à cette espèce de prisonniers qui vivent les dents serrées, la tête pleine de souvenirs et d'imaginations du monde extérieur.

En entrant au bureau, j'ai été surpris par une chaleur inhabituelle et par une odeur de caoutchouc brûlé. On avait allumé le chauffage vers la fin de la matinée et le radiateur était très chaud. J'ai pu prendre la clé avec difficulté et réussi, en me brûlant les doigts, à détacher le support auquel elle était suspendue. C'était un morceau de chambre à air de bicyclette qui avait conservé toute son élasticité. L'ayant examiné avec beaucoup d'attention, je me suis rendu compte que le caoutchouc était intact et n'avait subi aucune détérioration du fait de la chaleur. Il n'était ni déformé, ni desséché, ni fendillé, comme il n'aurait pas manqué de l'être s'il avait passé seulement une quinzaine de jours en contact avec le radiateur chaud. Du reste, l'inconnu eût été le premier à être incommodé par l'odeur de caoutchouc brûlé, qui aurait eu l'inconvénient supplémentaire de dénoncer sa cachette. De toute certitude, ce morceau de chambre à air venait d'être soumis pour la première fois à l'épreuve de la chaleur, d'où il fallait conclure que le séjour de l'inconnu dans cette pièce était postérieur à la fin de l'hiver. J'ai aussitôt cherché dans ma mémoire un détail du récit qui ait été une indication plus précise quant à la saison. Ne le trouvant pas, je suis allé fermer à clé la porte du bureau et j'ai entrepris de recopier entièrement le récit. Pendant mon service militaire, j'avais à toutes fins utiles appris la sténo et ce qui m'en restait m'a permis d'accomplir mon pensum très rapidement. Au cours du récit, j'ai relevé cette petite phrase se rapportant à la nuit où les vandales s'étaient fait pincer dans la villa par les gendarmes : « Il faisait chaud, le temps était à l'orage. » Il est rare qu'en juin, les nuits soient très chaudes, surtout hors de Paris. Compte tenu des vacances de Flora et de sa mère, l'affaire, au plus probable, si situait au début de juillet, trois mois avant mon entrée à la S.B.H.

A trois heures j'avais terminé mon travail de copie et comme j'avais la tête un peu en ébullition, j'ai remis le nez dans *Service de l'inutile* dont j'ai parcouru distraitement les derniers chapitres. Ayant achevé ma lecture, je me suis avisé que j'avais laissé la clé sur la porte du bureau. Je l'ai mise dans ma poche ainsi que le morceau de chambre à air et mes feuillets sténographiés. Dix minutes plus tard, un homme est entré, grand, athlétique, une brosse de cheveux gris, un visage aux traits réguliers et à la puissante ossature, tout à fait le bel homme de la cinquantaine qu'avait décrit l'inconnu en traçant le portrait d'Hermelin. Il n'y manquait même pas le « côté ruffian ». Laissant la porte ouverte derrière lui, il s'est avancé jusqu'à dépasser mon bureau et se retournant brusquement,

m'a jeté à la figure d'une voix dont il forçait manifestement le volume :
— C'est vous, l'assassin de Chazard ?
— C'est moi. Et vous, qui êtes-vous ?
— Je suis le directeur général de la S.B.H.

J'ai ramassé mon livre, cueilli mon imperméable au porte-manteau et je suis sorti sans tourner la tête. Ma fureur n'avait pas eu le temps de se refroidir quand je suis entré dans le bureau du président. J'avais gravi en courant l'escalier du deuxième étage et traversé en flèche le vestibule où le garçon de bureau en uniforme bleu hurlait dans mon dos : « Où allez-vous ? Qui êtes-vous ? » A mon entrée, Lormier, assis derrière son immense table, a eu un froncement de sourcils. Je me suis arrêté à quatre pas de son fauteuil pour lui dire :
— Monsieur, vous êtes un malhonnête homme. Vous ne m'avez fait entrer dans votre maison que pour me faire flanquer à la tête que je suis un assassin. Je quitte votre sale boîte en vous faisant cadeau de mes deux jours de salaire.
— Qui vous l'a flanqué à la tête ? m'a demandé Lormier en m'examinant d'un regard froid.
— Le directeur général et, je pense, avec votre approbation.

Quand j'ai parlé du directeur général, son regard à flambé, il a eu un mouvement des mâchoires qui a fait trembloter la gélatine de ses bajoues.
— Lambert, a-t-il dit au garçon qu'il venait de sonner, allez chercher M. Hermelin. Et s'adressant à moi : Dans quel service vous avait-on placé ?
— J'ai passé ces deux jours dans un bureau vide en attendant une affectation qui paraissait d'ailleurs improbable.
— Le directeur du personnel ne vous avait donné aucun travail à exécuter ?
— Aucun.

Là-dessus est entré Hermelin que Lambert avait dû rencontrer dans le couloir. Il se tenait très droit, l'œil insolent, les lèvres gonflées par le mépris. Lormier, sans le regarder, m'a parlé comme s'il eût d'abord ignoré sa présence.

— Vous avez, me disait-il, des connaissances très diverses, très approfondies, vous avez aussi un jugement et une pondération au-dessus de votre âge. Ce sont des gens comme vous qui font justement défaut à la S.B.H. où l'autorité n'est pas toujours fonction du mérite. Une grande affaire comme la nôtre comporte malheureusement des servitudes fâcheuses pour son développement, quelque puisse être l'insignifiance des sujets en cause.

Lormier a paru s'aviser de la présence du directeur général et lui a dit sèchement :

— Monsieur Hermelin, vous venez de traiter M. Martin d'assassin ?

— Me suis-je trompé ? a demandé Hermelin avec arrogance.

— En parlant ainsi, vous avez commis un délit punissable par la loi, je vous le rappelle. Nous éclaircirons plus tard les mobiles de cette sortie. Pour l'instant, monsieur Martin, je vous prie de vouloir bien accepter mes excuses puisqu'en dernier ressort, je suis responsable des bévues commises dans cette maison et, dans le cas présent, de l'incroyable muflerie de notre directeur général.

— Permettez, en tant que directeur général, mes responsabilités...

— Monsieur Hermelin, vous pouvez vous retirer.

— J'ai le droit...

— Vous pouvez vous retirer !

Après un temps d'hésitation, Hermelin a gagné la porte d'un pas ferme et la tête haute. Lormier l'a suivi des yeux avec un sourire haineux, pas complètement satisfait à ce qu'il m'a semblé, puis il a pris le téléphone.

— Odette, priez M. Keller de venir à mon bureau.

Nous avons attendu en silence. Le président jouait avec ses petites mains boursoufflées qu'il joignait par l'extrémité des doigts. A l'autre bout du vaste bureau, Lambert a ouvert la porte et s'est effacé pour donner passage à Keller, le directeur du personnel, qui m'avait accueilli l'avant-veille à mon arrivée à la S.B.H. C'était un homme de trente-cinq ans (je l'ai appris par la suite), blond, d'un visage assez fin. Il a eu un regard vers moi, mais n'a pas répondu à mon salut.

— Monsieur le Président ?

— Monsieur Keller, vous faites mal votre métier. Vous avez, depuis deux jours, relégué M. Martin dans une pièce vide sans rien lui donner à faire. Vous flanquez par les fenêtres l'argent de la S.B.H.

— Monsieur le Président, j'ai fait pour M. Martin ce que je fais pour toutes les personnes entrées dans la maison avec de hautes recommandations. J'ai attendu qu'un mouvement de personnel me permette de le placer convenablement.

— Monsieur Keller, lundi, quand nous avons parlé de M. Martin, je vous ai demandé de le dispenser de produire un extrait de casier judiciaire.

— Mais, monsieur le Président, j'ai donné des ordres pour qu'il soit dispensé de cette formalité.

— Et vous avez eu soin d'en informer M. Hermelin.

— J'ai cru ne pas devoir cacher cette singularité à notre directeur général qui, plus tard, aurait pu m'en demander compte.

— Et votre histoire de pissotière pour laquelle j'ai dû faire intervenir mon frère, avez-vous cru aussi ne pas devoir la lui cacher ?

Devenu rouge, les épaules effacées, Keller, une seconde, a eu cet air torturé et cette attitude d'hyène

Les tiroirs de l'inconnu. 4.

craintive qu'il m'est arrivé dans mon quartier de voir à des hommes bien vêtus, rôdant la nuit autour des vespasiennes.

— Monsieur Keller, est-ce vous qui avez procédé à une enquête sur le passé de M. Martin ?

— Non, monsieur le Président, ce n'est pas moi ! s'est empressé de répondre Keller, heureux de pouvoir se justifier et déjà un peu détendu.

— C'est donc M. Hermelin. Veuillez prendre note, monsieur Keller, que désormais M. Martin travaillera à mes côtés en qualité de... disons de secrétaire attaché à ma fonction. Vous, en tant que directeur du personnel, vous aurez à lui assurer l'accès dans tous les services, y compris le vôtre. C'est en mon nom qu'il y sera et qu'il aura droit de regard sur tout ce qui s'y passe.

Keller sorti, Lormier m'a fait observer qu'il venait de me créer deux ennemis attentifs et qu'il me faudrait m'en souvenir à tout instant. En réalité, mes deux ennemis étaient au premier chef ceux de Lormier, car Hermelin briguait la présidence et Keller, qu'on croyait avoir en main, se révélait être une de ses créatures.

— Il faudra me surveiller toute cette vermine de très près. Hermelin est une brute obtuse, mais obstinée, rusée, qui a essayé et essaiera encore de me créer des difficultés.

Le président m'a accompagné dans une pièce communiquant avec son bureau et m'a présenté à Odette, sa secrétaire, une femme de trente-quatre ans, trapue, larges épaules, poitrine plate, des mollets de catcheur et un visage ouvert, intelligent. Elle n'a pas témoigné grande satisfaction en apprenant que j'allais travailler avec elle dans l'ombre du président. Mon physique, mon air de paysan transplanté, ma figure revêche ne prévenaient pas les femmes en ma faveur, j'en avais l'habitude. Dans le bureau d'Odette, il y avait une autre secrétaire prénommée Jocelyne, dans les vingt-cinq ans, maigre, d'une figure ingrate, et une très jeune dactylo, jolie et bien faite, Angelina. Elles me regardaient avec un air de méfiance et d'hostilité. Lormier nous ayant laissés seuls, Odette m'a présenté à ses collaboratrices qui ont été polies, mais n'ont pas dégelé.

VIII

Tatiana, j'en ai été frappé dès l'entrée, avait l'air hypocrite et gêné d'un enfant qui se serait rendu coupable de quelque méfait, comme de passer le chat à la tondeuse ou d'enfermer son vieil oncle dans un placard. J'ai tout de suite remarqué, en entrant dans la salle à manger, que la table était mise pour deux personnes. Tatiana, qui surveillait mon regard, a rougi et, avant de parler, ses lèvres ont eu un léger tremblement.

— Maman n'est pas là. Elle a accepté de dîner chez Dounia Skouratov.

Ayant dit, elle s'est jetée sur moi plus petit qu'elle de dix centimètres et m'a tenu, sa bouche sur la mienne, ployé en arrière comme si l'homme, c'eût été elle. J'ai pensé d'abord au ridicule de cette position humiliée, mais ma contrariété a fondu et je l'ai suivie dans sa chambre. Nous y étions depuis plus d'une heure, étendus sur un lit étroit et, se soulevant sur un coude pour me regarder aux yeux, elle m'a dit :

— Tu ne rentres pas chez toi. J'irai chercher tes affaires. Tu t'installes ici.

J'ai dit non avec calme, avec fermeté. Comprenant qu'il n'y avait pas à y revenir, elle s'est écriée rageusement : « C'était bien la peine ! » J'ai caché mon visage dans ses cheveux défaits pour sourire de cette exclamation dont le sens m'apparaissait précisément. Tatiana s'est mise à pleurer sur mon épaule. Je lui ai parlé doucement, je lui ai dit que je l'aimais.

— Je voudrais te servir de garde-fou, mais je sais que ma présence ne t'empêchera pas de faire ce que tu souhaites ne pas faire, probablement même au contraire, et que tu ne dois rien attendre que de ta volonté.

— Va, je sais que tu préfères la vie de là-bas, rue Saint-Martin. Mais pourquoi ne m'épouses-tu pas ?

Je me suis rhabillé et Tatiana, qui avait d'abord enveloppé sa nudité dans un peignoir, s'est ravisée. Elle m'a honoré d'une jolie robe et a remis en place la torsade de ses cheveux roux. Auparavant, elle s'était fait admirer presque nue, avec ses souliers, ses bas et une ceinture garnie de ruché blanc à laquelle tenaient les jarretelles. On avait dû lui dire qu'ainsi elle était très belle. Je le lui ai redit. En vérité, il m'a semblé qu'auprès d'elle les grandes pineupes du cinéma américain auraient fait peu de figure.

La salle à manger était pleine de fleurs, les unes coupées, les autres en pot. Il y en avait jusque dans la cuisine. Et des fleurs chères. Sûrement c'était Lormier qui s'exaltait. Tatiana avait préparé un repas froid. Pendant qu'elle vaquait entre le placard et l'évier, je lui ai raconté comment Hermelin m'avait demandé si c'était moi l'assassin de Chazard et ce qui s'en était suivi. Elle s'est indignée de la conduite d'Hermelin avec une grande énergie et des mots violents qui m'ont fait plaisir, mais quand je suis venu à l'espèce de pacte que des inimitiés communes avaient scellé entre Lormier et moi, elle est restée simplement rêveuse. A l'annonce de la situation qui m'était faite auprès du président de la S.B.H. elle n'a eu non plus aucune des réactions que j'avais attendues, se bornant à me complimenter d'une voix neutre, l'air absent. Déçu, presque désemparé, j'ai failli en rester là de mes confidences. Nous sommes passés à table. M'ayant fait asseoir à sa droite, Tatiana s'est levée, a pris ma tête entre ses mains, l'a tenue serrée contre sa robe et, l'éloignant, m'a dit avec toutes les apparences de l'émotion :

— Tu ne peux pas savoir combien je suis heureuse de ce qui vient de t'arriver.

Là-dessus, nous avons commencé à manger les huîtres qu'elle avait ouvertes avant mon arrivée et aussi mal que possible. La plupart étaient pleines de morceaux de coquille, beaucoup n'avaient plus d'eau tandis que certaines étaient réduites en bouillie.

— Tatiana, il faut que je te parle d'autre chose. Tu sais qu'avant-hier matin, quand je suis arrivé à la S.B.H. on m'a mis dans une pièce vide où il n'y avait pas d'autres meubles qu'une chaise et une table-bureau à six tiroirs, trois d'un côté, trois de l'autre.

J'ai raconté ma découverte et sortant de ma poche mes feuillets de sténo, j'ai lu le récit de l'inconnu. Tatiana s'est passionnément intéressée au récit et a posé toutes les questions que je souhaitais.

— Tu as trouvé la croix qu'il devait tracer sur la table ?

— Non. Une seule inscription. « Vive K. Vive Mao. Porteur avec nous. » Mais d'une autre écriture.

— Porteur communiste ? Je ricane. Tu n'as pas trouvé d'autre indication ?

Alors j'ai montré la clé, le morceau de chambre à air et parlé de la mise en marche du chauffage central qui m'avait permis de situer, à un mois près, le passage de l'inconnu. Les yeux verts de Tatiana brillaient d'excitation.

— Il faut savoir qui il est, faire quelque chose.

Son récit est un appel au secours. Tu n'as pas l'air de t'en rendre compte.

— Quant aux devoirs qu'impose une pareille découverte j'ai déjà beaucoup réfléchi. Ne crois pas que je veuille me défiler, mais en ma qualité d'assassin, j'envisage sans entrain d'aller au commissariat de police dénoncer un forfait qui n'a peut-être jamais été commis. Suppose que mon inconnu se soit tout bonnement replié dans le sein de sa famille ou engagé dans les paras, j'aurais bonne mine. Avant de mettre en branle qui que ce soit, je veux être en mesure de dire : « Untel a disparu. Sa famille et ses amis n'ont plus de nouvelles. J'ai trouvé sa trace à la S.B.H. » Et encore, j'aurai de la chance si les soupçons ne se portent pas sur moi immédiatement.

— Pourquoi n'en parlerais-tu pas à Lormier ?

— Naturellement, j'y ai pensé, mais suppose qu'Hermelin ait assassiné l'inconnu. J'aurai fourni des armes à Lormier qui aura barre sur son directeur général. Quant à la justice, enterrement de première classe. L'affaire ne sortira pas de la S.B.H.

— Alors ? Tu ne vas tout de même pas en rester là. Qu'est-ce que tu comptes faire ?

— Tout à l'heure, quand Lormier a pris à mon sujet la décision que je t'ai dite, j'ai eu un grand espoir. Il est convenu que j'ai accès à tous les services, y compris la direction du personnel où je devrais pouvoir trouver le nom et les coordonnées de celui qui est entré à la S.B.H. en juin ou juillet. A la réflexion, l'espoir m'a paru fragile. Bien sûr, j'irai consulter les fichiers du personnel, mais étant donné qu'Hermelin a mis Keller dans son jeu, j'ai la quasi-certitude de ne pas trouver la fiche de l'inconnu.

— Quand même, il reste le récit.

— Justement. Toi qui vois beaucoup de monde dans ton métier, tu pourrais t'enquérir d'une famille habitant Passy, le mari haut fonctionnaire portant monocle (mais attention, le monocle n'est peut-être qu'une image), la femme très coquette, la fille prénommée Flora. Voiture Buick avec chauffeur.

Dans le moment même et alors que nous mangions chacun une aile de poulet froid, Sonia Bouvillon est entrée. Nous voyant attablés, elle venait à nous avec un bon sourire. Comme je me levais pour la saluer, Tatiana était déjà sur elle, la secouant aux épaules.

— Qu'est-ce qui se passe ? Tu n'es pas allée dîner chez Dounia ?

— Je suis perdue, a gémi Sonia. Que le Seigneur vienne en aide à sa pauvre servante. J'ai oublié Dounia Skouratov. Ah ! pourquoi Adrien est-il mort avant moi ? C'est une chose qui ne serait pas arrivée s'il avait été là.

— Tu lui as déjà joué le tour une fois. Allons, viens. Tu ne vas tout de même pas te mettre à manger du poulet. Ah ! non ! Descendons.

En moins d'une minute, nous avons été dans l'escalier. Tout en descendant, Sonia poursuivait son monologue.

— Quand il vivait je n'aurais pas osé oublier. Pourtant, Adrien était moins dur avec moi que n'est ma fille. Mais il était l'ordre incarné. Il me disait ta jupe pend par-devant, ton chapeau est à l'envers. C'est aussi qu'il avait une grande habitude des femmes.

Pendant que Tatiana et sa mère entraient dans un café pour téléphoner, j'ai couru à la recherche d'un taxi. J'ai dû aller jusqu'à la place Clichy avant d'en trouver un. Nous avons conduit Sonia dans une petite rue voisine de la place des Ternes, jusqu'à la maison des Skouratov. Elle a longtemps récriminé, disant qu'elle aurait mieux fait de ne pas paraître, que Dounia n'aurait pas été fâchée, qu'au reste tout finit par s'oublier.

— Mais, oui, maman, mais oui ! s'est écriée Tatiana excédée et nous n'avons plus parlé durant tout le reste du trajet. J'essayais de voir sur le visage de Tatiana le reflet de ses pensées. Elle avait l'air dur, presque méchant et je me suis dit qu'elle considérait sévèrement l'absurdité, voire le ridicule de notre aventure d'avant dîner. Pour ma part, je regrettais d'autant plus d'avoir cédé à la tentation que j'étais maintenant sûr de l'aimer et que j'allais perdre jusqu'à son amitié. Arrivés, Tatiana est restée dans le taxi et m'a prié d'accompagner sa mère jusque sur le palier des Skouratov pour m'assurer qu'elle n'allait pas redescendre sans avoir sonné. Je ne pouvais qu'obéir en m'excusant auprès de Sonia.

— Je n'y aurais pas pensé, m'a-t-elle dit tandis que nous montions les étages, mais si l'idée m'en était venue, je l'aurais peut-être fait. Ma pauvre mère, qui est sûrement assise à la droite de Dieu, nous disait souvent : « Si vous oubliez de faire une chose, c'est que vous n'avez pas envie de la faire. »

J'ai attendu auprès d'elle qu'elle sonne à la porte des Skouratov et comme je lui faisais mes adieux, la porte s'est ouverte et j'ai eu le temps de voir apparaître une femme plus âgée qu'elle. Toutes deux ont fondu dans les bras l'une et l'autre en se criant dans le nez : « Chérie ! »

Dans la voiture, Tatiana m'a informé que nous nous rendions chez Christine de Rézé. Tout à l'heure, pendant que j'étais en quête d'un taxi, elle l'avait appelée après avoir téléphoné à Dounia. Seuls dans leur appartement de la rue Spontini, les Rézé nous attendaient.

— Rézé qui est riche, travaille au Quai d'Orsay pour son plaisir et peut-être aussi parce que ça fait bien. En tout cas, il doit pouvoir nous renseigner.

C'est Christine qui est venue nous ouvrir, une jolie femme, à peu près de la taille de Tatiana, mais dans un autre format, plus svelte, plus évanescent, aux galbes moins affirmés. Son visage était lisse et secret. Il y a eu les présentations, Christine m'a tendu la main après avoir laissé passer un temps, non qu'elle eût hésité, mais comme si elle avait réfléchi, le geste ne lui étant pas venu naturellement. Tatiana s'est débarrassée de son manteau gris à col de lapin, qui n'avait pas cessé d'être pour elle un problème. Les deux amies se sont communiqué leurs poids respectifs, ce qui les a amenées à se tâter mutuellement les hanches, la taille, la poitrine. A cet instant, le comte de Rézé est venu nous rejoindre dans le vestibule. L'homme avait une quarantaine d'années, des mains fines, des traits fins, des yeux intelligents qui louchaient légèrement et il était vêtu très élégamment avec, il m'a semblé, un parti pris de retarder sur la mode. Sa poignée de main a été chaleureuse et c'est aussi avec chaleur qu'il m'a adressé quelques mots de bienvenue. Visiblement, il était heureux et fier de recevoir chez lui un assassin. Je crois même qu'il s'admirait un peu. Nous sommes allés nous asseoir dans un petit salon confortable, quoique luxueux. Ce qui m'a fait le plus d'impression, c'est qu'il n'y avait rien d'autre sur les murs qu'un dessin au trait tenant par quatre punaises et signé Etienne Dupont. J'ai compris, mais longtemps plus tard, à force de réflexion, que s'il avait été signé d'un grand nom, tout était fichu, les punaises auraient été de l'affectation, presque du mauvais goût. Et dans un salon bougeoisement meublé, il est presque inutile de le souligner, le même dessin, fixé au mur avec la même apparente négligence, n'aurait eu aucun sens. Pour composer avec ces nuances, il fallait à la fois la richesse et un haut degré de civilisation.

— Vous croyez sûrement que je suis folle à lier, a commencé Tatiana. Et malheureusement, ce que je vais vous dire ne vous fera pas changer d'opinion.

Martin et moi, nous avons lieu de craindre qu'un garçon, que nous ne connaissons pas puisque nous ignorons jusqu'à son nom, ait disparu dans des conditions suspectes. Les seuls éléments dont nous disposions pour découvrir son identité sont les suivants : Il s'agit d'un assez mauvais garçon, âge probable dix-sept ans. Le père haut fonctionnaire porte monocle (entendez monocle très largement, au propre ou au figuré). La mère, très snob, très coquetèle, a eu beaucoup d'amants. Il y a aussi une petite fille de douze ans prénommée Flora. Enfin, le père a un château en Bourgogne, ce qui n'empêchait pas la famille d'aller en vacances à Saint-Tropez où elle louait des greniers à prix d'or. J'oubliais, le père a une Buick et un chauffeur.

Dans le silence, Rézé a longuement réfléchi. C'est Christine qui a parlé la première.

— Une Buick, c'est peut-être Bijoux ?

— Certainement pas, a répondu Rézé. Bijoux n'est pas monocle pour un sou et n'a pas de château en Bourgogne. D'ailleurs, il a deux fils et pas de fille. Je ne crois pas qu'il suffise d'un tour d'horizon pour venir à bout du problème. Il y a beaucoup de hauts fonctionnaires à Paris, ceux des ministères, les conseillers d'Etat, la Cour des Comptes, la Cour de Cassation, les Conservateurs de musée, de bibliothèque, que sais-je ? Pour arriver au résultat, il faut mener une véritable enquête. Naturellement, vous êtes pressés ?

— Très pressés, a dit Tatiana.

— Dès demain matin, je mets mon secrétaire en campagne avec mission de me signaler tous les hauts fonctionnaires ayant une Buick. Je serais bien surpris s'ils étaient plus de cinq ou six.

— Deuxième question, d'ailleurs liée à la première. Ce garçon avait un camarade de son âge, dont la mère est une veuve très riche, six domestiques à Paris, six sur la Côte, mesurant un mètre quatre-vingts et ravagée par la passion des bonnes œuvres.

— N'en dites pas plus. Il s'agit d'une certaine dame Cousin, veuve et héritière de Cousin, des pâtes alimentaires Coucou.

— Son fils s'appelle Germain.

— Hum ! Cousin Germain, voilà qui rend un drôle de son et qui m'a tout l'air d'une farce.

— Sûrement c'en est une (ai-je dit). Ses amis devaient trouver drôle de l'appeler Germain, justement à cause de son nom.

— En tout cas, votre dame bienfaisante ne peut être que la veuve Cousin. Et pour en avoir des échos presque quotidiens, je puis vous dire qu'elle circule actuellement en Amérique du Sud où elle met sur les dents nos ambassadeurs et nos consuls à vouloir les traîner dans les taudis de toutes les capitales. A Paris même, dans nombre de ministères, elle est la plus redoutée de toutes les dames charitables.

C'était une tuile que cette Cousin fût à l'étranger. Pourtant, il nous semblait à Tatiana et à moi que nous venions de faire un grand pas. Ce seul nom de Cousin jetait déjà un pont entre l'inconnu et nous.

— Tu sais que l'autre soir, tu as produit sur Anglaz une forte impression, a dit Christine et Rézé d'appuyer :

— C'est très sérieux. Si vous l'y encouragez si peu que ce soit, il demande votre main.

— Qu'on me donne des chiffres ! s'est écriée Tatiana.

— Soixante-quinze hectares de vignes. Des intérêts dans une société de construction où il est lui-même ingénieur. Et des espérances.

— Vous vous fichez de moi. Des espérances. On me prend vraiment pour la fille du petit employé à moustache ! Allez dire à votre vicomte que la fille de la steppe attend pour demain la caravane des marchands qui s'égorgeront à ses pieds pour la gloire de lui offrir leurs chargements d'or et d'étain. On vous laisse. Il va être moins le quart et Martin a un changement. Viens, chéri, on se taille.

Ni l'un ni l'autre des Rézé n'a eu l'air étonné d'entendre Tatiana me donner du chéri, mais moi, je me suis empourpré. J'étais gêné pour elle qu'il pût leur venir à l'esprit que nous étions des amants. Christine nous a donné à chacun une pomme et nous avons été prendre le métro à Victor-Hugo. A Tatiana qui me demandait comment je trouvais les Rézé, j'ai répondu que je ne voyais rien à en dire, qu'ils m'échappaient complètement, Christine derrière ses longs cils noirs, lui derrière son argent, sa bonne éducation, sa quiétude. Ils étaient pour moi d'une autre planète. Tatiana mordait dans sa pomme. J'ai mordu dans la mienne.

— C'est drôle, Rézé que je connais à peine, est pour moi aussi transparent qu'un verre d'eau. Je crois qu'au regard des femmes, les hommes ont tous une certaine transparence. Les distances sociales n'y font rien. Christine, qui est la fille d'une ouvrière de Ménilmontant, n'a pas été longue à prendre la mesure de son Rézé, mais pour lui, je suis sûre qu'elle est aussi secrète qu'elle l'est pour toi.

De rares voitures roulaient très vite sur la chaussée, mais les trottoirs de l'avenue étaient déserts. Tatiana m'a demandé de l'embrasser. Tandis que je la pressais contre moi, je me suis rendu compte qu'elle pliait légèrement les genoux afin de ne pas m'obliger à lever la tête.

— Tout à l'heure, pourquoi m'as-tu appelé chéri devant eux ? Tu ne te souviens pas ?

— Non, mais je pense que ça m'est venu tout naturellement. Tu ne veux pas que je t'appelle chéri ?

— Franchement, je trouve que ça ne me va pas.

Nous étions arrivés à la station de métro et tandis

que nous descendions l'escalier côte à côte, Tatiana ne me quittait pas des yeux, le regard fixé sur mon profil. Tout à coup elle a éclaté.

— Tiens, tu me barbes ! Tu n'en parles pas, mais tu penses toujours à ton crime ! Tu le mets en travers de tout ! Et qu'est-ce que ça peut te faire, Chazard et tes deux ans de prison ! Je n'ai qu'un regret, c'est qu'au lieu d'en avoir assassiné un, tu n'en aies pas assassiné plusieurs.

Une vieille dame qui gravissait péniblement l'escalier a entendu l'apostrophe lancée à pleine voix et m'a regardé avec épouvante.

— Détrompe-toi. Je ne pensais pas du tout à mon crime. D'ailleurs, s'il m'arrive d'y penser, c'est en raison des difficultés d'ordre pratique, qu'il ne peut manquer de me valoir, mais je sais qu'à tes yeux mon crime ne me défigure pas. N'empêche que chéri ne me va pas du tout.

— De quoi te mêles-tu ? J'habille mes sentiments comme il me plaît.

— Justement, je trouve que chéri fait confection. Je me demande ce qu'en penserait Porteur.

— Je ne t'ai pas attendu pour le convoquer. Porteur est à fond pour chéri. Vois comme ce serait commode, chéri, si tu habitais avec moi. Par exemple, pour identifier ton inconnu, nous aurions besoin de nous voir à chaque instant. Viens habiter chez nous.

Je suis rentré rue Saint-Martin vers minuit et demi. Pour ne pas réveiller Valérie, je me suis déshabillé dans l'obscurité. La lumière d'une fenêtre éclairée de l'autre côté de la cour empêchait le noir d'être total et me permettait de me diriger entre les meubles vaguement profilés. Ma pensée était tout occupée de Tatiana et de notre soirée. Quand je me suis enfoncé dans mes draps, Valérie, qui était couchée au bord de la ruelle, est venue se coller contre moi et je me suis laissé surprendre par cette chaleur, par le retour de souvenirs anciens, par la forme même de ce corps mieux accordé à ma taille que celui d'une grande femme. C'est sans honte que j'ai cédé à une tentation contre laquelle je croyais m'être cuirassé. Toutefois, après l'avoir gardée auprès de moi trois quarts d'heure, j'ai renvoyé Valérie dans son lit de cuivre.

IX

Odette a passé une partie de la matinée à m'expliquer en quoi consistaient les activités de la S.B.H. Fondée en 1898 par le père de l'actuel Hermelin et par un nommé Bertin qui devait se retirer trois ans plus tard, la Société Bertin-Hermelin était une entreprise industrielle spécialisée dans la fabrication des moyeux. Au départ de Bertin, le père de Lormier lui avait racheté ses actions qui représentaient soixante pour cent de la totalité. L'affaire l'intéressait en tant qu'il était lui-même fabricant de voitures à cheval et qu'il ne croyait pas à l'avenir de l'automobile. Pendant la guerre de 14, la société Bertin-Hermelin, travaillant pour l'armée, fabriqua non plus seulement des moyeux, mais des obus et, dès la deuxième année, des pièces de moteurs et d'outillage pour les camions militaires. Ce fut, grâce à l'initiative du père Hermelin, la fortune de la S.B.H. Ce fut aussi le départ de la haine que la famille Hermelin voua aux Lormier. On trouvait injuste que ce Lormier, toujours cantonné dans ses voitures à chevaux, gagnât plus d'argent à la S.B.H. que n'en gagnait l'animateur. En 1920, Hermelin créait une usine de camions automobiles, mais avant qu'elle ne fût en état de fonctionner, une congestion cérébrale l'avait mis pour le reste de ses jours hors d'état de poursuivre ses activités. Au bord de la ruine, la famille Hermelin ne s'en était tirée que grâce à Lormier, lequel permettait à l'usine de démarrer et, pour se payer de ses apports d'argent frais, la faisait incorporer à la S.B.H. et réduisait à 25 % la part Hermelin dans les actions de la société. Pour le coup, le père Lormier abandonnait le véhicule hippomobile. Fabricant des camions, puis des autocars, la S.B.H. avait monté des entreprises de transport en France et en Algérie. Rapidement, elle devait faire des acquisitions de terrains, d'immeubles commerciaux, de plantations, et s'assurer le contrôle de nombre d'entreprises se débattant dans des difficultés qu'elle avait le plus souvent provoquées ou aggravées. J'ai appris par Odette que la S.B.H. dont les activités propres étaient considérables, contrôlait vingt-trois sociétés parmi lesquelles plusieurs avaient acquis une importance de premier plan. Lormier l'ancien, qui était veuf, n'avait pas cru devoir faire de testament et ses deux fils avaient hérité par moitié. Après partage, négociations et querelles de famille, l'actuel Lormier ne possédait plus que 45 % des actions de la S.B.H. alors que le fils d'Hermelin en avait 25 %, le reste étant réparti entre un groupe hollandais, une banque américaine, une société industrielle du Nord et un planteur algérien.

C'est Lormier lui-même qui, dans les jours suivants, m'a révélé sa position en face d'Hermelin en même temps que l'historique de la société. Odette s'est bornée à m'instruire de l'organisation de la S.B.H. et de son fonctionnement. Je l'ai déjà dit, elle m'avait vu sans plaisir surgir la veille dans l'ombre du président, mais elle était incapable de hargne et après un quart d'heure de conversation, elle semblait avoir relégué ses préventions.

— Ne m'appelez pas Madame, m'a-t-elle dit, mais Odette. Ça me permettra de vous appeler Martin.

J'ai admiré sa clarté d'esprit, l'intelligence de son exposé. Elle a très bien su me faire comprendre le rôle du président qui était de choisir une politique et de s'assurer qu'Hermelin n'en contrarierait pas l'exécution. Il avait en tête la marche de toutes les affaires et la tâche de ses collaborateurs était de le tenir au courant, sans qu'il eût à ouvrir un dossier, de tout ce qui s'y pouvait présenter de nouveau. Odette et Jocelyne étaient elles-mêmes, pour tout ce qui concernait la maison, de vivantes encyclopédies.

— Le président vous a-t-il dit que je sors de prison et pourquoi j'y étais entré ?

— Il nous a mises au courant, Jocelyne et moi. C'est d'ailleurs Jocelyne qui a fait des recherches dans les journaux de l'époque afin de pouvoir le renseigner, lui, exactement. Angelina, la petite sténo-dactylo, ne sait rien.

— Je préfère qu'elle l'apprenne par vous ou par moi que par un ami du directeur général.

— Vous avez raison, je vais le lui dire. C'est une fille très jeune, mais qui a beaucoup de sérieux. Vous n'avez pas à craindre qu'elle vous joue la comédie de la peur ou de la curiosité.

Sur ces paroles, Odette m'a mis entre les mains de Jocelyne qui devait me conduire, pour mon instruction, dans certains services. Jocelyne était une fille de vingt-cinq ans, longue et mince, un peu voûtée, à la figure maigre et osseuse, éclairée par des yeux pâles. Pour complément de disgrâce, elle avait de grosses mains d'homme, des pieds très grands et des jambes grêles.

— Je vais vous emmener, m'a-t-elle dit, à la direction du personnel. Jusqu'à présent, nous croyions pouvoir compter sur Keller qui nous a prouvé hier qu'il est dans la main d'Hermelin. C'est pour nous une affaire extrêmement grave. Depuis combien de temps

Keller opère-t-il pour le compte d'Hermelin un noyautage des divers services et quelles sont les créatures du directeur général ? Ce n'est pas en un jour que nous l'apprendrons, ni en une semaine.

Keller, très aimable, a déclaré qu'il se mettait à ma disposition pour m'expliquer le fonctionnement du service. Après un exposé général, comme il entamait le chapitre des assurances sociales, Jocelyne lui a coupé la parole.

— Monsieur Keller, pardonnez-moi, mais le président a exprimé le désir que M. Martin ait une connaissance sérieuse de votre service. Ne croyez-vous pas qu'il serait logique de commencer par le commencement ? Prenons le cas d'un employé qui est entré à la S.B.H. au début de cette année. Comment est-il entré et sous quelles références ? Après son admission, quels ont été ses rapports avec votre service et où peut-on en retrouver le détail ?

Keller a choisi le cas d'une employée nommée Claire Lupin, entrée en février. Elle figurait sur divers fichiers et, après avoir examiné le dossier constitué à son sujet, nous avons retrouvé son nom sur l'un des tableaux donnant pour chacun des services la composition du personnel. J'ai demandé à Keller s'il existait un livre qui rendît compte du mouvement du personnel. Il m'a semblé ainsi qu'à Jocelyne que Keller était contrarié et qu'il avait marqué un temps d'hésitation avant de répondre par l'affirmative. Le livre existait bien et se composait de six volumes se rapportant aux dix dernières années. Jocelyne a feuilleté celui des années 54-55, tandis que je me plongeais dans le volume de l'année en cours. Aux mois de mai, juin, juillet, août, il n'y avait eu que fort peu d'entrées à la S.B.H. Ces quelques nouveaux venus étaient tous âgés de plus de vingt-cinq ans, à l'exception d'une jeune fille qui en comptait dix-huit. J'avais donc vu juste en pensant que le passage de l'inconnu n'était mentionné nulle part au service du personnel. Jocelyne s'est fait apporter plusieurs dossiers concernant certains éléments parmi les plus importants du personnel de la S.B.H. et pendant que nous prenions des notes, Hermelin est entré, visiblement alerté par un subordonné de Keller. Il s'est élevé avec véhémence contre mon intrusion dans un domaine où mon ignorance ne pouvait que semer le désordre. A quoi Jocelyne a répliqué avec fermeté :

— M. Martin travaille ici sous ma surveillance en exécution des ordres qui nous ont été donnés à l'un et à l'autre par le président.

— Si le président vous a donné des ordres, il devait, sinon les justifier, m'en informer par une note de service. Veuillez donc la lui réclamer. En attendant, monsieur Keller, je vous prie de me faire apporter le dossier de ce monsieur.

— Je reviens, m'a dit Jocelyne. Attendez-moi ici.

Keller, tandis qu'elle sortait, a donné l'ordre à une secrétaire d'apporter mon dossier. Il paraissait extrêmement ennuyé. Je me tenais debout, face à Hermelin et regardant la porte par où Jocelyne était sortie.

— Est-ce que vous suivez le procès Liébœuf ? disait-il à Keller. Le verdict doit être rendu aujourd'hui. En bonne justice, l'assassin devrait être condamné à mort. Qu'en pensez-vous ?

— Je ne suis pas au courant, a répondu Keller, visiblement gêné.

— Malheureusement, les juges se montrent beaucoup trop indulgents avec les assassins. Ils encouragent le crime.

Comme la secrétaire déposait mon dossier sur la table, Jocelyne est entrée.

— Monsieur le directeur général, le président vous fait savoir que la note de service vous sera remise dans un instant. Il me charge également de vous transmettre l'expression de ses sentiments bienveillants.

Les sentiments bienveillants ont laissé Hermelin interdit, cependant que ses oreilles devenaient rouges, puis violettes. J'ai vu ses mains trembler de colère sur la toile grise de mon dossier. Compte tenu de sa haute taille, ces mains étaient proprement gigantesques, tant par leur épaisseur que par la longueur et la largeur. Le dossier contenait les deux fiches que j'avais remplies et un feuillet manuscrit sur lequel Keller avait consigné quelques observations.

— Le dossier est incomplet, s'est écrié Hermelin. Il y manque un extrait de votre casier judiciaire !

— Monsieur le directeur général, lui a fait observer Jocelyne, rien n'est plus normal. Après en avoir fait la demande au Greffe du Tribunal, il s'écoule généralement près d'une semaine avant que l'intéressé reçoive l'extrait de son casier judiciaire. M. Martin n'est donc pas en faute.

— En effet, mais l'extrait du casier judiciaire constitue un renseignement précis, qui nous est indispensable lorsqu'il s'agit de confier à un employé une tâche comme celle que vous venez d'entreprendre. Nos dossiers contiennent des notes confidentielles sur des personnes honorables que nous n'avons pas le droit d'exposer à l'indiscrétion et à la malveillance sans avoir pris toutes nos précautions.

— Vous avez raison. Je vais donc emporter les dossiers pour les confier au président lui-même. Monsieur Martin, voulez-vous m'aider ?

Dès lors qu'il s'agissait du président, Hermelin ne pouvait plus rien opposer. Nous avons quitté le service de Keller avec notre chargement que nous sommes allés déposer, comme promis, sur le bureau de Lormier. Le président a écouté avec un intérêt ardent le récit que lui a fait Jocelyne des incidents de la dernière minute et a demandé de quelle couleur étaient les oreilles d'Hermelin dans le moment où lui a été transmise l'expression de ses sentiments bienveillants.

— Violettes, monsieur le président, a répondu Jocelyne. Et quand nous sommes partis avec les dossiers, elles sont redevenues rouges.

Lormier, le regard luisant de méchanceté, a eu un petit rire aigu. J'ai vu odette et Jocelyne, attendries, sourire à la satisfaction du gros homme. Je me demandais si, comme elles, j'en viendrais à dire « notre intérêt » en parlant de ce qui était non pas l'intérêt de la S.B.H. mais strictement celui du président. Le fait est que malgré mon antipathie première, Hermelin nous avait déjà singulièrement rapprochés. Le travail en commun achèverait de réaliser ce miracle si répandu : le dévouement d'un employé pour un patron qu'il n'aime pas. Comme je me retirais avec Jocelyne et Odette, Lormier m'a retenu auprès de lui.

— Il y a un chapitre que nous n'avons pas encore abordé. C'est celui de vos appointements à la S.B.H. Sans doute y avez-vous réfléchi ?

— Après deux ans d'absence, je ne sais pas bien ce que sont aujourd'hui les salaires, mais étant donné la confiance que vous semblez vouloir m'accorder, il me semble que soixante mille francs correspondraient à ma nouvelle situation.

— C'est en effet ce que j'avais souhaité vous voir gagner, mais étant donné que vous sortez de prison, il faut que ma confiance en vous soit justifiée par des mérites exceptionnels, payés à leur juste prix. Seuls des appointements élevés peuvent imposer dans la maison l'idée de vos mérites. Vous gagnerez donc cent vingt-trois mille francs par mois. J'en suis d'ailleurs contrarié. Rien ne m'est plus désagréable que de faire plaisir à un employé.

Un moment, Lormier est resté silencieux en me considérant sans bienveillance, peut-être même avec dégoût.

— Vous étiez né pour vivre dans la peau d'un garçon pauvre et honnête. Il est choquant de vous voir gagner cent vingt-trois mille francs et réflexion faite, je vous ramène à cent dix-neuf. Cette diminution me fait du bien. Elle témoigne que je n'ai rien perdu de cette méchanceté utile à la classe possédante.

Il a soupiré et poursuivi en jouant avec ses petites mains boursouflées :

— Mais non, je me flatte. La vérité est que je suis pourri comme tous les autres patrons. Je me serai bien défendu, mais la gangrène socialiste est partout, dans l'air qu'on respire, dans le sens incertain et changeant des moindres paroles qu'on prononce. C'est ainsi qu'il m'arrive d'admettre que tous les hommes ont droit au travail, à la vie. Bien mieux, je me surprends parfois à être bon avec un employé. Voilà pourquoi nous sommes condamnés à disparaître. Le danger n'est pas que la Russie prenne pied chez les Bouniouls. Le danger mortel est cette faiblesse contagieuse qui nous a amenés à douter de notre divinité, à considérer les classes laborieuses comme une catégorie de l'humanité. Tant pis. Vous êtes peut-être pour l'Algérie libre ?

— Oui, monsieur le Président.

— Je vous ramène à cent dix-sept mille pour que vous n'oubliiez pas que la S.B.H. a de gros intérêts là-bas. En Algérie aussi, nous avons été trop bons...

Après une hésitation, le président a renoncé à justifier son sentiment sur la question algérienne et, d'un geste, m'a laissé partir. Il était midi moins dix. Dans le bureau des secrétaires, Odette et Angelina se mettaient du rouge aux lèvres, tapotaient leurs cheveux. Je suis allé m'asseoir auprès de Jocelÿne plongée dans l'un des dossiers. Elle m'a avoué n'y trouver rien autorisant à décider si l'intéressé était une créature d'Hermelin ou un fidèle de Lormier. J'ai proposé un examen sérieux de la photo jointe au dossier. Il s'agissait d'un homme de trente-sept ans, d'un assez beau visage, aux cheveux noirs très soignés, aux grands yeux foncés et dans cet ensemble moelleux, le sourire avait une suavité signifiante. « Notez que je connais bien le bonhomme, m'a fait observer Jocelyne, et que je me sens, entre autres avantages, celui de me rappeler parfaitement le son de sa voix. » Il y avait à objecter. Un homme en chair et en os peut jouer la comédie et faire oublier les traits essentiels de sa physionomie. Sur la photo, l'homme est immobilisé. Il ne peut empêcher que son visage soit exposé nu, figé, à la méfiance de ses juges. Jocelyne n'était pas convaincue. Le fait d'être une créature de Lormier ou d'Hermelin ne tenait pas à un trait de caractère, disait-elle.

— Pour décider sur photo, il faudrait quelqu'un d'exceptionnellement intuitif... un Porteur, peut-être.

— Je ne crois pas que Porteur ait jamais affaire à des gens de cette espèce-là, a dit Angelina.

— Porteur connaît tout, comprend tout, a tranché Odette.

Porteur dormait à poings fermés quand je suis rentré chez moi. Il avait ouvert un œil et déclaré à Valérie qu'il ne mangerait pas. Il était arrivé un pneumatique de Tatiana qui me demandait de lui téléphoner à Etoile 32 quelque chose entre une heure et quart et deux heures moins le quart. Valérie a mis le couvert sur le guéridon de notre chambre. Nous avons déjeuné en moins d'un quart d'heure et comme j'allais me lever de table, elle est venue m'embrasser. Tout en préparant une homélie, je me suis d'abord prêté au jeu du bout des lèvres, mais j'ai vu ses yeux chauds, son impatience et je l'ai moi-même dépouillée de sa robe. Après coup, je me suis d'abord blâmé, puis accordé des circonstances atténuantes, celles de la surprise et celles de n'être pas en bois. Il n'en était pas moins étrange qu'aimant tendrement Tatiana, je me fusse laissé surprendre deux fois dans les douze heures qui avaient suivi notre séparation.

— Allô, Tatiana ? C'est toi ? C'est Tatiana ?

— Oui, c'est moi. Ne gueule pas comme un âne. Je n'entends rien. On dirait que tu es furieux contre moi.

— Non, au contraire, écoute. Hier soir, je me suis déshabillé dans le noir et j'ai trouvé Valérie dans mon lit. Alors, voilà.

— Bon. C'est tout ?

— Non, justement. Tout à l'heure, Porteur dormait.

— Qui ?

— Mon frère dormait. Valérie et moi avons déjeuné seuls et après le repas, sans que je l'aie voulu, alors que je n'y pensais pas... eh bien, oui.

— Aucune importance, surtout avec une Valérie. D'ailleurs, pour moi, la seule chose qui compte vraiment, c'est que je t'aime. Pour l'instant, je suis chez Christine. Son mari a commencé les recherches, mais nous ne saurons rien avant ce soir. Je passerai peut-être chez toi. Je t'embrasse, chéri.

Je lui ai dit que je l'embrassais alors qu'elle avait déjà raccroché. Par la vitre de la cabine, j'avais une vue partielle du petit café où j'étais entré pour téléphoner. Sur la plus proche banquette, il y avait un couple d'amoureux, elle soixante-cinq ans, lui soixante-dix et davantage. La femme, sans formes, avait le visage creusé, des poches de peau flasque et portait un chapeau de feutre laissant passer des mèches de cheveux dont la teinture noire avait bavé sur le haut du front. Le vieux, mince et frêle, avait le chef branlant. Ils se tenaient par les mains et se regardaient dans les yeux. Je les ai mieux vus en passant devant eux. Ni l'un ni l'autre ne souriait, mais leurs visages étaient illuminés comme de l'intérieur et leurs yeux brillaient d'une clarté qui m'a paru surnaturelle. Le couple m'a fait une si forte impression que j'en ai parlé le soir au dîner à Michel et à Valérie.

— Mais tout ce que j'en peux dire ne vous permet pas de les imaginer. Il faudrait les avoir vus.

Valérie a déclaré que les deux vieux lui faisaient envie, qu'elle en avait le cœur à l'envers et, à l'appui de ses paroles, elle a serré mon genou sous la table entre les siens. Je me suis dégagé de l'étreinte avec humeur, mais sans en rien laisser paraître.

— Je crois pouvoir les imaginer, a dit Michel. J'ai vu le cas au moins deux fois. L'été dernier, à la terrasse d'un café de Saint-Germain-des-Prés, j'ai vu un couple attablé avec trois autres personnages dans la foule des consommateurs. Eux aussi se regardaient dans les yeux sans rien voir ni rien entendre autour d'eux. Les consommateurs se retournaient ou se penchaient pour les examiner en chuchotant leurs noms. Il s'agissait d'un coureur automobiliste, un étranger très connu, et d'une danseuse française, très connue aussi. Ce qui m'avait frappé, c'était notamment leur ignorance de tout ce qui n'était pas eux-mêmes, et surtout une espèce de lumière mystique où semblaient baigner leurs deux visages.

— Mange tes nouilles, elles vont être froides, a interrompu Valérie.

Michel, le regard animé, a mangé son assiettée de nouilles. Après quoi, il est revenu à ses amants.

— Je me suis dit : Si l'amour existe, ce doit être ça. J'ai voulu savoir. Je me suis donné un mal de chien. J'ai fini par connaître une ballerine très amie avec la danseuse. Pour la mettre à l'aise, je l'ai sautée, là sur le divan, et j'ai pu reconstituer toute l'histoire. Ayant eu affaire à Bourges chacun de son côté, le hasard les avait fait se rencontrer le soir vers six heures devant la cathédrale. Ils se connaissaient pour avoir été, l'année précédente, placés l'un à côté de l'autre à un dîner. Comme ils étaient venus à Bourges, lui pour un enterrement, elle pour conduire une cousine à un asile d'aliénés, ni l'un ni l'autre n'avaient envie de s'y attarder. Il l'a ramenée dans sa voiture, ils ont dîné dans une auberge de village où ils ont également couché ensemble. Une petite aventure d'un soir, ils pensaient, pas plus. Lui devait prendre l'avion le surlendemain pour aller courir en Amérique du Sud et il avait de mauvais pressentiments. Le matin, avant de monter en voiture, il lui a volé son mouchoir en se disant que si elle ne s'en apercevait pas avant d'arriver à Paris, le sort était conjuré.

— Je trouve ça idiot, a dit Valérie. Je me rappelle une copine, Chantal Guérillot...

— Tu veux bien que je finisse ? Merci. Le mouchoir a passé à l'as. A Paris, au moment de se séparer, il a voulu dire quelque chose de gentil : « Quand je serai là-bas, je regarderai la Croix du Sud en pensant à toi et à ton ballet. Tu auras un triomphe. » Un quart d'heure après, ils ne pensaient plus l'un à l'autre, mais lui, en prenant l'avion le lendemain s'assurait que le mouchoir volé était bien dans sa poche. A Dakar, pendant l'escale, il achetait un magazine contenant une double page de photos de la danseuse. Et un jour qu'il s'entraînait sur la piste où il devait courir lui était revenue une image du matin alors qu'ils venaient de s'éveiller dans la chambre d'auberge campagnarde. Devant leur fenêtre ouverte montait en pente raide un pré sur lequel la lumière frisante faisait étinceler la rosée. Les pieds nus, elle avait esquissé une figure de danse qui s'achevait, paraît-il, dans un élan bouleversant. Ainsi devenait-elle pour lui une divinité à la fois rassurante et exaltante. A Paris, le ballet s'annonçait mal. Les décors poussaient de travers, l'orchestre accrochait, mais surtout notre danseuse de Bourges faisait un bon petit travail convenable qui passait à côté de l'esprit du truc. Accablée par les reproches et par les silences, il lui arrivait de penser à la Croix du Sud et d'y trouver un réconfort. Un soir, sur une observation qui venait de lui être adressée, elle avait piqué une colère, hurlant qu'elle en avait marre, qu'elle ne dansait plus, qu'elle ne danserait plus jamais, qu'elle emmerdait tout le monde. Là-dessus, elle avait éclaté en sanglots, le dos tourné à l'orchestre et c'est alors que dans la coulisse lui était apparue la silhouette du coureur tenant au bout de son bras levé une étincelante Croix du Sud. En réalité, car je me suis renseigné, ce qu'elle avait vu à travers ses larmes, c'était le chef électricien qui essayait un élément lumineux du décor. Mais après l'apparition, elle a tout de suite trouvé l'inspiration ou l'entrain ou je ne sais quoi d'équivalent qui allait faire son succès. Vous voyez maintenant comment une petite coucherie de rien du tout, née du hasard et de l'ennui, a fini par se sublimer et à la suite de quelles circonstances une déviation du sentiment religieux se fixant sur un objet humain a donné naissance à un grand amour.

— Tiens ! s'est étonnée Valérie, le sentiment religieux, ça existe donc pour toi ?

— Oui, mais dévié aussi. J'ai de l'admiration pour tes talents de cuisinière comme j'en ai pour un grand romancier. Mais s'il s'agit d'un musicien, d'un poète, je m'échappe de moi-même, je me survole de très haut et je me perds de vue pour m'abîmer dans l'adoration.

Il y avait tout à coup dans la voix de Michel, dans son regard, un accent d'émotion et de sincérité. Les propos qu'il tenait ordinairement en ma présence ne ressemblaient en rien à ceux-ci. J'ai pensé que peut-être je m'étais trop longtemps trompé sur son compte, que sa parole toujours sèche et précise cachait autre chose que de l'indifférence.

— J'ai acheté un morceau de brie. Il m'avait fait une bonne impression.

C'est sur ces paroles de Valérie que Tatiana et Christine de Rézé sont venues s'encadrer dans la porte de la salle à manger. Enveloppée dans un manteau de vison bleu clair emprunté pour la circonstance à Christine, Tatiana était d'une élégance fracassante. Pour moi, il était clair qu'elle venait, quel que fût le prétexte, éclabousser Valérie et jouir de sa confusion. Christine était plus simplement vêtue d'un tailleur et d'un paletot de ragondin. Nous nous étions levés tous les trois, mais Valérie avait déjà un visage hostile. Pour ma part, j'étais de mauvais poil. C'est Michel qui est allé à la porte accueillir les deux femmes. Tatiana s'est excusée.

— J'ai sonné, mais personne ne paraissait entendre et comme la clé était sur la porte, je me suis permis d'entrer.

— Tu as bien fait, a répondu Michel. La sonnette ne marche pas. Entrez.

Après les présentations et les compliments, les deux amies ont insisté pour que nous achevions notre repas. Valérie, s'étant servie de fromage, a examiné d'un air pincé le manteau de Tatiana et lui a dit avec un ricanement :

— Vous êtes bien vêtue (ici, le ricanement). Je ne savais pas que les mannequins étaient aussi bien payés.

— Non, nous ne sommes pas bien payées, mais dans le métier, nous rencontrons beaucoup d'hommes riches et nous avons l'occasion de nous vendre cher. Je n'ai l'air de rien, mais je me suis tapé le Chah, l'Aga Khan, le colonel Nasser. C'est amusant, vous savez.

Christine a souri, Michel éclaté de rire et malgré moi, j'ai ri aussi. L'air affable, Tatiana ajoutait :

— Je ne vous ai pas vue depuis le temps où vous étiez fiancée à Martin. Il y a maintenant près de deux ans. Vous êtes toujours aussi charmante.

— Je ne pense pas que ce soit moi que vous êtes venue voir.

— Je n'en ai pas moins plaisir à vous rencontrer et la comtesse, née Rostopchine, aura été heureuse de vous connaître.

Tatiana a ouvert et rejeté en arrière son vison bleu, découvrant une robe de soie blanche, son buste nu et le haut des bras également nu. J'avais beau lui en vouloir de cette visite dirigée contre Valérie, l'éclat de sa beauté m'a remué et alangui. Se tournant vers moi avec un regard qu'elle a, d'une épaule à l'autre, promené sur son buste nu pour ensuite me l'offrir, elle a eu dans la voix un accent de tendresse qui a achevé de me soumettre, au moins dans le moment.

— Mon chéri, je n'ai pas voulu tarder à te faire connaître le résultat de l'enquête menée par le comte de Rézé. C'est pourquoi nous sommes venues en coup de vent. Christine, explique.

— Voilà, c'est très simple. Il n'existe que deux hauts fonctionnaires possédant une Buick ou en ayant possédé une en ces trois dernières années. L'un est un Conseiller d'Etat veuf et sans enfants. L'autre, fonctionnaire au Quai d'Orsay, qui habite rue Vaneau, est un collègue de mon mari. On l'appelle familièrement Bijoux, mais son nom est Alfred de Birul de Carjoux. Sa femme, très pieuse, très mondaine, un peu braque, lui a donné deux garçons, l'un de dix-huit ans, l'autre un peu plus jeune. Il a un château non pas en Bourgogne, mais en Périgord. C'est tout ce que je peux vous dire pour l'instant.

— Viens à la maison demain soir. On parlera de ça. D'accord ?

Tatiana et Christine se sont levées pour effectuer une sortie rapide. Je les ai reconduites sur le palier où un dernier regard de Tatiana m'a laissé un instant ébloui. Quand je suis revenu à la salle à manger, Michel se levait de table et sans doute venait-il de faire une réflexion flatteuse pour le physique de Tatiana, car Valérie répliquait aigrement :

— Je me demande ce que tu lui trouves à la Tatiana. Un grand cheval qui a le genre des putains de la Madeleine. Mais vous êtes tous les mêmes. Les youpines vous en mettent toujours plein la vue et si elles ont un vison sur le cul, ça devient du délire.

— Qu'est-ce que tu baves ? Tatiana n'est pas juive.

— Je me comprends. Des paumées qui viennent d'on ne sait pas où manger le pain des Français. Je te foutrais tout ça à la rue.

Michel est parti en haussant les épaules. J'ai expliqué à Valérie, ce qu'elle n'ignorait d'ailleurs pas, que Tatiana était née dans cette maison même où sa présence n'aurait su être déplacée. Elle a pris le parti de ne pas me répondre et de ne pas me regarder. Lorsqu'elle est allée faire la vaisselle, je suis resté seul à réfléchir à la situation créée par Tatiana. C'est alors qu'avisant le cahier bleu sur la table, j'ai entrepris la lecture du deuxième chapitre.

X

CAHIER BLEU : DEUXIÈME CHAPITRE

Nous avons vu que chez les femmes, l'instinct social est assez fort pour imprimer une direction à l'instinct de reproduction, restant entendu que les instincts sont des façons de parler pour ne rien dire de sûr. Toutefois, en parlant d'instinct social, il ne s'agit pas dans notre esprit de calomnier le sexe féminin ni de lui attribuer en fait d'amour et de mariage des vues étroitement pratiques et égoïstes. Au contraire, je suis tenté de croire que les femmes, sans en avoir conscience, obéissent dans leur vie amoureuse, au moins dans les débuts (je dis les débuts parce qu'il me semble que certaines déceptions, découvertes ou initiations viennent par la suite se mettre en travers de leur vocation naturelle) à un sentiment élevé des exigences de la vie en société. Chez les hommes, au contraire, le sens du social n'apparaît guère. Je m'appelle Alfred Lambulant, j'ai dix-huit ans. Papa est un gros exportateur de pendules et de poêles à frire. Il a l'air de gagner de l'argent, vu qu'il se plaint toujours de payer trop d'impôts. On habite à Passy le même immeuble que la comtesse de Villemeuse qui ne peut pas blairer maman. La comtesse, il y a six mois, c'est-à-dire au début d'octobre, avait une petite bonne prénommée Janette. On s'est rencontré au tabac devant le jeu automatique qui fait tan tan tan et où s'allument des bornes, des clignotants et des nombres qui font en tout plusieurs millions. Une petite brune du Finistère, elle m'a bien plu. De mon côté, je ne suis pas mal tourné non plus. Un soir, je suis allé la retrouver dans sa chambre et le lendemain matin, tellement j'étais dilaté, j'ai couru aux Champs-Elysées jusqu'au bureau où papa a son truc export-pendules et poêles à frire. Quand je lui ai dit que je voulais me marier, il n'a pas eu l'air épaté. Il a d'abord répondu au téléphone et c'est en raccrochant qu'il m'a demandé avec qui. Quand il a su, il m'a dit fous le camp, j'ai pas de temps à perdre, et il m'a montré la pointe de son soulier. A la maison, au repas de midi, je me suis fais agonir par mes deux auteurs. Maman surtout était furieuse parce qu'ayant téléphoné à la comtesse de Villemeuse pour lui demander de renvoyer sa bonne, elle s'était entendu répondre qu'elle (la comtesse) ne se permettait pas de mettre le nez dans les amours de ses gens et qu'au reste l'union de Janette et du jeune Lambulant lui paraissait très bien assortie. Mes bons parents me traitèrent de veau, de Nicodème, d'imbécile, de lourdaud et de ballotin sans discernement ni fierté, m'expliquant que non seulement un garçon de bonne famille n'épousait pas une bonne, mais qu'il ne couchait pas non plus avec elle. Résolu, mais mineur, je ne pouvais que la boucler. L'après-midi, j'allai au cimetière de Passy pour ruminer mon affaire et marchant parmi les tombes, j'imaginai que mes parents et moi on était devenu des clochards, que Janette était propriétaire d'une charcuterie, qu'elle jetait à mes parents un os de cochon à ronger, qu'ensuite elle s'avisait de ma présence, qu'elle me souriait, que papa me disait : Alfred, t'as une touche, que je lui répondais une ancienne bonne, mais qu'est-ce qui te prend ? Plutôt crever de faim, qu'effectivement on crevait de faim, mais que

Les tiroirs de l'inconnu.   5.

pour sauver ma famille je m'installais à la charcuterie. En me faisant ces contes bleus, je bute dans une jeune veuve penchée sur une tombe où elle essayait de déplacer une grosse urne en fonte remplie de pivoines. Je lui donne un coup de main, elle me parle de son Alexis qui avait défunté dans un accident de voiture. « Ah! Monsieur, sanglotait la veuve, ses baisers avaient un goût de miel et c'était un régal de faire une partie de belote avec lui. » Je prenais sa main dans la mienne, je la lui tapotais, je la lui caressais. On avait chacun un genou sur la tombe d'Alexis, ce qui faisait que sa jupe se retroussait, que moi je voyais ses genoux, la naissance de ses cuisses, et les rostoples à l'échancrure. Moi aussi, que je lui susurre en rougissant, je me défends bien à la belote. Sur quoi long baiser par-dessus l'inscription : Alexis Dupin — 2 avril 1931-15 mai 1957. Regrets éternels. Le soir, au dîner, papa me dit alors ta bonniche, tu l'épouses toujours ? Non, je lui fais, j'épouse une jeune veuve. Papa est un de ces vieux cons, nés avant l'autre guerre, qui auront passé leur vie à plaisanter à propos de tout et n'imaginent pas que la jeunesse puisse être sérieuse. Salopin, tu te fiches de ton père, il me dit, mais ricane toujours, petit malheureux, il vaudrait mieux pour toi d'épouser une jeune veuve que d'avoir en tête des idées anarchistes. Lui et maman, je les laisse baver. Ma petite veuve, je l'avais dans la peau et dans le sentiment, j'étais prêt à lui donner la fortune et la vie de mon père. Le surlendemain, comme c'était son anniversaire, je vais lui acheter un bouquet, — j'avais une idée d'anémones — et je trouve une fleuriste dans les vingt-huit ans avec des yeux noirs qui dardaient des éclairs dorés. Les pieds nus dans des galoches, elle portait une jupe plissée et un pull en coton blanc qui lui moulait les agréments. Quelle personne sympathique ! Je voulus lui exprimer la douceur des sentiments qui m'agitaient. Meuh! lui dis-je. — Meuh! me répondit la fleuriste. C'est assez dire qu'on se comprenait. Je la pousse dans le réduit, je l'attrape par les cornes et à la casserole. Cette fille-là, je sentais que c'était l'amour qui dure toute la vie, l'amour qui mène au mariage, quoi. La poste! elle crie tout à coup, j'ai oublié la poste! Elle part comme un trait. Trente secondes plus tard, je vois entrer sa sœur, une blonde et des yeux couleur de violette et bien de partout. Meuh! je lui dis. Meuh! elle me répond. Je la pousse dans le réduit, je l'attrape par les cornes et à la casserole. Alors, je comprends tout. C'était elle la source de ma vie, elle qu'il me fallait épouser. Elle sort. Une troisième sœur entre aussitôt, mafflue, difforme, laide comme les sept et du poil dans le nez. Je l'attrape par les cornes et je m'avise qu'elle est l'épouse rêvée *et cœtera et cœtera.*

Vous me direz, l'Alfred Lambulant, ce n'était tout de même pas du jeune homme sérieux. Si, réponds-je, fort sérieux, mais ayant de la chance en amour. A part la chance, ils sont tous comme lui, chacun croyant à tout instant découvrir l'âme sœur dans un nouveau derrière. Pas le sens du social pour un sou ni celui de l'édifice. Ça ne voit pas plus loin que son désir, c'est toujours plein de bonne volonté, toujours prêt à payer de tous les sacrifices le plaisir de s'abîmer dans le premier jupon venu. Si les hommes, je veux dire les mâles, ne recevaient pas une forte éducation brimant leurs désirs, ils rouleraient de crime en crime pour la courte satisfaction d'une envie qui, fort heureusement, reste encore de nos jours inavouable en public. Et dans la bourgeoisie, en dépit d'une éducation qui l'a façonné à l'hypocrisie, le sexe masculin, au contraire de l'autre, ignore les distances sociales quand il s'agit de s'unir pour la vie ou pour un quart d'heure. Une femme célibataire ayant son nom dans le bottin mondain ne se marie pas avec un homme d'une condition inférieure, mais le duc de la Morsière épouse la fille de sa concierge, le baron Dolbach épouse une créature qu'il a rencontrée sur le trottoir, l'abbé Rondeau jette le froc aux orties pour convoler avec une jeune acrobate et le colonel Lefranc démissionne pour devenir le mari d'une petite servante.

Soit qu'elles gagnent leur vie, ce qui leur confère l'autonomie, soit qu'elles lisent des magazines féminins réveillant en elles d'irrépressibles instincts de cruauté et de domination, les filles ont à présent la liberté de choisir leurs conjoints. Sans doute les garçons jouissent-ils du même privilège, mais comme ils sont incapables de faire un choix pour les raisons que nous avons données plus haut, les filles ont avec eux la partie belle.

Les choses se passent habituellement de la façon suivante, l'exemple valant d'ailleurs pour tous les âges. Un garçon d'une figure modeste, mais promis à un bel avenir (Polytechnique, fortune et décorations), connaît douze filles. Grand travailleur, il a fort peu de temps à consacrer à ses plaisirs, mais il n'en est pas moins prêt à reconnaître dans n'importe laquelle des douze la fille qui lui est destinée de toute éternité. Un jour, il fond dans les bras d'Ernestine et connaît avec elle des minutes brûlantes. Je dis minutes pour souligner le fait qu'il a peu de temps à lui donner. De son côté Ernestine est très occupée par son travail et aussi par Eugène et Victor, deux brillants sujets, l'un jouant du saxophone, l'autre champion du 110 mètres haies. Tandis qu'elle se demande lequel des trois est le bon, celui qui compte par minutes s'avise que Léonie Jalavoine est la fille formidable à lui destinée de toute éternité et lui met sa langue dans la bouche. Léo Jalavoine ne se trompe pas sur ce que vaut l'homme. Elle lui passe une laisse autour du cou et la tient fermement en main. Pour liquider le passé, elle déclare qu'Ernestine est une perverse qui ne s'attache les garçons que pour essayer de leur faire rater leurs examens. Le grand travailleur tremble de peur et d'indignation. Léonie Jalavoine l'aide à repasser ses cours de tétralchimie. Avant les minutes brûlantes, elle lui affirme que le derrière des autres filles est affreusement contrefait, que le sien seul est conforme aux desseins du créateur. Lui, qui est un modeste (en amour, les hommes sont généralement de grands modestes) admire la croupe, admire tout et tellement qu'il lui semble n'avoir pas mérité le bonheur d'être à elle. Il se met à croire en Dieu parce qu'il ne voit pas d'autre moyen d'expliquer qu'une aventure aussi merveilleuse lui soit arrivée. Léo l'encourage vivement à demeurer dans cette voie. Elle tresse autour de lui un réseau d'habitudes, y entremêlant adroitement ses propres cheveux, et s'arrange toujours pour que s'il lève les yeux, sa croupe (à elle, Léo) se trouve dans le champ visuel du cher garçon. Mais le chef-d'œuvre de Léonie Jalavoine, c'est d'avoir sublimé dans l'esprit d'Eleuthère (ai-je dit qu'il s'appelait ainsi ?) le lien qui les unit, d'en avoir fait en même temps un matériau de sa conscience. Elle y est arrivée sans effort, parce qu'elle était sincère en disant des choses telles que : « Personne n'a aimé comme je t'aime... » « Si l'un de nous deux devait être rongé par la lèpre, je voudrais que ce soit toi, parce que je ne t'en aimerais que davantage... » « Notre amour est au-delà du physique... » « Nous pouvons mourir, je sens que notre amour, lui, ne passera pas. » « Je pèse tout à la balance de notre amour... » Pour être gentil, Eleuthère dit : « C'est comme moi, ça me fait pareil. » Il finit par le croire et par aimer à la manière des femmes, c'est-à-dire sérieusement, solidement. Et maintenant une supposition qu'il se trouve à minuit rue Pigalle, qu'il rencontre Nana la Myope, qu'elle lui susurre tu viens chéri alors que justement sa conscience est en veilleuse. Par hasard, Nana la Myope est une diablotine joliment roulée, sexie faut voir comme et mon Eleuthère commence par se pourlécher et il sent des pattes de mouches qui lui dévalent le péritoine. Mais presque aussitôt, heureusement, l'alarme est donnée dans sa conscience. La croupe de Léo s'interpose, il considère avec malaise celle de Nana la Myope et soupire en prenant de la hauteur : « Quelle tristesse que ces amours mercenaires », sans prendre garde qu'il y a de la mauvaise foi à associer l'adjectif « mercenaires » et ce mot « amours » auquel il attribue pour la circonstance une signification inhabituelle. N'importe, il sort vainqueur de l'épreuve, il est fier de lui et il admire Léonie Jalavoine d'avoir su lui inspirer, à propos d'un modeste péril, des sentiments et des pensées d'une grande élévation. Vingt ans plus tard, ils ont deux enfants, un frigidaire, une voiture de marque étrangère, une Bible Gallimard, la Légion d'honneur et un peu de buffet. Et voici comment Léo raconte leur histoire à ses enfants : « Nous nous sommes connus à la pension Lidoire. Eleuthère ne prêtait aucune attention aux jeunes filles. Il était jeune, il était beau, il avait une petite moustache à la tagada. Un jour, alors que nous étions à table, son regard s'est posé sur moi et je me suis empourprée. Il ne m'a pas parlé encore, mais dès cet instant j'ai compris qu'il m'avait choisie. » Or, je n'ai pas besoin de le redire, l'homme ne choisit pas. Il consomme toutes les dames qui lui tombent sous la main jusqu'à ce que l'une d'elles, à moins que ce ne soit une personne à laquelle il ne pensait pas du tout, décide d'être son épouse ou sa maîtresse en pied, c'est-à-dire le choisisse. Bien entendu, il y a des exceptions dans lesquelles chacun ne manquera pas de se reconnaître. Peu nombreux, il existe pourtant des hommes qui choisissent une maîtresse ou une épouse (bien entendu, je ne parle pas ici du mariage de convenance, qui est un tout autre chapitre). Trop orgueilleux ou trop craintifs pour prendre le tout-venant de la vie et afin de n'être pas dupes, ils arrêtent leur choix sur des femmes remarquables soit par la beauté, soit par le nom, soit par la fortune. Le moindre risque qu'ils courent alors est l'échec de leur entreprise.

Je m'appelle Pierre Meublé. J'ai vingt-sept ans. Je suis très riche. On ne me raconte pas d'histoires. Quand je veux une fille, je l'embrasse en lui empoignant les fesses à pleines mains. Mes intentions étant ainsi affirmées, il n'y a pas de malentendu. Je me méfie néanmoins et je romps au bout de quinze jours. Fils unique, je ne veux pas que le nom de Meublé disparaisse. J'ai décidé de me marier. Je sors, j'observe, je jette mon dévolu sur Hélène. Jolie, l'air raisonnable, père officier sans fortune, cinq filles à marier. Je demande sa main. Parents ravis. Mariage en blanc. Saint-Honoré-d'Eylau. Hélène, en dépit de son éducation religieuse, a un tempérament volcanique. A chaque instant elle se jette sur moi, les seins érigés, le sexe gluant. Je maigris de quatorze livres en six semaines. Effrayé, je me ménage. Elle prend un amant. Je suis épris, jaloux, humilié. Je vais trouver le père. Cré nom, dit-il, tenez votre femme. Je la supplie, je lui crie mon amour, ma souffrance. Je lui parle joliment de la lumière de ses yeux, de la fleur de ses seins. Tiens, dit-elle, en ouvrant son pyjama, les voilà. Elle croit que l'amour c'est ça. Ce soir, elle est chez son amant. Je suis seul dans notre hôtel particulier (l'hôtel Meublé, disent les farceurs). J'écris au commissaire de police. Monsieur le Commissaire, je n'en peux plus. Je me fais sauter la tomate. Signé : Meublé.

Si j'avais à instruire des enfants très ingénus de ce qu'est l'amour, je me garderais de puiser mon enseignement chez les philosophes, les romanciers et les poètes et peut-être surtout chez ceux-ci, car c'est une chose qu'on ne sait pas assez, mais ces poètes sont d'une sensualité révoltante. A mes ingénus, j'apprendrais des chansons d'amour et non pas de ces chansons réalistes qui vous évoquent le polochon et l'accouplement, mais des chansons d'autrefois où les amants n'ayant apparemment pas de sexe, semblent pétris d'esprit et de lumière et où l'amour trouve son accomplissement dans un baiser effleurant des lèvres ou mieux encore, des doigts. « Vous n'avez pas, me dira-t-on, l'air très dans le train, et vos chansons, en admettant qu'elles soient charmantes, sont assez sottement conventionnelles et n'ont en tout cas aucune valeur d'enseignement. » Au contraire, je crois qu'en négligeant de parler du plaisir sexuel, en se référant plus volontiers au bleu de l'âme qu'au volume de la croupe, mes chansons expriment très bien cette vérité qu'à aucun moment le désir ne saurait se confondre avec l'amour, quoi qu'en pense le sujet lui-même (c'est si vrai qu'il y a des femmes qui, ayant deux amants, disent qu'elles en ont un pour l'amour et un pour le plaisir, et le fait est à rapprocher d'un autre non moins significatif, à savoir que les femmes sont souvent jalouses à propos d'un mari ou d'un amant qu'elles n'aiment pas — je le note parce que la jalousie est très généralement considérée comme un prolongement naturel de l'amour.

Lorsque avec mes chansons, j'aurais mis mes ingénus dans le bain, qu'ils auraient reniflé et tâté la chose dans sa réalité sensible, j'ouvrirais alors les grandes vannes. Je veux dire que passant au tableau noir, j'écrirais à la craie blanche en soulignant à deux craies de couleur ces trois mots : « Constat de Carrel », et en dessous à la craie blanche : « Les jeunes filles fortunées ne tombent jamais amoureuses d'un jeune homme de condition inférieure. » Ici, je pose ma craie, je laisse s'établir un silence de qualité, ensuite de quoi je me tourne vers mes ingénus et je leur dis : « Mes chers enfants, vous avez de onze à quatorze ans et avant de réaliser vos espérances qui seront tantôt de chevaucher une fille de rien ou de vous introduire sous les jupes de la crémière, tantôt de vous évanouir en fumée avec une créature de rêve, vous penserez beaucoup à l'amour. Promettez-vous dès maintenant d'avoir toujours à l'esprit ce Constat de Carrel que nul ne viendra vous remettre en mémoire, car les médecins, les romanciers, les psychanalystes, les philosophes, les poètes, les économistes ne se soucient pas de procéder à l'examen d'une révélation qui les obligerait à réviser sur mille problèmes des opinions et des certitudes vénérables et à brûler un grand tas de livres sur lesquels ils ont assis leur confort et leur réputation. Gardez-vous du reste de tirer de ce constat des conclusions excessives. N'allez pas en déduire, par exemple, que les femmes aiment qui elles veulent ou qu'elles sont diaboliquement habiles en amour. Si vous tenez absolument à formuler une vérité plus immédiatement utilisable que le constat, bornez-vous à dire que les femmes sont ainsi faites que seuls peuvent leur inspirer un sentiment amoureux, des hommes appartenant à une certaine catégorie sociale ou la représentant à leurs yeux. En regard, essayez de voir les hommes tels qu'ils sont, assez semblables à ces gros bourdons poilus qui font irruption dans une pièce, rebondissent de vitre en vitre et sur tous les meubles jusqu'à ce que la maîtresse de maison les abatte d'un coup de torchon. Vous les voyez pareillement rebondir de la brune à la blonde, indifférents à ce qui ne parle pas clairement et brutalement à leurs instincts de mâles, indifférents donc et pour mieux dire aveugles ou à moitié. Faites une expérience. Interrogez votre ami Gontran au retour d'une sauterie dans le beau monde et demandez-lui comment étaient madame Ortambois et la baronne Empédocle, les deux dernières femmes auxquelles il s'est intéressé pendant la fête. De l'une il dira qu'elle était blonde avec une poitrine comme ça et des hanches formidables et de l'autre, qu'elle avait des jambes comme jamais vu. Vous ne le sortirez pas de là. De madame Ortambois qui en vérité est une fausse blonde, il n'aura vu ni la forme du visage ni la couleur des yeux, ni celle de la robe, ni même le fameux collier d'émeraudes qu'elle tient d'un premier mariage avec Jef Dudu, l'illustre boxeur. Pour la baronne Empédocle dont le visage, la toilette, les parures sont remarquables à tant d'égards, il n'aura vu dans toute sa personne que ses jambes. Tant qu'une femme ne l'aura pas épinglé, choisi pour amant ou pour époux, il ne découvrira dans l'univers féminin qu'une mêlée de seins, de fesses, de jarrets, de ventres (femmes qui vous torturez l'imagination pour être belles, qui rêvez à des robes flamboyantes, à des fourrures et des bijoux des mille et une, à des opales de femme fatale, à des diadèmes saignants de rubis, sachez que les hommes n'ont pas d'yeux pour voir ces merveilles et que sous vos atours, ils ne cherchent que la chair, la peau et le poil). Chers ingénus, j'espère que je me suis donné suffisamment de mal, que vous comprenez à présent comment le Constat de Carrel nous aide à mettre le doigt sur la ligne de démarcation entre les deux sexes. Si vous êtes une ingénue, votre rôle d'amoureuse est nettement dessiné dans une perspective en somme assez encourageante : Un jour, vous aimerez un homme dont le métier vous semblera rassurant pour l'avenir et lui, qui ne vous trouvera ni plus ni moins séduisante qu'une autre, essaiera de vous mettre dans son lit sans penser plus avant. C'est alors qu'il vous faudra savoir vous prendre au sérieux et le persuader qu'une chose immense est en bonne voie de s'accomplir. Après l'avoir convenablement dressé à user d'un vocabulaire noble et poétique pour désigner tout ce qui a trait à vos amours, vous en aurez fait un amoureux sincère et tout dévoué, réalisant ainsi ce qu'on appelle assez couramment l'union de deux âmes. Ne vous relâchez pas de cette discipline du langage par laquelle vous vous obligez à parler des moindres intérêts de votre communauté conjugale en des termes pour le moins élégants et, s'il est possible, exaltants. Crédules, les mâles souscrivent volontiers aux belles pensées et vous avez la partie facile, mais prenez garde à tenir le vôtre en haleine, à nourrir constamment de mots l'admiration que vous avez suscitée en lui pour une union aussi harmonieuse.

Et maintenant, jeunes garçons ingénus, c'est à vous que je dois m'adresser. Après le discours que je viens de tenir aux filles, c'est une entreprise difficile et gênante, au moins au premier abord. Oui, votre sort est de papillonner, de butiner, de folâtrer jusqu'au jour où une belle fille, à moins que ce ne soit un laideron, vous choisit et vous métamorphose en amoureux transi, en chevalier servant, en diseur d'ineffable, en champion du beau sentiment. Il est certain que votre rôle, dans l'histoire du couple, n'est pas des plus brillants. Dites-vous bien qu'en dépit des apparences, le mariage d'inclination n'existe pas pour vous, qu'il faut en prendre votre parti et que c'est à l'intention de votre sexe que la sagesse des nations a prononcé : « Le mariage est une loterie. » Estimez-vous heureux qu'après la célébration des noces, votre femme ne vous dévore pas ainsi qu'il arrive aux mâles chez certaines espèces animales. Certes, il est humiliant alors qu'il s'agit de l'union de deux âmes, de penser que l'une d'elles, la vôtre, loin d'opter librement, a été confisquée par l'autre. Mais rassurez-vous, dans le monde où vous vivez, tout conspire à faire croire que c'est vous qui avez choisi. On dira par exemple que vous avez demandé la main d'une jeune fille, ce qui indique bien un choix de votre part, et qu'ensuite vous avez pris femme. On a beau dire que la condition du sexe faible change à vue d'œil, il ne semble pas que le temps soit proche où les jeunes filles demanderont la main des garçons et d'ailleurs à quoi bon ? puisqu'elles la prennent. Mais ce qui contribue le plus à donner le change, c'est la place privilégiée qui vous est accordée dans la vie conjugale. Vous êtes le chef de famille, vous détenez l'autorité, vous donnez votre avis sur la qualité des vins, vous imposez au foyer la couleur de vos opinions politiques, vous êtes le maître chez vous. Votre femme et vos enfants vous admirent. Il ne peut venir à l'idée de personne que vous avez été ce pantin détraqué, toujours courtisant et prenant les belles, sans jamais soupçonner que l'une d'elles devait faire de vous cet époux accompli que toute une famille vénère. Voilà un destin enviable qui vaut bien qu'on passe sur une petite humiliation.

XI

L'examen des dossiers auquel nous procédions, Jocelyne et moi, ne nous apportait aucune révélation. Il nous confirmait simplement dans la certitude que Keller avait toute latitude pour le choix des nouveaux employés et pour les promotions aux postes importants quoique rien en principe ne se fît sans l'assentiment de Lormier. D'ailleurs, j'en venais à me demander s'il y avait un inconvénient sérieux pour Lormier à ce que le haut personnel de la S.B.H., en mettant les choses au pire, fût entièrement dévoué à Hermelin. Le combat qui se livrait entre les deux hommes pour la détention de l'autorité ne dépendait pas de la qualité du travail effectué par le personnel à quelque échelon que ce fût, mais uniquement des actionnaires et c'était en définitive une question d'argent.

— Ce n'est pas si simple, m'a répondu Jocelyne. Pour le président, il s'agit d'empêcher une coalition des autres actionnaires de se former contre lui. Hermelin, lui, travaille en sens contraire. Il s'efforce d'être agréable aux actionnaires et les nombreuses activités de la S.B.H. peuvent lui en offrir l'occasion. Un exemple. La S.B.H. fabrique des compteurs de vitesse et le groupe hollandais, un de nos actionnaires les plus importants, qui fabrique le même article, voudrait nous supplanter sur le marché de la Belgique. Pour lui faire plaisir, Hermelin, s'il avait la complicité d'un directeur commercial, pourrait faire baisser le chiffre de nos ventes en Belgique. Le contrôle que nous exerçons ici sur les divers services ne porte guère que sur des résultats, c'est-à-dire quand le mal est fait.

Odette, qui était précisément occupée à l'une de ces opérations de contrôle, a levé le nez de ses papiers pour dire à Jocelyne :

— Tu devrais ajouter qu'il est très difficile de déceler un sabotage bien fait, même quand on a des raisons de se méfier. Vous comprenez, Martin, l'intérêt qu'il y a pour nous à avoir en place des gens sûrs.

J'ai ouvert le dernier des six dossiers que nous avions pris la veille chez Keller. C'était celui d'un nommé Maxime Andrillot. Le premier document était un imprimé semblable à celui que m'avait fait remplir la secrétaire à mon arrivée à la S.B.H. Y figuraient réglementairement les noms et prénoms du père et de la mère.

— Voyez, ai-je dit à Jocelyne. La mère de ce monsieur Andrillot avait pour nom de jeune fille Eléonore Dubois.

— Bon. Et alors ?

— Vous allez me trouver stupide. Hier, à la direction du personnel, vous vous souvenez, Keller nous a montré le grand fichier et j'ai jeté un coup d'œil sur la fiche d'Hermelin. Sa mère s'appelait Louise Dubois. Je m'en souviens, parce que j'ai pensé machinalement : Dubois comme Dupont.

Angelina, la petite dactylo, a ri et Jocelyne a fait observer que les Dubois, ça court les rues. Odette me regardait fixement.

— Ce serait un peu fort, a-t-elle fini par articuler. Il est dans la boîte depuis douze ans. Notez qu'il y a eu dans sa direction quelques mystères qui n'ont pas été éclaircis. Tu te souviens, au début de l'année, les marchés annulés dans tout le Sud-Ouest ? Mais si, voyons, l'histoire des dynamos.

Jocelyne se souvenait, mais un homme est entré sans se faire annoncer, un homme élégant, mince, dans les cinquante-cinq ans, au visage agréable, qui s'est écrié en tendant les bras :

— Bonjour, mes belles, bonjour mes amours !

— Monsieur le Ministre ! se sont exclamées les trois secrétaires qui ont couru l'embrasser. Monsieur le Ministre ! Vous n'êtes donc pas au mariage Delbrousse ?

— Non, figurez-vous, je me suis fait excuser. C'est un tel coup de barbe. J'ai allégué mes obligations de sénateur.

Il s'est alors avisé de ma présence avec un regard aimable.

— Monsieur Martin est depuis hier notre collaborateur, lui a dit Odette. C'est quelqu'un de tout à fait bien.

— J'en étais sûr. Moi, cher Monsieur, je suis Lucien Lormier, le petit frère du grand Lormier. Bien sûr, mon visage ne vous est pas familier. La Quatrième est oubliée. Pourtant, j'ai fait partie pendant près de quinze ans de la plupart des combinaisons ministérielles. Oh ! des portefeuilles sans importance ! J'étais le Commerce, j'étais la Santé, j'étais les Travaux publics. Monsieur, ma nullité était proverbiale, mais les parlementaires m'aimaient bien. Et moi, le magnifique résistant, la Résistance me lâche. On n'accepte plus que les ministres soient des figurants. On veut qu'ils aient des idées. Soit. Nous verrons bien. Croyez que je parle sans amertume. Je n'étais ministre que parce qu'il faut bien vivre. Avant la guerre, Monsieur, j'étais poète. Sous mon nom de Lucien Lormier, j'ai publié d'admirables poèmes érotiques qui ont fait le désespoir de ma famille. Tenez, je vais vous réciter un fragment tiré de mon recueil *Petites introductions :*

> *Sous l'œil de veau de l'impubère*
> *Le curé dans la sacristie*
> *A sorti maître Jean Jeudi*
> *Et il a dit son Notre Père.*

— Je n'en dis pas plus. La décence m'oblige. Ce poème, hélas, aura beaucoup contribué à la mort de mon pauvre père. Mais voyez l'étrange retour des choses. Pendant ma carrière politique, ce même poème m'a valu l'appui constant du parti radical qui ne l'avait pas oublié. Ah ! Monsieur Martin, quelle grande chose que le radicalisme. Il ne comprenait rien aux problèmes économiques, à vrai dire il les ignorait. Son pouvoir était spirituel. Il y a eu grâce à lui un moment unique dans l'histoire du monde. Sachez-le, jeune homme, c'est au ministère Combes que nous sommes redevables du surréalisme, du cubisme et du libre essor de la pédérastie laïque.

Lucien Lormier a repris haleine, mais comme il se disposait à poursuivre, Odette l'a devancé.

— Monsieur le Ministre, avez-vous bien connu la famille de M. Hermelin ?

— Je l'ai connue. A la vérité, mon père, qui était fils et petit-fils de bourgeois, nous avait appris à considérer d'un peu haut la famille de l'ancien contremaître qu'était le fondateur de la S.B.H. Il y avait néanmoins des contacts entre les deux tribus et il nous arrivait, à mon frère et à moi, d'aller déjeuner chez eux.

— Vous souvenez-vous qu'Hermelin ait eu des cousines ?

— S'il en avait ! Je crois bien ! Elles étaient trois :

Lucienne, Armande, et l'aînée qui avait alors plus de vingt ans. Je vous parle des années 22-23, environ. Eléonore...

— Eléonore ?

— Eléonore, oui, c'était son prénom, avait des cuisses magnifiques que la mode de l'époque me permettait, malgré mon jeune âge, d'admirer jusqu'à d'émouvantes profondeurs.

— Et son nom de famille, vous le rappelez-vous ?

— Evidemment. C'était Dubois, le nom de jeune fille de la mère Hermelin... Mais pourquoi ces questions ?

Jocelyne a exposé le cas de M. Andrillot et proposé le dossier à l'examen du ministre qui est tombé en arrêt devant une photo de l'intéressé. C'était une photo d'identité datant de l'année où il était entré à la S.B.H., alors qu'il avait vingt-cinq ans.

— Impossible de s'y tromper, c'est le nez d'Eléonore, reconnaissable entre cent mille.

Il est vrai que le nez d'Andrillot était d'une forme rare, mais je ne me rappelais pas moins en avoir rencontré de semblables. Odette croyait reconnaître sur la photo les yeux d'Hermelin, Angelina les oreilles. La question a été posée de savoir si on devait alerter Lormier à Saint-Pierre de Neuilly où il assistait à la messe de mariage.

— A quoi bon ? a dit le ministre. Il va passer son vicande à remâcher sa fureur contre Hermelin.

Odette a regardé sa montre.

— Vous avez raison. Il est presque la demie. Le temps d'aller, de le trouver, de lui expliquer, il sera midi et quart. Hermelin sera parti.

— En effet, la journée est ensoleillée. Il va sûrement partir de bonne heure pour emmener son fils à la campagne.

— Son fils ? Vous voulez dire sa fille ?

— Non. C'est de son fils que j'ai voulu parler. Hermelin n'a pas de fille.

Mon trouble a été visible puisque Odette m'a demandé ce que j'avais. Un passage du récit de l'inconnu me revenait en mémoire avec précision : « Le chauffeur est venu la chercher (Flora) pour dîner avec Janine. Janine, c'est la fille à Hermelin. » Les trois secrétaires causaient, riaient avec le ministre, mais je ne suivais pas la conversation. L'esprit tendu, je me demandais pourquoi, dans son récit, l'inconnu avait remplacé le fils d'Hermelin par une fille. Il ne pouvait s'agir d'une erreur pure et simple. Le narrateur disait avoir lui-même téléphoné à la pension de la fillette, parlé à la directrice et ensuite à Janine. D'autre part, un mystificateur eût été à coup sûr renseigné sur le sexe. Il y avait une substitution volontaire dont le sens m'échappait.

Sur le trottoir, après avoir passé la porte de la S.B.H., je me suis senti la tête plus libre, mais c'est seulement dans le métro, au milieu de la foule de midi, que je suis vraiment parvenu à appliquer ma réflexion à la découverte du fils d'Hermelin. Puisqu'il n'y avait pas de Janine, il n'y avait pas de Flora non plus et ce n'était pas une sœur qu'avait l'inconnu, mais un frère de douze ans. Je me souvenais de la phrase menaçante proférée par Hermelin à l'adresse de l'inconnu : « Petite ordure, tu vas y passer comme ta mère, comme ta sœur Flora. » En réalité, il fallait lire « ... comme ta mère, comme ton frère ». Et le temps du parcours, entre deux stations, j'en venais à penser, tout en m'accusant de témérité : « Petite ordure, tu vas y passer comme ton père, comme ton frère. » En arrivant à la station, qui était Le Havre-Caumartin, je suis descendu. J'avais besoin de voir Tatiana. Orsini, le couturier de la rue Saint-Honoré, n'était pas à plus de cinq minutes de marche. Ce que je n'avais pas prévu c'est qu'en arrivant je resterais planté dans la cour sans oser entrer. La grande grille dorée encadrant l'entrée du vestibule était déjà un avertissement et, en voyant sortir un couple de jeunes Sud-Américains, la femme dodue, rieuse, l'homme très beau, très bien vêtu, j'ai pris pleinement conscience de ce que ma présence en un tel lieu avait d'insolite. Face à la grille dorée, dans un complet de confection, je me sentais plus trapu et plus Caliban que jamais, à cent lieues d'une façon de vivre et de penser la vie, que représentait ce temple de la haute couture. L'idée m'est venue, désagréable, que Tatiana serait très gênée de me voir entrer chez Orsini. J'avais pris le parti de quitter la place lorsque j'ai vu un groupe de femmes sortir par une petite porte basse. Abordant la plus jeune, une gamine mal poussée qui semblait avoir quatorze ans et était en réalité une femme mariée, son alliance l'attestait, je lui ai demandé si elle connaissait Tatiana.

— Le mannequin ? Oui. Vous voulez lui parler ? C'est qu'en ce moment, elle est à la disposition. Je vous dirais bien que je vais la prévenir, mais nous, on n'a pas le droit d'être en haut. Ecoutez, je vais la faire toucher par une vendeuse. C'est de la part ?

— Martin. Je vous demande pardon de...

— Pas de quoi. Un conseil, restez pas au milieu de la cour. Planquez-vous contre le mur, près de la porte.

J'ai failli la rappeler, lui dire que je renonçais. Je me sentais de plus en plus indésirable. A cet égard, le conseil qu'elle m'avait donné de me planquer était significatif et plus encore le coup d'œil rapide à toute ma personne. Tatiana, vêtue de son manteau à col de lapin qui laissait passer un doigt de jupon blanc, est sortie presque sur les pas de la messagère. Elle avait son visage dur des mauvais jours.

— Bonjour ! Tu veux me parler ? Tu sais que quand je suis ici, je ne fais pas ce que je veux.

— Alors, tant pis, je te verrai une autre fois.
— Parle, puisque tu m'as fait sortir.
— C'est à propos de l'affaire. Par hasard, j'ai découvert qu'Hermelin avait un fils et non pas une fille.
— Un fils ? Et c'est tout ce que tu venais me dire ?

Le ton était celui de l'agacement et de l'ironie. Je n'ai pas pu le supporter. La détresse, la colère aussi me serraient la gorge.

— Non, je venais te dire de ne pas m'attendre ce soir pour dîner. Au revoir.
— Tu vas me faire le plaisir de venir dîner, c'est compris ? Assez ! Pas de réflexion ! Tu seras là pour dîner ! Je te dis de la fermer ! Quelle prétention ! Pas beau, rien pour lui, mal fringué, minable avec son crime de quat'sous et pourtant la chance de s'envoyer la plus belle fille de Paris.
— C'est vrai, j'ai de la chance, mais ne crie pas si fort.
— Je crierai aussi fort qu'il me plaira ! Ah Monsieur rentre dans sa coquille parce que je me suis permis de ne pas lui sauter au cou. Monsieur me veut fondante à toute heure du jour. Salaud ! Montre-le ton amour ! Montre ta grande passion sauvage !
— Je t'en conjure, tais-toi. Les gens sont aux fenêtres.
— Et après ? Personne ne m'empêchera de beugler mon écœurement. Je le crie pour tous ceux qui peuvent m'entendre, mais pour toi d'abord : L'homme est un cochon susceptible.

Pourtant, Tatiana s'est tue lorsqu'elle a vu apparaître à la grille dorée Raphaëlo Orsini, un petit homme rond, suivi d'une escorte de femmes, l'une portant une grande écharpe de soie blanche à franges, qu'elle essayait de lui jeter sur les épaules en glapissant :

— Monsieur Raphaëlo ! C'est épouvantable ! Il va prendre froid !

— Monsieur Raphaëlo ! s'écriaient les autres, monsieur Raphaëlo !

— Mais laissez-moi, protestait-il, que vous me coupez l'indignation. Tatiana. Comment vous pouvez faire un scandale aussi affreux dans la cour du plus grand couturier de Paris qu'il y a de quoi nous faire perdre la clientèle des deux Amériques !

Il était arrivé jusqu'à nous et parlant à Tatiana, c'était moi qu'il regardait avec des yeux stupéfaits comme si mon allure et la coupe de mes vêtements lui paraissaient dépasser les limites de la vraisemblance. Tatiana le regardait me regarder et je la sentais très près d'un nouvel éclat, mais une inspiration a soudain éclairé son visage.

— Monsieur Raphaëlo, je vous présente monsieur le professeur Martin qui est un savant, un des plus grands mathématiciens de notre époque.

Raphaëlo m'a tendu la main en s'inclinant respectueusement. Il comprenait maintenant pourquoi j'étais aussi mal vêtu et il était tout à coup rassuré, je crois même attendri. La duègne qui lui avait emboîté le pas en a profité pour le draper dans le châle de soie blanche. Pour le raffut, Tatiana s'est excusée sur ce que nous venions d'avoir une dispute un peu chaude à propos de la transcendance des nombres binaires.

— Comme toujours, quand je me suis mise dans mon tort, j'ai crié un peu fort.

Voyant le prestige de son nom augmenté par la noblesse de notre querelle, Raphaëlo a eu des deux mains un geste bénissant, augmenté lui aussi par les franges de l'écharpe blanche, qui retombaient à l'intérieur de ses avant-bras. Les rombières de l'escorte joignaient les mains. J'ai pris congé et Tatiana m'a accompagné jusqu'à la porte de la cour. Déjà, nous avions refleuri.

— Tu t'en tires bien, m'a-t-elle dit. Si Raphaëlo

m'avait flanquée dehors, je t'épousais pour n'être pas sur le sable.

— Tu étais belle quand tu gueulais. Tu avais l'air d'un colonel de uhlans. Fais voir ta robe.

— C'est, dit-elle, entrouvrant son manteau, la robe « Ah ! j'l'attends, j'l'attends, j'l'attends ! »

Elle n'avait pas de robe, mais un soutien-gorge et un jupon bouffant. Elle a ri en refermant son manteau.

— Tu disais donc qu'Hermelin n'a pas de fille ?

— Ce qui signifie que Flora est un garçon et que peut-être il s'agit non pas de la mère de notre inconnu, mais du père. Tu me suis ? Bon. D'après l'enquête menée par Rézé, deux hauts fonctionnaires roulaient en Buick, un célibataire et un de ses collègues du Quai d'Orsay, le surnommé Bijoux, contraction de Birul de Carjoux, mais ce Bijoux, nous l'avons éliminé parce que son fils de dix-huit ans avait non pas une jeune sœur, mais un jeune frère et que sa femme n'avait pas d'amant. A la lumière de ce que je viens d'apprendre, ce Bijoux devient diablement intéressant. Téléphone aux Rézé le plus tôt possible.

— Ils ont pris l'avion pour Nice ce matin. Ne rentreront que mercredi, si pas jeudi.

— La déveine. Essaie de te débrouiller, de savoir si Bijoux est une pédale, s'il est sans nouvelles de son fils aîné. Enfin, tu vois. Ouvre ton manteau ?

— Pas si bête. Tu sauterais sur Valérie en rentrant chez toi. Ce soir à sept heures, n'est-ce pas ?

Je suis arrivé rue Saint-Martin avec plus d'une demi-heure de retard. Valérie était elle-même très en retard sur l'horaire habituel et préparait le repas en chantant. Cette insolite légèreté d'humeur m'a donné à croire qu'elle avait un amour en tête ou au moins un rendez-vous. Porteur, le dos calé contre son oreiller, lisait un journal du matin. Il ne s'intéressait vraiment qu'aux faits divers, se contentant pour le reste de lire les titres.

— Ecoute, m'a-t-il dit, ce que je vais te lire : « Deux meurtres sont commis le même jour à Ambarès-le-Rotrou. Le cordonnier Deblouse, quarante-deux ans, qui vivait séparé de sa femme depuis dix-huit mois, est allé l'attendre en fin d'après-midi près du lavoir municipal et l'a égorgée avec son tranchet. Il est allé se constituer prisonnier et aux gendarmes qui l'interrogeaient, il s'est borné à répéter : « Je l'aimais trop, vous comprenez, je l'aimais trop. » A quelque deux cents mètres de là, presque à la même heure, un autre crime se perpétrait. Il y a un mois, ayant besoin d'argent, Auguste Chalendieu, cultivateur, vendait son cheval à un autre cultivateur de la commune, M. Ernest Aubriot. Depuis lors, il ne cessait de rôder autour de la ferme de l'acquéreur. Hier soir, s'étant caché derrière une haie et comme M. Aubriot sortait de sa cuisine pour se rendre à l'écurie, Chalendieu l'a tué d'un coup de fusil. « Je ne pouvais plus supporter, a-t-il dit, de savoir mon cheval entre ses mains. »

— Deux drames passionnels, si j'ai bien compris.

— Comme quoi l'amour ne se définit pas à partir de la jalousie. On ne peut rien dire du crime du cordonnier qui ne puisse être dit aussi bien à propos du crime de Chalendieu. Les deux hommes étaient privés d'un contact, d'une présence, et leur sang ne faisait qu'un tour à l'idée que le cher objet appartenait à un autre homme.

— Tu escamotes la vérité, ai-je fait observer à Michel. Le fait d'appartenir à un homme n'a pas le même sens quand ils s'agit d'un cheval que quand il s'agit d'une femme.

— Affaire de nuances. Un homme couche avec la femme qu'il possède, qu'elle en soit ou non satisfaite. Mais rien n'empêche un homme de coucher avec son cheval si la fantaisie l'en prend.

— Là est justement la différence. C'est en effet sur

une femme et non sur un cheval que le désir du mâle cherche à s'assouvir.

— Et voilà tout ce qui distingue l'amour du cordonnier de celui de Chalendieu.

— Il n'est pas défendu de croire qu'un sentiment religieux s'est branché sur ce désir de mâle, comme dans l'histoire de ton coureur et de ta danseuse.

— Il a pu se brancher aussi sur le sentiment de Chalendieu. A propos, hier soir, quand je t'ai parlé du sentiment religieux composante de l'amour, je t'ai dit que j'en connaissais deux exemples. Le premier était celui du coureur et de la danseuse.

— Et le deuxième ?

— Le deuxième, antérieur au premier, c'est toi qui me l'avais fourni. Parfaitement. Tu avais onze ans, tu étais amoureux d'une gamine de ton âge, Assunta, la fille des épiciers italiens. Je n'avais que sept ans, mais j'ai vu ton amour, ton visage transfiguré, rayonnant, lui aussi, une lumière subtile, mystique pour mieux dire, qui finissait par m'enchanter moi-même. Tu te souviens ?

Je me suis souvenu tout à coup d'Assunta, de ce grand amour oublié depuis tant d'années et je me suis étonné de n'y avoir jamais pensé en prison. Assunta était une petite fille brune aux yeux bleu foncé, que je connaissais depuis toujours. Un après-midi, sur l'initiative de Tatiana qui aimait la violence et l'héroïsme, nous avions garçons et filles joué à la guerre. Lieutenant de la police montée, j'avais été fait prisonnier en compagnie d'Assunta, jeune voyageuse rescapée de l'attaque de la diligence, et les outlaves nous avaient enfermés dans une prison figurée par un couloir de la rue du Grenier-Saint-Lazare. Dans la pénombre, Assunta, inquiète, peut-être coquette, levait les yeux vers moi et il me semblait la voir pour la première fois. Un moment la bataille a fait rage devant la prison et puis la guerre nous a oubliés. Assunta m'a pris par la main. Nous sommes sortis sur le trottoir. Je me souviens qu'elle a dit en montrant une petite marque qu'elle avait sur l'épaule : « Tatiana, qu'est-ce qu'elle peut être brute. » D'une voix musicale qui m'a paru venir d'un songe. J'ai compris en rentrant chez moi que j'étais épris d'elle. Je me sentais d'un autre monde. Il y avait en moi la légèreté, l'irréalité qu'ont sur l'écran les danseurs ou les chevaux filmés au ralenti (Je rêve d'un film tourné tout entier au ralenti avec scénario et images étudiés pour). Par la suite et pendant un an, je devais chaque jour davantage me sentir plus épris, sans toutefois en rien dire à Assunta. A mes yeux, elle était si belle, si céleste que je l'invoquais comme une divinité. Souvenir : Il y avait dans ma classe un garçon de quatorze ans, nommé Maroche, merveilleusement cancre et comme il chaussait du 44, et que d'autre part, il disait lui-même se connaître aux choses de l'amour, l'usage s'était établi de lui faire des confidences. Un jour qu'au sortir de l'école je me trouvais seul avec lui sur le chemin du retour, j'étais tout à coup sorti de ma réserve pour l'entretenir de mon amour avec exaltation. Maroche, qui était un réaliste, avait coupé court à mon lyrisme en prononçant : « Brune aux yeux bleus. Pas de sentiments. La main au cul. » Je m'étais enfui, épouvanté, et en rentrant à la maison, je m'étais agenouillé sur le carreau de la cuisine pour me laver de l'offense faite en ma présence à Assunta.

— Est-ce que tu aimes Tatiana comme tu as aimé Assunta ? m'a demandé mon frère.
— Non.
— Tu couches avec elle, simplement.

Cette constatation de Michel ne m'a pas été agréable, il y manquait quelque chose. Après y avoir réfléchi, je n'ai pas eu de mal à compléter. J'avais pour Tatiana des sentiments fervents d'amitié, de tendresse, de reconnaissance, mais tout cela très clair, aisément définissable, et rien dans le domaine du mystère, de l'indicible. J'étais sûr de n'avoir jamais senti, même fugitivement, s'ouvrir en moi l'abîme délicieux et vertigineux qui avait enchanté mes onze ans. C'est après avoir établi ce bilan que, sans grande conviction, j'ai dit à Michel :

— L'amour que j'ai eu pour Assunta et l'amour du coureur et de la danseuse sont des cas extrêmes.

— Probablement, a répondu Michel, sans beaucoup de conviction non plus.

Après le repas qu'elle a constamment animé par ses accès de gaieté, ses plaisanteries, ses calembours, ses histoires juives, Valérie est sortie, vêtue de sa robe des dimanches et de son manteau des dimanches. Michel, qui avait comme toujours déjeuné au lit, s'est levé pour aller à la cuisine procéder à de rapides ablutions et s'est habillé. Pour lui, la journée commençait. Je m'étais proposé de passer auprès de lui cet après-midi de samedi en essayant d'éclaircir discrètement une part du mystère qui l'enveloppait, mais quand il s'est assis devant sa table, la curiosité m'a presque contraint de lui poser une question abrupte

— Depuis moins d'une semaine que je suis libéré, j'ai souvent entendu parler de Porteur et avec admiration. Pourquoi ?

— Franchement, je n'en sais rien. Je me rends bien compte que pour nombre de gens, jeunes pour la plupart, je représente quelque chose comme l'espérance, la vérité, le sens de la vie, mais la raison m'échappe. Tu me connais, je n'ai pas changé en ces deux années. Je parle assez peu, même quand je me sens en confiance. Je ne suis pas le type à cogiter des problèmes majuscules, à me prendre exagérément au sérieux ou à enfiler des sentences et des maximes.

Avec les gens que je fréquente le plus habituellement, je ne me mets même pas en frais de conversation.

— Tu leur lis les trucs que tu écris ?

— Jamais de la vie ! C'est la dernière chose qui me viendrait à l'esprit !

— Enfin, quoi, ça ne s'est pas fait tout seul.

— Je ne sais pas, j'essaie de comprendre. J'ai pensé que peut-être les gens étaient saturés de publicité, écœurés par tous ces noms d'artistes, d'écrivains, de footballeurs, de ministres, célébrés par les journaux, les magazines, la télé, la radio, les disques, le cinéma, les affiches, et qu'ils avaient besoin d'amirer quelqu'un d'obscur, de murmurer un nom encore imprégné de mystère. Tiens, je peux te dire qu'en ce qui me concerne, rien que de lire les noms de Sartre, de Montherlant, de Vadim, de Mauriac, de Sagan, ça me fatigue au point de regretter de n'être pas analphabète. Et je ne parle pas de la princesse Margaret ou de Marylin Monroë.

— Je ne sais pas si tu t'en rends compte, mais ton nom est déjà très connu à Paris.

— Il est possible que le snobisme s'en empare et qu'un jour les photographes soient à mes trousses. Tant pis. Ce jour-là, je tuerai Porteur.

J'avais bien d'autres questions à poser, mais Michel, que ma curiosité semblait maintenant gêner, a ouvert un livre et je n'ai pas osé le pousser.

XII

— ... Vous me pardonnez, cher enfant, que je vous appelle Volodia. C'est parce que vous ressemblez à un garçon qui habitait à Kharkov une maison vieille et pauvre, presque en face de la nôtre. Il était simple d'esprit, il avait tout à fait vos yeux. Tous les jours Volodia venait chez nous chercher les épluchures de légumes pour nourrir les deux ou trois lapins que sa mère essayait d'engraisser dans son pauvre logement. L'homme était parti pour la guerre et il avait été fait prisonnier par les Autrichiens. Et écoutez, il y avait un professeur qui habitait une autre maison dans la rue, un professeur timide et cinquante ans et quand il regardait les femmes, ses yeux étaient si désirants que lui-même il en rougissait. C'est si agréable que les hommes aient ces yeux-là. Les femmes ne savent pas qu'elles vieillissent, mais elles trouvent que les hommes deviennent bêtes et qu'ils changent de plus en plus. Il y a vingt ans que Dounia Skouratov me répète que les hommes de maintenant sont des mufles. Je n'ai pas compris tout de suite parce que j'avais à peine trente-huit ans qu'elle en avait déjà cinquante, mais peu à peu, moi aussi, j'ai trouvé que les hommes devenaient des mufles et j'ai fini par comprendre. Et l'autre soir, chez Dounia, j'ai été méchante, j'ai dit ce qui est vrai : Quand les hommes ne nous regardent plus, c'est la mort qui commence à nous faire les yeux doux. Quelquefois, je pense à mon enterrement et je suis contente qu'il y aura du monde. Quelques Français, j'espère, et mes amis russes qui seront sûrement fidèles. C'est la consolation du pauvre exilé de savoir que d'autres exilés suivront son cercueil et plaindront sa mort. Et écoutez, j'avais une amie, Natacha Tchertcheff, et voilà, elle a eu le cancer qui fait mourir en trois mois, elle a su et à son mari, elle a dit : « Je veux que sur mon cercueil, tu jettes une poignée de terre venue de notre Russie. » A l'ambassade soviétique il s'en est allé. Un fonctionnaire l'a conduit à un deuxième fonctionnaire et le deuxième à un troisième. Et le troisième lui a demandé : « Où étais-tu le 8 septembre 1918 ? » Et le capitaine Alexeï Tchertcheff a répondu : « Je servais à l'armée Koltchak. » Et le bolchevik lui a dit : « Moi, je me battais contre l'armée Wrangel dans les rangs de l'armée rouge au même régiment où mon frère s'était engagé et le 8 septembre 1918, un raid de la cavalerie blanche a enlevé celui de nos avant-postes qu'il commandait. Le surlendemain, j'ai retrouvé mon frère, nu, pendu par les pieds à un arbre et la tête calcinée par un feu de branches encore tièdes, allumé par les bandits de Wrangel. Va-t'en dire à ta vérolée de putain de Natacha qu'il n'y a pas une pincée de terre de notre Russie rouge pour les cochons de Russes blancs qui ont assassiné le peuple, et que sa carcasse puante aille finir de pourrir sous ses six pieds de terre bourgeoise. » Et Alexeï Tchertcheff est rentré chez lui et il a dit à Natacha : « C'est arrangé. Ils ont été très gentils. La terre arrivera mercredi. » Et voyez, je me souviens que le jour de l'enterrement de notre pauvre Natacha, je n'ai même pas pu y assister parce que je m'étais foulé la cheville la veille et si vous voulez savoir comment c'est arrivé...

— Pardonnez-moi, mais je crois que nous perdons de vue Volodia et le professeur.

Sonia Bouvillon a souri. Elle était assise à la table de la salle à manger, ayant à sa droite une assiette qui contenait les reliefs d'un pied de porc et à sa gauche un livre ouvert. Pour ne pas salir les pages du livre avec ses doigts englués de cochonnaille, elle avait trouvé commode de mettre ses gants. Je pense qu'elle était rentrée vers six heures et qu'elle n'avait pas résisté au désir de se faire cuire ce pied de porc. Comme il était maintenant sept heures et demie, je tremblais pour elle de voir Tatiana rentrer à son tour et découvrir que sa mère, après avoir mangé un pied déjà blâmable, avait enfilé ses gants par paresse d'aller à la cuisine se laver les mains. Il aurait fallu faire disparaître l'assiette, la fourchette, le couteau, les passer à l'eau chaude.

— Le professeur avait été nommé à Kharkov au cours de l'année 1915. Sa logeuse lui avait procuré une femme de ménage qui le quittait bientôt pour faire un travail mieux payé et un jour qu'il était entré dans la boutique de mes parents, il avait demandé à ma mère si elle n'en connaissait pas une autre. Ma mère lui avait recommandé Mariouchka, la mère de Volodia, qui venait à la maison faire des lessives. C'était une femme très grande et très forte et les manières rudes. C'est encore à la boutique que le professeur a rencontré Mariouchka pour s'entendre avec elle. J'étais là. Le professeur, les yeux lui sont sortis de la tête un peu et il est devenu très rouge. Et alors, Mariouchka est allée faire le ménage du professeur. Et alors, écoutez, un jour... Ah ! voilà Tatiana.

On avait sonné à la porte. Je suis allé ouvrir, mais ce n'était pas Tatiana. Je me suis trouvé en face d'un homme d'une soixantaine d'années qui ne s'attendait pas à mon visage car il a paru déconcerté, doutant s'il ne s'était pas trompé d'étage. Vêtu très modestement, il avait un beau visage aux reliefs très accusés et des yeux qui rayonnaient une douceur ardente, une bienveillance soucieuse.

— Je suis bien chez madame Bouvillon ? Ah ! bon. Je suis un parent de la famille.

Je l'ai fait entrer dans la salle à manger et comme il passait devant moi, j'ai remarqué qu'il avait un paquet sous le bras.

— Bonsoir, Sonia. Je passais par là, je me suis dit je vais monter leur dire bonjour en passant. Je ne vous dérange pas ?

— Non, Jules, je suis toujours contente de vous voir et vous venez si rarement.

Le prénom de Jules m'a éclairé. Tatiana m'avait souvent parlé autrefois de Jules Bouvillon, le cousin germain de son père. A la différence du chef de rayon, il avait toujours vécu de petits métiers de fortune, bricolant surtout dans les pendules et l'électricité. A la mort de son cousin, il avait aidé de ses deniers la veuve et l'orpheline et fortifié celle-ci dans la résolution de poursuivre ses études. Autodidacte, il avait la passion de s'instruire et surtout la passion du bien auquel se tournaient toutes ses méditations. Vivant très simplement, la plus grande partie de ses ressources allait à des achats de livres et de revues. J'aime les autodidactes pour leur sérieux, même s'il est parfois pesant, pour leur goût des idées et leur intolérance. Les connaissances qu'ils ont acquises avec peine, avec amour, leur tiennent mieux à l'esprit et au cœur qu'à des universitaires et, n'ayant pu prendre le pli de buter sur des questions de forme, ils ne cherchent dans les livres que des vérités, sans guère courir le risque d'être séduits par le velours des mots.

— Il habitait notre maison de la rue Saint-Martin, disait en parlant de moi Sonia au cousin. Le pauvre enfant a eu bien des peines.

L'extraordinaire regard du cousin s'est longuement arrêté sur moi comme si, au fond de mes yeux, il cherchait le fardeau de mes peines afin d'en prendre sa part et il m'a semblé que j'aurais fait preuve d'un coupable manque de confiance en lui cachant la vérité.

— Il y a deux ans, dans cette maison de la rue Saint-Martin, j'ai tué un locataire nommé Chazard. Je suis sorti de prison lundi.

Sans me quitter des yeux, Jules Bouvillon a eu de la tête un mouvement d'approbation et m'a dit en posant ses mains sur mes épaules :

— Petit, c'est une bonne chose que tu aies commis un crime. Et c'est encore une bonne chose que tu aies été en prison.

Il a eu un rire qui a ensoleillé son visage tourmenté et il s'est tourné à Sonia.

— Il y a comme ça des signes un peu partout qui donnent bien des espérances. Tenez, c'est comme l'Algérie, toute cette misère, tous ces gens qui souffrent, qui ont peur et ces soldats qui tombent des deux côtés. C'est une bonne chose aussi. Ah! oui, une bonne chose. Le monde se tortille, le monde prend conscience. Mon idée, Sonia, c'est qu'on a encore une cinquantaine d'années à tirer qui vont être dures, je dirai même très dures, mais on en sortira. Oh! bien sûr, on n'en sortira jamais complètement. C'est qu'il ne faut surtout pas.

Tatiana est entrée. De la porte, un coup d'œil lui a suffi pour établir une relation entre le livre, les reliefs du pied de porc et les gants, mais la présence du cousin l'a empêchée d'en rien dire. Elle s'est montrée avec lui affectueuse et enjouée.

— Alors, tu enseignes toujours les mathématiques ? a-t-il demandé après les effusions.

— On voit que tes visites sont rares. Non, j'en ai fini avec les maths, je suis entrée dans la couture.

— Tiens, je ne m'attendais pas à celle-là. Et qu'est-ce que tu y fais dans la couture ?

— Je suis vendeuse, a ajouté Tatiana sans hésiter et rien dans le regard de ses yeux honnêtes n'a averti Jules du mensonge. J'ai d'ailleurs trouvé admissible qu'elle ait jugé bon de ne pas lui faire connaître qu'elle était mannequin. C'est un métier qui, auprès de nombre de gens mal informés, passe pour n'en être pas un et il paraissait extrêmement probable que le cousin était de ceux-là. On pouvait admettre qu'elle eût redouté d'être mal jugée. Je l'ai admis, mais étant donné son caractère et l'espèce de carrure morale que je lui connaissais, je m'étonnais qu'elle eût menti sans nécessité vraie. Je pense que de son côté, Sonia n'était pas moins surprise. Son visage rieur s'était figé tout à coup et le regard qu'elle posait sur sa fille se chargeait d'inquiétude. Tatiana, qui percevait notre étonnement et notre gêne, s'animait à la conversation, se dépensait avec volubilité, traitant la haute couture comme une question de cours et pour plaire à son interlocuteur, s'indignait excessivement de la condition des petites ouvrières, ce qui donnait à Jules Bouvillon l'occasion d'une profession de foi.

— Ne plaignons pas les opprimés, disait-il. Leurs âmes s'épanouissent dans la pleine lumière de la souffrance. Ceux qu'il faut plaindre, c'est les oppresseurs, les tyrans, les capitalistes. S'ils ont conscience du mal qu'ils font à autrui, ils ne savent pas, les malheureux riches, qu'ils se font à eux-mêmes cent millions de fois plus mal. C'est pour ça qu'il faut les délivrer de l'opulence et taper dessus s'il le faut. Mais halte-là, n'allez pas croire. Quand on a étudié, raisonné, qu'on a été au fond des choses, on s'aperçoit vite qu'il n'y a pas moyen d'être marxiste. Ils me font rire avec leur bifteque pour tous. Ces cons-là ne rêvent qu'à engraisser le pauvre monde, à le gaver de nourriture et

Les tiroirs de l'inconnu.   6.

de distractions pour qu'il n'ait plus à lutter, plus à se débattre, plus à se tordre les bras en râlant : « Bon Dieu, pourquoi est-ce que je suis sur terre ? » Parce que c'est la question. Parce que c'est ça qui compte vraiment. Pourquoi est-ce que je suis sur terre ? Mais vous pouvez croire que la spiritualité, ils s'en foutent pas mal, eux autres du parti.

Sa voix frémissait d'émotion, mais sa pensée, je devais l'apprendre au cours de cette même conversation, manquait d'unité. Très généralement, il croyait au rayonnement d'une humanité souffrant la faim et l'indignité, mais regrettait que Tatiana eût abandonné des études qui l'auraient, selon lui, engagée dans une voie plus sûre et plus digne que la haute couture. D'autre part, je l'ai entendu louer la sérénité de Sonia et son aptitude au bonheur. Cependant, mon attention avait été attirée par le bruit d'un tic-tac provenant du paquet qu'il avait posé sur la table et à huit heures, chacun a pu entendre, amortie par l'épaisseur de l'emballage, la sonnerie d'une pendule. Jules Bouvillon, qui prêtait l'oreille, a eu un mouvement de contrariété. La pendule n'avait sonné que six coups. Finalement, il a dénoué la ficelle du paquet, développé le papier et tiré d'un carton un objet, réveille-matin ou pendule, d'un style très ancien qui pouvait remonter à 1925. Il était en faux marbre à pans coupés et le cadran polygonal, légèrement teinté de bleu, où les heures étaient figurées en chiffres arabes, s'inscrivait dans un cercle de métal chromé. Le cousin a fait tourner les aiguilles et les a placées sur neuf heures. La pendule a sonné sept coups.

— Pas d'erreur, il y a un décalage. Ce n'est pas grave, mais c'est embêtant. Figurez-vous, la dernière fois que j'ai été voir mon vieil ami Moncornet, je lui ai pris sa pendule en lui disant : Je te la rapporterai dans un mois et en même temps je te ferai une surprise.

Il a ri et du fond de son carton a extrait un paquet enveloppé, mais non ficelé.

— La surprise, la voilà. J'ai écrit là mes réflexions. Pour dire la vérité, c'est plus que des réflexions, c'est toute ma philosophie. Ça s'enchaîne comme dans Spinoza, mais c'est mieux. Quand je dis mieux, remarquez, je ne prétends pas que ce soit aussi bien arrangé, mais ça va plus loin et même beaucoup plus loin. J'ai intitulé cet ouvrage-là *Dieu*. J'aimerais qu'un jour tu le lises, Tatiana. Tu en as besoin.

— Quand tu voudras, Jules. Je souhaite que ce soit le plus tôt possible.

— Vous aussi, vous deux, il faudra que vous le lisiez. Je suis sûr que ce garçon-là en tirera profit.

Comme il me demandait où j'en étais avec Dieu, il m'a bien fallu lui confesser mon athéisme ou plutôt ma disponibilité et, contrairement à ce que je craignais, il s'en est montré satisfait. C'était justement pour les gens de mon espèce qu'il avait écrit sa somme philosophique. Je crois qu'il aurait aimé me la voir lire sous ses yeux pour se réjouir du bien qu'elle m'eût fait, de l'heureuse transformation qui n'aurait pas manqué de se produire en moi. Malheureusement, il lui fallait l'emporter pour la donner à Moncornet. Néanmoins, il tenait à nous montrer le manuscrit qu'il a déballé avec précaution. La couverture était en fort papier gris sur lequel il avait écrit en ronde : *Dieu*. Le titre était entouré d'un cercle de marguerites peintes à l'aquarelle, lui-même inscrit dans un deuxième cercle de roses. Tandis qu'il arrêtait sur la couverture ainsi enluminée son regard doux et ardent, Jules Bouvillon a eu un sourire de ravissement et c'est à regret qu'il a réenveloppé son manuscrit.

— Je ne sais pas ce que va penser Moncornet. J'ai peur que ce soit trop fort pour lui. Moncornet, il faut vous dire, ce n'est qu'un pauvre vieil anarchiste qui s'en est toujours tenu aux apparences matérielles du monde. Quand il verra noir sur blanc les preuves de l'existence de Dieu, il va être furieux.

Sonia voulait retenir le cousin à dîner, mais Moncornet, qui l'attendait, avait préparé à son intention un ragoût de mouton. En sortant, il s'est tourné vers moi :

— Il faudra que tu viennes me voir : impasse de la Baleine, tu n'auras qu'à me demander. C'est le quartier de la Folie-Méricourt.

C'est en toute sincérité que je lui ai promis ma visite. Il est parti en nous enveloppant tous les trois d'un regard plein de chaleur et de bonté. A peine avait-il disparu que Tatiana, saisissant le poignet de sa mère et l'entraînant vers le milieu de la pièce dans la pleine lumière, lui arrachait un de ses gants. La main de Sonia était luisante de graisse et de l'intérieur du gant qui gardait la forme et la chaleur de cette main se dégageait une odeur de cochon.

— C'est dégoûtant, a dit Tatiana d'une voix glacée en jetant le gant sur le parquet.

J'ai ramassé le gant et, sur un ton injonctif, prié Tatiana de se taire.

— Laissez, Volodia. Elle a raison. Je suis pauvre créature, si futile, mère misérable que je sers à rien, femme paresseuse...

— Va te laver les mains, a coupé Tatiana.

Sonia, tête basse, a disparu dans la cuisine. Indigné, j'ai cherché des mots désagréables.

— Vraiment, j'aurais mieux fait de ne pas venir. A propos, tu as quitté ton métier de mannequin pour celui de vendeuse ? (ricanement).

Une légère rougeur est montée au visage de Tatiana qui a peut-être balancé à me gifler.

— Viens dans la chambre, nous y serons mieux pour parler.

Elle marchait devant moi. Je savais ce qui allait se

passer dans la chambre et je n'avais guère d'entrain. Je me disais que j'allais subir l'opération bien connue du lavage de cervelle par l'amour. J'ai décidé d'être vigilant quoi qu'il arrive, mais lorsqu'en ouvrant la porte elle s'est tournée à moi avec un sourire, j'ai senti fondre ma colère et mon indignation. Sur le seuil de la porte ouverte, elle a pris ma main pour y appuyer sa joue. La chambre de Tatiana était très petite. Pardessus son épaule, à moins de deux mètres, j'ai vu, ouvert sur la commode de bois blanc, un écrin vide dont le couvercle portait à l'intérieur la signature d'un célèbre bijoutier de la rue de la Paix. J'ai retiré ma main de celle de Tatiana qui a vu la direction de mon regard :

— C'est un écrin qui appartenait à ma sœur Katia, a-t-elle dit très naturellement. Son fiancé avait tenu à lui offrir un bracelet avant de partir pour la guerre.

Je n'avais pas entendu dire que Katia eût été fiancée, mais ce pouvait être vrai. De dix ans plus âgée que sa sœur, elle devait avoir dix-sept ans en 1939. Ce n'était du reste pas la question. Fiancée ou non, l'écrin n'avait pas pu appartenir à Katia. L'état de neuf dans lequel il se trouvait ne permettait pas de croire qu'il s'agît d'un objet vieux de presque vingt ans. Le capitonnage de soie était dans toute sa fraîcheur et l'or de la griffe du marchand avait tout son éclat.

— Tu mens, ai-je dit sans colère. Cet écrin n'a pas appartenu à ta sœur. Il est neuf.

Bien qu'elle y réussît parfaitement, Tatiana n'aimait pas mentir. Elle s'est assise sur son lit sans protester.

— Je ne te fais pas une scène de jalousie. Je ne te fais pas de morale non plus. Je sais que si tu as plaqué l'agrégation pour devenir mannequin, c'était avec une idée de derrière la tête. Je comprends même qu'une très jolie fille ait envie de sortir de l'obscurité pour éclabousser son prochain, pour parader dans une voiture de luxe avec sur le dos les robes et les manteaux que tu te contentes pour l'instant de montrer au public. Tout ça, bien sûr, me paraît un peu court, mais j'admets que la tentation soit forte pour des têtes un peu faibles, des femmes-enfants, des femmes-paons. Puisque c'est ton ambition profonde d'être riche et d'avoir pour amies ta cuisinière et ta femme de chambre, puisque le clinquant que tu vois briller autour de toi chez M. Raphaëlo te fait sortir les yeux de la tête, mon Dieu, pourquoi pas ? Mais je te le demande dans ton intérêt de putain, ne te vends pas à Lormier. Qu'il soit monstrueux, qu'il ait un physique repoussant, je t'accorde que c'est sans importance quand on s'engage dans la voie que tu as choisie. Ce qui compte, bien sûr, c'est qu'il soit très riche et il l'est. Si je te mets en garde, c'est que je commence à connaître Lormier. C'est un sale bonhomme, qui ne vaut guère mieux qu'Hermelin et qui est probablement plus méchant. Il te paiera le prix convenu, assurément moins cher que tu ne penses, et comme tu n'as pas le caractère assez souple pour plier devant un type foncièrement mufle et brutal, vous vous heurterez et vous vous brouillerez très rapidement, mais ce jour-là, il saura se venger durement.

J'avais voulu la blesser dans son orgueil qui était grand, j'avais à dessein employé des mots méchants afin de rendre mon mépris plus cinglant, mépris que je ne ressentais du reste nullement. (Je m'efforce de ne mépriser personne et j'y réussis presque constamment ; le mépris me fait l'effet d'un bandeau qu'on s'applique sur la conscience pour se dispenser de comprendre.) A sa pâleur, au regard de ses yeux agrandis qui se fixait sur le mien, j'ai pu voir que mes paroles avaient sur Tatiana leur plein effet, mais j'ai commis la maladresse de parler trop longtemps.

Elle s'est ressaisie et à la fin de mon discours, elle m'attendait déjà.

— Je sais maintenant à quoi m'en tenir sur l'opinion que tu as de moi. Je t'assure que j'étais très loin de m'attendre à ce qu'elle est. Je me figurais, je ne sais pas pourquoi, que tu avais pour moi une certaine estime. Tant pis, j'essaierai de m'en consoler, mais tu es un imbécile, Martin. L'écrin en question ne me vient pas de qui tu penses. Il appartient à Christine de Rézé qui me l'a prêté hier en même temps que le bracelet que j'ai au bras.

Relevant la manche de son manteau, Tatiana a découvert à son poignet gauche un lourd bracelet d'or portant un gros rubis et de petits diamants.

— S'il appartient à Christine, pourquoi m'avoir dit qu'il appartenait à ta sœur Katia ?

— Quand tu as vu l'écrin sur la commode, j'ai lu dans ton regard ce que tu pensais et pour te le faire dire, je me suis fait prendre en flagrant délit de mensonge.

Je n'étais pas tout à fait convaincu. Tatiana s'est levée et a prononcé d'une voix émue :

— Tu ne veux pas croire que l'écrin est à Christine ? C'est vrai, Martin, je te le jure.

Le serment, même et surtout s'il n'a aucun caractère religieux, est pour moi l'une des rares conventions humaines accordant à l'individu un crédit généreux et reposant sur un sentiment de l'honneur qui ne soit pas un orgueilleux sentiment de caste. Je m'émerveille qu'il y ait encore tant de gens capables, au milieu d'une dispute, de prendre tout à coup un air grave et de dire d'une voix toute changée : « Je vous le jure » ou « je vous en donne ma parole d'honneur ». Sincères ou non, j'admire que pour mieux convaincre quelqu'un ou en obtenir un avantage, l'idée leur vienne naturellement qu'il existe dans leur conscience une espèce de tiroir du dimanche auquel ils savent que chacun est disposé à faire crédit. Le serment de Tatiana m'a donc complètement convaincu, ce qui m'obligeait à convenir que j'avais été odieux. Je l'ai priée de me pardonner mes accusations injurieuses, l'ignominie des paroles que j'avais proférées.

— Tu m'as fait beaucoup de peine, Martin. Ce qui m'a offensée, c'est que tu aies pu t'égarer aussi facilement sur mon compte, comme si tu guettais l'occasion.

— Comment peux-tu penser une chose pareille ? La vérité est que je crains pour toi la tentation de l'argent. Essaie de me comprendre. Je suis un employé de bureau étriqué, si, si, je m'en rends compte, étriqué, raisonneur, féru de logique. J'essaie de te suivre dans un milieu que j'ignore complètement et je me pose à ton sujet un tas de questions auxquelles je ne peux pas répondre. Pourquoi ce métier de mannequin dont l'exercice est limité dans le temps ? Quelle issue envisages-tu ? Et ce monde, dans lequel tu vis, ce monde de Raphaëlos, de Rézés, de snobs, de pédales, de vanité, d'argent, l'as-tu accepté, adopté ?

— Chéri, tu te casses la tête inutilement. Si tu avais un peu de mémoire, tu t'apercevrais qu'au cours de nos conversations, j'ai déjà répondu à toutes ces questions sans attendre que tu me les poses. A propos de Raphaëlo, j'ai eu tout à l'heure l'occasion d'échanger quelques mots avec lui, ce qui m'arrive rarement, parce qu'il a plutôt tendance à considérer les mannequins comme un bétail. Nous avons parlé du fameux Bijoux. C'est venu à propos de Christine qu'il regrettait de ne pas compter au nombre de ses meilleures clientes. A tout hasard, je lui ai dit que les Rézé venaient de partir pour Nice avec les Bijoux. C'est alors qu'il m'a entretenue de son cher Bijoux et j'ai compris sans erreur possible que le Bijoux était lui aussi une notabilité de la pédale. C'est d'ailleurs tout ce que j'ai appris de positif. Si, autre chose, il m'a dit comment se prénommaient les deux garçons, Yorick, le plus jeune et Jean-Pierre, l'aîné.

Tout s'expliquait selon mes prévisions. L'inconnu, Jean-Pierre de Birul de Carjoux, avait voulu dénoncer les agissements d'Hermelin et se ménager une vengeance — peut-être posthume — mais un sentiment de pudeur ou de fidélité à la tribu l'avait empêché de présenter sa famille d'une façon à la rendre reconnaissable. Le père inverti était devenu une épouse couverte d'amants, la mère pieuse un monsieur monoclé, le jeune frère Yorick (ce nom à la con) une jeune sœur Flora et le château en Périgord un château en Bourgogne. Seule, dans la famille, la Buick était authentique.

— Ce que tu devrais faire, Martin, c'est descendre au bistrot téléphoner à ce Jean-Pierre de Carjoux.

— A quoi bon! Il n'est sûrement pas là. Du reste, je n'ai pas son numéro de téléphone.

— Son nom est peut-être dans l'annuaire. Tu te souviens qu'il habite rue Vaneau?

Quand je suis entré, le petit café était vide, mais j'ai entendu le patron, qui se trouvait dans la cuisine, crier d'une voix enrouée : « Rita, tu me feras une bouillotte. Je mourrais dans la nuit que ça ne m'étonnerait pas. » La voix de Rita, lointaine, a répondu : « Bon. » J'ai été feuilleter l'annuaire téléphonique dans la cabine, et j'ai trouvé parmi les abonnés de la rue Vaneau : Carjoux (Baron Gratien de). La ligne semblait être en dérangement. A peine avais-je fini de composer le numéro qu'une voix glapissait à l'autre bout du fil : « Allô! ici la comtesse Piédange. C'est vous, Noémie? » J'ai raccroché, recomposé et réentendu : « Allô! ici la comtesse Piédange. » De dépit, sans penser que j'avais l'appareil en main, j'ai dit : « La barbe. » Et la comtesse : « Goujat! Raccrochez! » Un peu déprimé, je suis retourné dans la salle. Le patron était derrière son comptoir, mais oubliant qu'il allait peut-être mourir dans la nuit, je lui ai commandé un demi à la pression sans prendre garde à sa tête. L'attente m'avait rendu nerveux et j'ai répondu distraitement à une réflexion qu'il me faisait sur l'humidité pénétrante de la nuit. Quand, pour la troisième fois j'ai fait mon numéro, il a sonné libre. « Allô! Ici, monsieur Cousin, je voudrais parler à Jean-Pierre de Carjoux. » Et c'est encore la voix de la comtesse qui a répondu : « Ne quittez pas. » Je l'ai entendue appeler : « Jean-Pierre! C'est ton cousin qui veut te parler. » J'ai attendu plusieurs secondes et une voix masculine, au timbre jeune, a demandé qui était à l'appareil.

— C'est moi, ton copain Cousin. On s'est connu à Saint-Tropez, dans l'escalier de la cave.

— Je m'excuse, mais je n'y suis pas du tout et l'escalier de la cave ne me rappelle rien.

— Voyons, tu n'as tout de même pas oublié le dernier coup dur, tu sais avec les deux filles, dans une villa où on a tout cassé. Ma mère m'a envoyé dans un collège anglais, mais je me suis taillé. Et toi ? On m'a dit que tu travaillais dans une grosse boîte, à la S.B.H.

— Mon vieux, il y a erreur sur toute la ligne. En fait de grosse boîte, je suis à Saint-Evremond depuis la rentrée. C'est même le quatrième collège que je fais depuis deux ans, mais je n'ai jamais rien cassé dans une villa. Il y a sûrement confusion.

— Mais tu es bien Jean-Pierre de Carjoux, le fils aîné du baron qui roule dans une Buick ?

C'était lui, en effet. Mon échafaudage s'effondrait. Avec Tatiana, pendant le dîner, nous n'avons pas parlé d'autre chose. Elle était d'avis de ne pas abandonner le petit Bijoux sans avoir sur la famille de plus amples renseignements. Ma déconvenue, disait-elle assez justement, provenait de ce que Jean-Pierre ne fût pas mort ou séquestré. J'ai dû en convenir, je tenais beaucoup à ce qu'il y eût une victime et j'imagine que les juges professionnels doivent parfois connaître ce genre de tentation. Pour la famille Bijoux, je n'y croyais plus, mais nous sommes tombés d'accord qu'en tout état de cause, Flora ne pouvait être qu'un garçon et après analyse du récit de l'inconnu, nous avons cru pouvoir maintenir que la mère frivole était un masque abritant un père pédalier. En revanche, la Buick prenait une figure inquiétante. N'était-ce pas aussi bien une Chrysler ou une Cadillac ou une Mercédès ou une Bugatti ou une simple 403 ? Ici, le sexe ne nous guidait pas. Et le père frivolant était-il bien un haut fonctionnaire ? On ne savait plus maintenant où s'arrêtait le camouflage. Sonia souffrait beaucoup de ne pas prendre part à la conversation, mais en raison de son étourderie, il était dangereux de la mettre dans la confidence. J'avais beau être pris par l'examen de la situation, je prenais parfois le temps de souffrir pour elle du silence où elle était réduite. A la fin du repas, Tatiana lui a signifié d'une voix impérative :

— Je vais faire la vaisselle avec Martin. Toi, maman, je te trouve les traits tirés et une mauvaise mine. Tu es très fatiguée. Tu vas aller te coucher.

— Je t'assure, a protesté Sonia. Je me sens très bien. Je ne suis pas fatiguée du tout.

— Maman, je t'en prie, ne discutons pas. Je t'ai dit d'aller te coucher.

J'ai failli être lâche, mais je me suis souvenu que je devais réparation à Sonia.

— Mais non, je t'affirme que tu te trompes. Je trouve qu'au contraire, ta maman a très bonne mine.

— Je disais, Volodia, jamais je me suis sentie aussi bien. J'ai la santé de fer et souvent j'ai honte quand je vois Tatiana, elle rentre lasse, pauvre chérie.

Tatiana s'est levée. Elle était livide. Des deux mains elle pétrissait sa serviette qu'elle a jetée sur la table.

— Alors, c'est moi qui suis fatiguée. C'est moi qui doit aller me coucher. J'y vais.

Elle a gagné la porte de sa chambre, qu'elle a claquée derrière elle. J'ai voulu me lever, mais Sonia m'a retenu par le bras.

— Laissez que la colère passe. Si vous entrez, elle dira peut-être des choses désagréables, les paroles sur lesquelles on ne revient pas. Elle est si tentée à cause du manteau, à cause de tout. Et je suis maladroite. La colère, c'est le pied de cochon, c'est surtout les gants. J'ai fait une chose abominable encore une fois. Je suis sale, Volodia, je n'aime pas me laver et si j'étais seule, je sais que je serais toujours sale et que je souffrirais pas. Alors, avec Tatiana, qui est propre tous les jours, même aux endroits qu'on ne voit pas, c'est la guerre qui ne finit pas. Elle me surveille, elle m'interroge et moi je mens, je dis que j'ai lavé les pieds et souvent, je n'ai pas lavé, mais Tatiana s'aperçoit presque toujours. Si j'étais vraie mère, je me laverais tous les matins pour ne pas qu'elle ait une peine à cause de moi, mais je suis un monstre. Un monstre.

Des yeux de Sonia des larmes ont coulé dans son assiette sur une peau de banane. J'ai dit à haute voix pour être entendu de Tatiana :

— Je vous en prie, ne pleurez pas. Je suis sûr que Tatiana ne vous en veut pas.

— Cher enfant, vous parlez pour qu'elle vous entende et pour l'attendrir, mais ses colères ne passent pas si vite, surtout quand il s'agit de moi. Il y a si longtemps que je suis son triste souci, plus lourd qu'un enfant et un souci sans espérances. Mais revenez nous voir, n'attendez pas qu'elle vous appelle. Elle a l'orgueil.

Avant de partir, j'ai frappé doucement à la porte de

Tatiana et murmuré son nom sans obtenir de réponse. Je l'entendais marcher dans sa chambre et déplacer des objets. Lorsque sa mère a eu quitté la pièce, j'ai fait encore une tentative. Cette fois Tatiana m'a répondu.

— Bonsoir, Martin. Pardonne-moi, mais j'ai besoin de dormir. C'est toi qui avais raison, je suis vraiment fatiguée.

Il n'y avait pas d'explication possible, mais le fait qu'elle ait consenti à m'adresser la parole m'a un peu rassuré. Je suis arrivé chez moi vers onze heures et demie. En entrant dans la chambre, j'ai donné la lumière pour m'assurer que Valérie n'était pas couchée dans mon lit. J'ai ensuite jeté un coup d'œil sur le sien pour voir si elle était rentrée et j'ai eu un sursaut. Valérie était couchée, nue, comme à l'ordinaire. Au bord du lit de cuivre et du côté de la ruelle, un homme à la tignasse noire était endormi auprès d'elle. J'ai reçu le choc d'un propriétaire qui surprendrait un vagabond à cueillir ses petits pois. Saisissant Valérie par le haut du corps, je l'ai arrachée d'entre les draps et l'ayant poussée dans le vestibule, j'ai fermé la porte au verrou. Aux cris qu'elle a poussés, l'homme s'est déplacé pesamment vers le milieu du lit, a ouvert et fermé la bouche plusieurs fois en faisant claquer la langue et a commencé à entrouvrir les yeux. C'était un garçon qu'une vingtaine d'années, un peu gras, avec une tête de beau brun aux traits mous, l'air d'un gros mangeur ayant déjà eu affaire à son foie. Valérie, en donnant de grands coups dans la porte, me traitait d'enculé, ce qui était bien naturel. Le garçon, après avoir gonflé ses joues et vidé ses poumons un grand coup, a fini par ouvrir les yeux. Ma présence au chevet du lit a paru l'alarmer.

— Levez-vous, lui ai-je dit. Allons, levez-vous, habillez-vous et décampez.

L'émotion le paralysait. Je lui ai allongé une gifle

sans esprit de violence, mais pour le tirer de son hébétude. Sans me quitter des yeux, il s'est levé, nu lui aussi, et par une marche en crabe a gagné la chaise où étaient posés ses vêtements. De l'autre côté de la porte, Valérie l'encourageait à me casser la figure, criant que j'étais un sale Juif, une raclure communiste. Vas-y, Gilbert, il est moins fort que toi. Gilbert haussait les épaules pour marquer qu'il désapprouvait ces propos. En s'habillant, il retrouvait l'usage de la parole.

— Si j'avais su, vous pensez bien. Mais vous savez ce que c'est. Une supposition, vous plaisez, vous êtes sûr que ça ne vous coûtera rien. Qu'est-ce que vous faites ?

Je n'ai rien répondu. Je suis resté froid. Le garçon, encore inquiet, a essayé de m'attendrir.

— Bientôt, je vais recevoir ma feuille d'appel. Vingt-huit mois en Algérie à taquiner les fellouses. Vous parlez d'une croisière. Et ces trucs-là, on en revient ou on n'en revient pas. Naturellement qu'il faut ce qu'il faut, mais j'estime qu'il y a des limites. Ma pauvre mère...

— Faites vite, je commence à perdre patience. Votre cravate, vous la mettrez dans l'escalier. Vos souliers aussi.

Quand j'ai ouvert la porte en le poussant devant moi, Valérie a foncé d'un si grand élan, qu'elle l'a fait reculer de trois pas. Cramponnée à lui, elle criait :

— Gilbert, reste ici. Tu n'as pas le droit de me laisser seule avec lui. C'est un gangster, un assassin. La preuve en est qu'il vient de sortir de prison.

— C'est la pure vérité. J'en suis sorti lundi et je dois dire que la prison m'a rendu méchant.

Terrorisé, Gilbert s'est débarrassé de Valérie qu'il a brutalement poussée sur le lit et il a filé sans un regard en arrière. Elle a pris le parti de se recoucher et il n'y a eu entre nous aucun échange de commentaires. Le lendemain matin dimanche, comme nous prenions

ensemble le petit déjeuner sur la table de la cuisine, elle m'a demandé si je serais content de la voir quitter l'appartement.
— Je ne ferais rien pour te retenir, mais je regretterais ton départ.

XIII

Pendant un mois, avec l'aide de Jocelyne, j'ai fourni un gros effort pour me familiariser avec les directions et les divers services de la S.B.H. Je me heurtais le plus souvent à la mauvaise volonté et à la froideur des principaux responsables auprès desquels Hermelin s'était probablement appliqué à me desservir. Dans une certaine mesure, cette mauvaise volonté, plus ou moins évidente, constituait un test utilisé par le bureau du président pour reconnaître les créatures du directeur général. Le mécanisme des nombreux compartiments de la S.B.H., qu'il fallait aussi saisir dans leurs connexions, était un ensemble complexe qui me poursuivait jusque chez moi et ne me laissait guère l'esprit libre pour penser à l'inconnu et à son récit. En outre, Lormier me retenait souvent à son bureau après les heures de travail pour m'entretenir d'un projet, d'une éventualité qu'il redoutait ou même pour me livrer les réflexions que lui inspirait l'époque. Il ne m'aimait pas et il était assez fin pour sentir que je ne l'aimais pas non plus, mais il lui arrivait de préférer ma compagnie à celle d'Odette ou de Jocelyne, probablement parce que j'étais un homme et peut-être aussi à cause de mon esprit rugueux qui offrait au sien plus d'occasionns de rebondir que l'aisance et l'agrément de mes collègues. Son thème favori était la lâcheté des patrons, leur sentimentalité criminelle et suicidaire. Le communisme, disait-il, n'était pas à nos portes, il était en nous (en nous, patrons). Venait ensuite le thème des enfants de patrons, élevés trop librement, acquis aux idéologies socialistes et déteignant sur leurs parents. Lorsqu'il voulait connaître mon opinion, je me gardais bien de lui dire toute ma pensée, mais j'étais forcément amené à la formuler en moi-même. Ces entretiens, que je trouvais assommants, ont précisé dans mon esprit la réponse à certains problèmes que je n'avais jamais fait l'effort de me poser clairement. Dans ces moments d'abandon, avec sa franchise brutale qui n'allait pas sans quelque intention agressive à mon égard, Lormier était une sorte de miroir qui réfléchissait avec un grossissement considérable certaines façons d'être de ses pareils. C'est en l'écoutant qu'une fois pour toutes, j'ai compris que les gens riches, les meilleurs, les plus bienveillants, les plus sincèrement chrétiens sont intimement convaincus qu'ils appartiennent à une espèce à ce point différente de la mienne qu'il n'existe pas, dans leur esprit, de commune mesure entre elles. C'est comme si la possession de l'argent suffisait à les persuader qu'ils ont du sang bleu. Du même coup, j'ai peut-être compris pourquoi je n'étais pas communiste. Je reconnaissais dans ce sentiment profond de supériorité bourgeoise celui du militant communiste à l'égard du non-initié qu'il regarde souvent de haut avec la forfanterie d'un gaillard qui a compris. De même que le bourgeois riche d'argent et d'honneurs, l'homme enrichi de certitudes marxistes ne se reconnaît plus dans l'homme tout court.

Je m'entendais bien avec mes collègues qui, après quinze jours de travail en commun, semblaient m'avoir adopté sans réserve. Nous formions une équipe entièrement dévouée aux intérêts du président, mais nos sentiments à son égard différaient notablement. Odette, femme d'un certain âge — elle allait sur ses trente-cinq ans — était auprès de Lormier depuis plus de douze ans et, bien qu'elle eût assez de lucidité pour voir le patron tel qu'il était, elle l'acceptait. La longue habitude qu'elle avait de lui devait avoir émoussé ses réactions, et son dynamisme, sa gaieté, son esprit pratique l'inclinaient aux sentiments commodes. Angelina, la plus jeune, avait été amenée à la S.B.H. au début de l'année précédente par Odette qui, après plus d'un an et demi, surveillait encore son initiation. Sans doute s'efforçait-elle, à l'égard de Lormier, de modeler ses sentiments sur ceux d'Odette, mais j'ai compris ou cru comprendre qu'il lui restait à surmonter un dégoût de jeune fille pour la personne physique du président. Pour Jocelyne, qui se consacrait de toute sa volonté et de toute son intelligence au service de Lormier, il est certain qu'elle avait fait la part du feu et qu'elle ne l'acceptait pas. Tout en lui révoltait sa délicatesse, son humanité, et je pense qu'elle le haïssait en secret, à moins qu'elle n'eût pris le biais de le considérer simplement comme un phénomène social. En tout cas, nous nous accordions à ne jamais risquer une parole quant à la moralité du bonhomme. Ce n'était donc pas pour nous un sujet de querelle ni même une gêne. En dehors des discussions portant sur le travail, il arrivait cependant aux trois filles d'avoir à faire front contre moi. C'était uniquement Porteur qui en était la cause. Certains jours, agacé d'entendre ce nom revenir à chaque instant dans leurs propos et revêtu d'une autorité inexplicable (C'est exactement ce que penserait Porteur. C'est une parole qu'aurait pu prononcer Porteur. C'est une idée à la Porteur, etc.), je m'insurgeais contre la gratuité de ces affirmations et j'essayais de les mettre au pied du mur en leur demandant de me définir ce qu'elles appelaient l'esprit Porteur. Elles se dérobaient en affirmant que pour les êtres privilégiés capables de l'entendre, l'esprit Porteur était l'esprit et qu'il eût été périlleux d'en rien dire de plus. En citant des propos et des opinions qu'elles lui prêtaient, je n'avais pas de mal à les mettre en face de leurs contradictions. Elles riaient avec commisération, me traitant de pion, d'épicier, de bête à concours, de Français moyen, de philistin, de béotien, de bonhomme Chrysale, de marchand du temple, de pot-au-feu, de saturnien, de digestif, de téléspectateur. Parmi les quelque cent trente employés de tout grade qui travaillaient à la S.B.H. il en était un qu'elles portaient aux nues. C'était un nommé Faramon, chef du service du matériel, qui avait sur tous les autres l'incomparable avantage d'avoir vu Porteur. J'aurais pu me dispenser de visiter son service dont l'importance était des plus médiocres, mais je voulais tout connaître de la maison et j'avais d'autre part l'intention de l'interroger sur Porteur. Un après-midi, j'ai descendu l'escalier conduisant au sous-sol où se trouvait le service du matériel, une grande salle carrée aux murs blanchis à la chaux. Un employé y circulait entre des rangées de chaises neuves, de machines à écrire, de lampes de bureau, d'ampoules électriques dans leurs emballages, d'encriers, de cendriers, de piles de papier machine, de balais, d'aspirateurs, de seaux et même de lavabos. Le bureau du chef, situé près de la porte, était une cage vitrée, spacieuse et sans plafond. A mon entrée, Faramon a levé la tête, non sans quelque inquiétude, car il avait rarement des visites, et a couvert d'un journal les feuilles sur lesquelles il écrivait, ce qui m'a donné à penser qu'il profitait de sa solitude pour expédier son courrier personnel. C'était un homme de mon âge, vingt-huit ans, long et maigre, aux vêtements mal ajustés et d'un visage intelligent où brillaient de petits yeux noirs au regard vif et timide. Comme il ignorait vraisemblablement qui j'étais, je me suis présenté et l'ai prié de m'initier à son service, ce qu'il a fait de très bonne grâce. Je lui ai ensuite posé la question qui m'amenait.

— On m'a dit au bureau du président que vous étiez une des rares personnes à avoir rencontré Porteur.

— C'est vrai, a répondu Faramon en souriant, mais c'est trop dire que je l'ai rencontré. Ce serait laisser croire que j'ai eu avec lui un entretien, alors que je l'ai vu pendant une minute et peut-être moins. Il est vrai que je l'ai entendu parler. Où était-ce ? Rue Mabillon, vers minuit et demi, je remontais du boulevard Saint-Germain avec un ami que je reconduisais. Je ne sais pas si vous avez dans l'œil la rue Mabillon. Sur un côté et sur une longueur de vingt mètres elle est séparée des immeubles qui la bordent par une tranchée large et profonde qu'escaladent des passerelles. L'effet, d'ailleurs, est assez joli. C'est sur l'une de ces passerelles que nous avons vu un groupe de six à huit personnes occupées à rire et à bavarder. Quand nous sommes arrivés à leur hauteur, un type s'est détaché du groupe et s'est approché de mon ami : « Tu me reconnais ? Luc Blanchon ? » Ils ne s'étaient pas revus depuis le lycée. Ils ont échangé quelques mots et Blanchon a dit en baissant la voix : « Je suis avec Porteur, le grand au blouson de cuir qui tient la fille par la main. » Naturellement, j'ai regardé. Il a une belle tête, sympathique et, j'en conviens, assez mystérieuse. Il a dit : « Moi, en fait de pâtisserie, je n'aime que la tarte aux pommes. » Et puis le groupe a quitté la passerelle pour entrer dans la maison et Blanchon a suivi. Voilà tout.

Il n'avait pas menti. La tarte aux pommes suffisait à identifier mon frère. Je lui ai demandé ce qu'il pensait de Porteur.

— Oh ! moi, vous savez, je n'ai pas besoin de

Porteur. Le travail que je fais ici ne me ravage pas la tête. De temps en temps, on me téléphone de là-haut : « Allô ! Ici le bureau 134. La chaise de madame Chambrier est cassée et l'ampoule de M. Letort est grillée. » Je sors de mon cagibi, je prends une chaise, je l'examine, je vérifie l'ampoule et je dis à Ernest : « Monte ça au 134. La chaise pour Chambrier, l'ampoule pour Letort. » Ernest me dit en prenant la chaise : « Tu es sûr qu'elle est solide ? Parce que la mère Chambrier, pardon. Elle a un de ces culs. » On se marre. Il revient avec la chaise cassée et l'ampoule grillée. Les ampoules, c'est chacun son tour à les faire éclater. De temps en temps, on a la visite du menuisier pour les meubles à réparer. Il se plaît tellement chez nous qu'il ne peut plus s'en aller. Nous-mêmes, le soir, nous ne sommes guère pressés de partir. Ici, c'est un ermitage, une retraite. Alors, vous comprenez, Porteur... Bien entendu, ce n'est pas ce qui empêche d'avoir de la sympathie pour ceux qui ruminent là-haut dans les étages. Au contraire.

Mon entretien avec Faramon m'avait tout de même apporté quelques lueurs sur le phénomène Porteur. Ce qui m'avait le plus étonné, c'était l'évocation de Michel au milieu d'un groupe, à minuit et demi, sur une passerelle de la rue Mabillon. Curieux de savoir ce qu'il faisait de ses soirées qui se terminaient entre deux heures et quatre heures du matin, j'avais essayé de questionner mon frère et il paraissait ne pas très bien le savoir lui-même. « Rien d'extraordinaire », me répondait-il, ou « Ça dépend, je ne sais pas au juste ». Je ne crois pas qu'il tentait de se dérober. C'était pour lui comme si je l'interrogeais sur le contenu de ses après-midi. Le premier samedi après ma sortie de prison, j'avais passé mon après-midi entier avec lui dans le bureau-salle à manger. En vérité, il n'y avait pas grand-chose à en dire. Les visiteurs entraient et sortaient le plus souvent sans dire bonjour ni au revoir, peut-être pour faire entendre qu'en réalité on ne se quittait jamais. La conversation n'était à aucun moment « orientée » et il ne s'y disait rien de rare ni de vraiment signifiant. Il y avait d'ailleurs de longs silences pendant lesquels Michel travaillait à sa pièce de théâtre. Le garçon à la chemise verte, celui qui avait, le jour de ma visite à Michel, déposé trois mille francs sur le coin de la table, était arrivé vers quatre heures. Il s'était assis contre le mur, sur le parquet, en face de Michel et avait aussitôt commencé à travailler son dialecte africain en s'aidant d'un paquet de notes, tiré de l'intérieur de sa chemise. Traversant la pièce, Michel s'était trouvé en face d'une fille, l'avait serrée contre lui, sans plus, et lui avait un peu ébouriffé les cheveux. C'était, si je me souviens bien, le fait le plus saillant de l'après-midi. Le seul mystère résidait pour moi dans une entente subtile, aisée, entre Michel et les visiteurs qui ne marquaient à son égard aucune admiration indiscrète ni aucun sentiment qui le plaçât visiblement au-dessus d'eux.

En quittant Faramon, j'ai rapporté à mes trois collègues ce qu'il m'avait dit au sujet de Porteur. Il les avait déjà entretenues de sa rencontre avec lui, mais afin de ne pas les décevoir, il avait eu la bonté de ne rien dire de la tarte aux pommes. Je n'ai pas eu la même discrétion. Je tenais à leur faire connaître une parole de Porteur, dont l'authenticité fût solidement établie. Les craintes de Faramon avaient été vaines. Au contraire de ce que j'attendais, le propos les a enchantées et émues, surtout Jocelyne qui l'a noté pour être sûre qu'il ne se déformerait pas dans sa mémoire. Une fois de plus j'ai voulu comprendre.

— Enfin, expliquez-moi quelle émotion ou quel aliment vous trouvez dans cette phrase : « Moi, en fait de pâtisserie, je n'aime que la tarte aux pommes. »

Cette fois, on ne m'a traité ni de Français moyen ni de téléspectateur. On se cantonnait dans le grave, dans l'émotion contenue. Je lisais, je croyais lire dans leurs regards combien elles étaient touchées par ce qu'elles voyaient d'humain dans cette confidence de minuit et demi. C'était bien Porteur. Il n'aimait en fait de pâtisserie que la tarte aux pommes. Il le disait très simplement. Jocelyne en avait les yeux humides. Il va de soi que Lormier ignorait cette dévotion à Porteur et jusqu'à son nom. J'imaginais de quelle parole méprisante il eût balayé ces foutaises et l'imaginant, il me semblait parfois être très près de partager la ferveur de Jocelyne et de ses collègues.

Les directeurs et chefs de service auxquels j'avais affaire le plus ordinairement ne ressemblaient pas à Faramon. Conscients de leur importance, ils supportaient mal qu'un nouveau venu, sous prétexte de se mettre au courant, vînt mettre le nez dans leur travail. Pour m'imposer, Lormier devait à plusieurs reprises intervenir en personne. En dépit d'une obstruction opiniâtre, je parvenais à m'incruster et, guidé par l'expérience de Jocelyne, à me faire montrer ce qui était essentiel. Ainsi ai-je pu me rendre compte que Lormier avait dit vrai et qu'Hermelin manœuvrait à se concilier de gros actionnaires par des concessions qui coûtaient très cher à la S.B.H. Il m'est d'ailleurs apparu que Lormier ne se gênait pas pour en faire autant, ce qui l'obligeait à passer sous silence les agissements de son rival. En examinant certains postes de la comptabilité, j'ai compris, sans en avoir l'absolue certitude, que le président pratiquait pour son compte l'escroquerie à l'exportation. Une société suédoise, fictive, qu'il avait probablement constituée, achetait à la S.B.H. des machines électroniques exportées sous licence d'Etat à des prix inférieurs de 25 % à ceux du marché français et les revendait en France sans qu'elles eussent quitté le territoire. Les 25 % allaient dans la caisse de la société suédoise, c'est-à-dire de Lormier. A vrai dire, c'est là un schéma de l'opération, que j'ai imaginé après avoir parcouru la correspondance du service intéressé, mais il m'a paru vraisemblable. Comme le trafic portait sur des sommes considérables, les bénéfices ainsi réalisés par Lormier se chiffraient chaque année par dizaines de millions. Je ne crois pas qu'il ait agi par avidité ou par goût du risque. En se livrant ainsi à des opérations frauduleuses et en s'emparant du bien d'autrui, un tel homme avait simplement l'impression d'entrer en possession de son dû. Et peut-être se disait-il que les moyens dont il usait pour parvenir à ses fins n'étaient ni plus ni moins réguliers que tant d'autres autorisés par la loi. Je me suis demandé s'il convenait de mettre Odette et Jocelyne au courant de ma découverte et j'ai décidé de n'en rien faire. En les informant, je me voyais obligé de quitter la S.B.H., ce qui me plaçait en face de grandes difficultés, ou de me concerter avec mes collègues pour dissimuler les malversations du président. J'avoue n'avoir eu aucun mal à rassurer ma conscience. Une certitude morale n'aurait su remplacer une preuve formelle dès lors qu'il s'agissait d'accuser un homme, fût-ce confidentiellement. Tatiana, à qui je demandais son avis, m'avait répondu en haussant les épaules.

— Tu es complètement malade. De quoi irais-tu te mêler ? Lormier pirate quelques gros actionnaires dont le moindre est sans doute milliardaire. Laisse ces grandes puissances s'escroquer et se tirer dans les pattes. Pour les sans-un-rond, il n'y a qu'une morale : Passer à travers.

Suivant les conseils de Sonia, j'avais fait les premiers pas et nous nous étions réconciliés. Renonçant à la famille Bijoux, Tatiana s'était lancée sur une autre piste, celle de Camassar, grand banquier protestant, marié, deux enfants, deux fils, l'un de dix-huit ans, l'autre de treize, Philippe et Jean-Jacques. De ce dernier prénom, pouvait-on dire qu'il fût « un nom à la con » ? Nous en avions discuté pour tomber d'accord qu'après tout, c'était affaire de sentiment. Madame Camassar collait à peu près, mondaine, mais dans le devoir et l'austérité. Philippe, l'aîné, était prétendument pensionnaire dans un collège suisse et s'il fallait en croire Paulette, l'essayeuse de la maison Orsini, madame Camassar devenait évasive et nerveuse quand on lui en demandait des nouvelles, renseignement confirmé par Jean-Etienne qui coiffait la dame au moins deux fois par semaine. Sans aucun doute, on était là en présence d'un mystère. Il y avait toutefois un ennui, à savoir que le banquier n'était pas pédéraste et sur ce point, les informations puisées aux meilleures sources étaient concordantes. Mais avec les protestants, disait Tatiana, on ne sait jamais et pour se fabriquer une façade, ils ne balanceraient pas à faire huit enfants à leur femme. Là-dessus je n'avais pas d'opinion, n'ayant pas à ma connaissance fréquenté de protestant, sauf pourtant à Charlemagne, en classe de sixième, un garçon de onze ans d'une belle figure grave aux yeux clairs, et qui me témoignait de l'amitié et de la confiance. Un jour au sortir du lycée, il m'avait demandé soudainement : « Ta bite mesure combien ? » question, qui, à mon avis, ne trahissait pas une disposition particulière, mais une simple inquiétude. Moi, pris de court, j'avais répondu, non pas au juger mais au hasard, qu'elle mesurait trente centimètres, sur quoi il avait répété le chiffre d'une voix toute changée, tandis que son regard se chargeait d'anxiété, et les jours suivants, je l'avais vu en proie à une profonde tristesse sans en comprendre la cause. Au trimestre suivant, il n'était pas rentré au lycée et je n'avais plus jamais eu de ses nouvelles. Quant au banquier, il nous a fallu renoncer à poursuivre notre enquête, Tatiana ayant appris par un concours de circonstances presque toutes curieuses que Philippe, l'inconnu présumé, était de première force en orthographe.

J'allais deux fois par semaine chez Tatiana et il m'est arrivé une fois de m'endormir auprès d'elle d'un sommeil si profond que je me suis réveillé à six heures du matin. J'ai voulu me lever aussitôt, mais elle s'y est opposée et comme je lui parlais de sa mère, elle m'a répondu :

— Mais voyons, maman est au courant. Tu la prends pour une idiote. Allons, dors.

Il est de fait qu'à sept heures et demie, quand je me suis levé, Sonia n'a montré aucune surprise de me voir sortir de la chambre de sa fille. Etendue à plat ventre sur le parquet, elle lisait une vie de Saint-Just, qu'elle avait achetée sur les quais. « Vos révolutionnaires, de Louis XV à Louise Michel, sont héros de romans véritables », m'a-t-elle dit. J'ai répondu que c'était bien vrai et sans m'informer des raisons qui faisaient de Louis XV un révolutionnaire, je lui ai demandé, sur le conseil de Tatiana, si elle avait un rasoir à me prêter. Comme j'ai la barbe très noire, très fournie, je ne peux pas me dispenser de me raser tous les jours sans avoir la tête d'un véritable nervi.

— J'ai gardé d'Adrien. J'ai le rasoir mécanique, le blaireau, le savon et, pour les coupures, la pierre si belle. Venez, Volodia.

J'ai suivi Sonia dans sa chambre qui était, quoique sommairement meublée d'un petit lit de fer et d'une armoire en chêne, dans un remarquable désordre. Après avoir remué beaucoup de vêtements, de livres, d'objets, de boîtes, de cartons, elle s'est tournée vers moi avec découragement.

— Je n'y comprends rien. Je l'ai encore vu ces jours-ci. C'était un livre couvert en papier bleu.

— Voyons, mais ce n'est pas un livre que vous êtes venue chercher, c'est un rasoir ! Le livre couvert en papier bleu est celui que vous êtes en train de lire.

Le visage de Sonia s'est empourpré. Plongeant sous son lit, elle a amené au jour une grande valise en carton contenant une jupe roulée en cylindre, une boîte de camembert servant d'écrin à une vieille montre en acier et, enveloppés dans un journal, le rasoir, le savon, le blaireau et la pierre si belle. « Je vous supplie, ne dites pas pour le livre à couverture bleue. Elle m'en veut que je suis étourdie. Hier encore, elle m'a grondée. Elle a dit elle en a marre. » La recommandation était superflue. Pendant que je me rasais à la cuisine, Tatiana est venue faire sa toilette. Nue devant l'évier, les cheveux serrés dans une résille, elle se lavait à l'eau froide. Comme j'avais fini de me raser et que je réenveloppais le matériel dans le journal, elle m'a dit :

— Pose-le sur le rayon du haut. Tu reviendras passer la nuit avec moi. J'étais heureuse dans mon sommeil et quand je m'éveillais. Heureuse de te sentir là si sûr, si solide. Je voudrais être un jour ton grand souci. Promets-moi de passer ici d'autres nuits.

J'ai promis sincèrement, mais sans doute la promesse n'avait-elle pas toute la ferveur qu'elle attendait. Un moment nous sommes restés silencieux et soudain je me suis aperçu qu'elle pleurait. Ses grands yeux verts étaient pleins de larmes coulant sur son visage qu'elle venait d'essuyer. Je l'ai d'abord laissée pleurer. Les larmes qu'au petit matin les femmes versent sur leur destin sont celles d'un chagrin lucide que les effusions ne sauraient apaiser. J'avais conscience de n'être que pour fort peu de chose dans celui de Tatiana. Quand elle a eu effacé à l'eau froide les traces de ses pleurs, je l'ai assurée que je ferais pour elle tout ce qu'elle jugerait être utile et lui ai pris la main. Elle a eu un sourire franc, presque gai, qui m'a fait l'effet d'un baisser de rideau sur une petite tragédie qu'elle m'avait laissé pressentir. « Quittons-nous, a-t-elle dit, je vais être en retard. »

A la S.B.H., Lormier m'a tenu dans son bureau jusqu'à midi et demie à me parler de la chance qu'avaient « les gens de mon espèce » de n'avoir pas à porter le fardeau de la fortune et son cortège de soucis. Il a même rêvé tout haut devant moi au bonheur de prendre le métro et d'y rencontrer (je rapporte ses propres paroles) « une de ces midinettes dont on s'assure les faveurs avec deux sous de violettes ». Quand je suis rentré rue Saint-Martin, Porteur, à ma stupéfaction, était levé et habillé. J'ai craint qu'il soit malade, mais il m'a rassuré. Contrairement à ses habitudes qui étaient des plus régulières, il avait découché et venait tout juste de rentrer. Il s'inquiétait de n'avoir pas trouvé Valérie à la maison. J'ai dû l'informer que je n'avais pas non plus couché dans mon lit et il nous a paru vraisemblable qu'elle avait voulu nous punir en ne rentrant pas à midi. Nous étions dans le vestibule à faire des suppositions lorsque Valérie est entrée, le visage défait. En nous voyant, elle s'est immobilisée sur le pas de la porte, a exhalé un soupir de délivrance et a fondu en larmes. Sans nous quitter des yeux, elle est venue à nous lentement, prudemment, comme si elle craignait de voir s'évanouir une apparition, et prenant à chacun une main, elle les a réunies dans les siennes pour les porter à ses lèvres. Enfin elle a pu parler d'une voix entrecoupée.

— Ce matin, quand j'ai vu que vous n'étiez rentrés ni l'un ni l'autre, ça m'a fait un coup, mais je me suis dit, ça va, ils l'ont fait exprès, ils me paieront ça. Et puis à midi, personne non plus. J'ai attendu, les minutes passaient, vous n'arriviez pas. C'était quand même pas naturel. Alors, j'ai été prise de panique et à midi et demi, je suis partie comme une folle. J'avais en tête d'aller voir ton copain, tu sais, celui à la chemise verte. Plusieurs fois en passant à midi, je l'avais vu causer avec une putain de la rue Saint-Denis. J'ai couru jusqu'à l'hôtel, je l'ai trouvée, elle, mais pas de chemise verte. Alors, d'un café, j'ai téléphoné à la S.B.H. Je suis tombée sur une enflée qui comprenait rien. Je me disais... Enfin, ça va : Vous devez avoir faim, sans compter qu'il est l'heure. Je vais vous faire une vache omelette. Toi, mets le couvert.

Le repas a été joyeux. Valérie nous regardait avec des yeux noyés de tendresse. Interrogé, Michel s'est expliqué très simplement de son escapade.

— On s'est reconduit et vers deux heures du matin, je me suis trouvé seul avec une Italienne, une petite cinémateuse, longue, fine et des nichons émouvants, deux ballons de rugby sous un chandail de laine blanche. J'aurais pu lui donner rendez-vous ici pour cet après-midi, mais j'ai eu le coup de langueur. Je l'ai accompagnée à son hôtel et je l'ai suivie dans sa chambre. Elle avait la cuisse un peu sèche, mais quelle poitrine !

— Une Italienne... Toujours des étrangères, ça change pas. Et toi ? Naturellement, tu as passé la nuit avec ta youpine, ton grand cheval de Russie. Ces salopes-là, faut pas demander, c'est toutes des agents de Moscou, des putains judéo-marxistes qui recrutent pour le parti. Je trouve ça écœurant. Ah ! vivement Pinay au pouvoir. Comment il vous balaiera tout ça derrière les frontières.

Je crois que Michel lui-même a été touché de l'inquiétude où l'avait jetée notre absence. L'ayant accompagnée à la cuisine pour faire le café et comme elle appuyait sa tête à mon épaule, je l'ai embrassée avec une tendresse reconnaissante. J'ai senti ce que sa présence, souvent hargneuse, toujours attentive, apportait de chaleur et de liant à notre foyer. L'instant d'après, dans la salle à manger où elle m'avait précédé, je la trouvais aux bras de Michel, collant sa bouche à la sienne. Ce tableau de famille ne faisait qu'illustrer une situation de fait que j'avais moi-même acceptée, mais je n'ai pu me défendre d'en être gêné, alors que Michel ne l'était nullement et moins encore Valérie qui nous a invités à convenir qu'elle avait autrement de charme et de sex-appeal que toutes nos youpines et nos étrangères.

C'est l'après-midi du même jour qu'à la S.B.H., j'ai eu avec Hermelin une altercation violente. Lormier n'était pas encore dans son bureau. Il avait en dehors de la S.B.H. d'autres affaires auxquelles ils consacrait deux fois par semaine une partie de son après-midi. Hermelin, qui savait ne pas le rencontrer, est venu trouver Odette pour l'entretenir d'une réclamation que lui adressait le comité d'entreprise d'une usine appartenant à la S.B.H. à propos d'une orientation nouvelle donnée à la fabrication.

— Pour ma part, je n'en ai pas été informé. Je suppose que le directeur de l'usine et le président se sont mis d'accord sans prendre la peine de me consulter, ainsi qu'il arrive de plus en plus souvent. Quoi qu'il en soit, il est fâcheux de fournir au comité une occasion d'intervenir.

— Monsieur le directeur général, nous ne sommes pour rien dans la décision du directeur et nous l'ignorons.

Odette a pris la lettre que lui tendait Hermelin et pendant qu'elle lisait, il a déployé un journal qu'il avait à la main.

— De mieux en mieux ! s'est-il écrié. La police arrête un repris de justice qui vient d'assassiner un vieillard pour lui voler cinq cents francs.

J'étais assis devant ma table où je classais des notes prises le matin. J'ai vu Odette poser la lettre qu'elle était en train de lire, et se tourner vers moi Hermelin qui m'a dit avec un sourire aimable :

— Décidément, le crime ne paie pas.

— La muflerie non plus, a répliqué Odette. Vous pouvez reprendre votre lettre, je ne la lirai pas.

— Odette, ne vous emportez pas. Notre directeur général me taquine à propos de mon casier judiciaire. Il y met tant d'esprit qu'il est impossible de lui en vouloir. D'ailleurs, nous autres assassins, et c'est une de nos faiblesses, nous adorons que les honnêtes gens fassent ainsi allusion à nos crimes. Tenez, je me souviens qu'à l'âge de seize ans, je n'en étais encore qu'à mon deuxième assassinat, une voisine que j'avais étranglée dans son lit pour la violer plus commodément, oui, je me souviens qu'un de mes oncles, qui était inspecteur de police et qui ressemblait à s'y méprendre à notre directeur général dont il avait même le tour d'esprit...

Je n'ai pas eu à pousser mon récit. Odette, Jocelyne et Angelina regardaient Hermelin avec des rires qui ont fait affluer le sang à ses oreilles charnues. Hors de lui, il s'est approché de moi en vociférant et m'a appliqué une gifle qu'on a pu entendre sonner. Depuis longtemps, j'avais prévu une extrémité de ce genre et sachant qu'en raison de mes antécédents une riposte de ma part me mettrait dans un mauvais cas, je m'étais promis de garder mon sang-froid. C'est donc très calmement que je me suis levé pour me mettre en position de parer plus commodément une autre gifle, précaution superflue, car les trois filles se précipitaient sur lui et Odette, qui était forte, lui avait tordu un bras qu'elle maintenait derrière son dos, tandis que Jocelyne et Angelina, accrochées à son autre bras, essayaient de le tirer vers la porte. Leur enjoignant de le lâcher, il les traitait d'idiotes, de pécores et, en dépit de leurs efforts, se maintenait sur place. J'étais un peu en arrière du groupe, résistant à la tentation de décocher à Hermelin un coup de pied à la cheville, mais je me suis contenté d'ouvrir la porte et d'appeler le garçon de bureau en disant à haute voix : « Venez vite, le directeur général est pris d'une crise de folie. » Il est arrivé en courant et Hermelin qui venait de faire lâcher prise à Jocelyne et à Angelina, l'a accueilli d'un coup de poing en pleine figure qui l'a fait saigner du nez. Odette tenait toujours le bras gauche. Cependant Jocelyne était sortie dans le grand couloir et appelait au secours, criant que le directeur général avait une crise de folie. Une douzaine d'employés ont fait irruption dans le bureau et maîtrisé Hermelin qui se débattait en les injuriant. Téléphonant à Lormier pendant la fin du tumulte, Odette n'a pas craint, en évoquant la conduite du forcené, de prononcer le mot de delirium tremens. C'est pourquoi, lorsqu'il est arrivé au bureau, Lormier, ayant convoqué Hermelin en présence d'Odette et de moi-même, lui a demandé d'abord s'il buvait habituellement ou s'il n'était ivre que par accident. Chacun des détails de l'affaire, examiné par le président avec une attention minutieuse, a été pour le directeur général un sujet d'humiliation cruelle. Je me suis montré magnanime en promettant de ne porter l'affaire ni devant la justice ni devant mon syndicat.

Le surlendemain, comme je lui rapportais l'incident, Tatiana m'a engagé à ne pas exaspérer Hermelin, car je ne me maintiendrais à la S.B.H., disait-elle, que par la faveur de Lormier et j'avais tout à craindre d'une réconciliation des deux hommes si je me rendais insupportable à l'adversaire. J'étais loin d'attendre tant de sagesse de sa part et comme je lui en faisais l'observation, elle m'a répondu qu'elle était en train d'apprendre à vivre.

— Ce n'est pas pour te contredire, mais je t'ai connue à meilleure école que celle de Raphaëlo.

— Qu'en sais-tu ? Autrefois, il ne s'agissait que de ne pas mourir de faim. Quand on peut prendre de la distance vis-à-vis de soi-même et de son métier, on réfléchit et on apprend beaucoup.

— Je ne comprends pas. Aurais-tu choisi le métier de mannequin pour la facilité qu'il donne de réfléchir ?

— Ah ! tes questions ! Tu veux absolument tout comprendre. C'est assommant, tu sais.

— C'est vrai, j'ai toujours tendance à croire qu'il y a une explication à tout. Je reste silencieux le temps de me convaincre que je suis assommant et Tatiana, qui croit m'avoir peiné, approche son visage du mien. Nous sommes couchés dans son lit. Il est onze heures du soir. Elle m'embrasse avec emportement et presque aussitôt son regard se fait lointain, se détourne de moi et je sens qu'elle a la tête ailleurs. Il en a été ainsi toute la soirée. Pendant et après dîner, elle n'a guère cessé d'être absente. Ayant éteint la lumière, je m'efforce de m'endormir. D'une voix déjà ensommeillée, Tatiana me demande : « Chéri, je peux compter sur toi quoi qu'il arrive ? » Je dis oui et je m'endors. Le lendemain matin, en nous séparant, nous sommes convenus que le dimanche suivant je viendrais dîner et dormir avec elle. Ce dimanche-là, j'avais passé l'après-midi rue Saint-Martin. Valérie, qui s'ennuyait, m'avait demandé de faire avec elle une partie de dames et pour ne pas gêner Michel qui travaillait à sa pièce de théâtre, nous étions allés jouer dans la chambre à coucher. Nous nous étions installés sur le grand lit, le mien, et après m'avoir gagné facilement plusieurs parties de suite, elle avait écarté le damier pour me parler de Tatiana.

— C'est une belle fille, mais bien trop grande pour toi. A côté d'elle, je ne sais pas si tu t'en rends compte,

Les tiroirs de l'inconnu.   7.

mais tu fais plutôt comique. Et au lit, je la vois d'ici, une grande bringue embarrassée de son corps, avec des mouvements brusques. Je suis sûre qu'elle doit t'agacer.

Il y avait beaucoup de perspicacité ou d'intuition dans l'observation relative aux mouvements brusques. Souvent, pour me témoigner l'impatience d'un désir qu'elle n'éprouvait pas réellement, Tatiana m'embrassait, me serrait, me pinçait avec des élans d'une brutalité maladroite, qui m'exaspéraient.

— En tout cas, je souhaite que tu ne l'épouses pas, aussi bien pour elle que pour toi. Une belle fille qui a choisi d'être mannequin alors que ses études lui permettaient d'excercer un tas d'autres métiers, n'a pas réalisé ses ambitions en épousant un employé. Mets-toi bien ça dans la tête.

— Il n'est pas question de mariage entre Tatiana et moi. On n'épouse pas un assassin.

— C'est peut-être sa façon de voir, mais moi je pense autrement et je suis prête à t'épouser.

— Merci. Mais que deviendrait Michel dans l'aventure ? Marié, je serais peut-être jaloux. Sans compter qu'il y aurait aussi ton Gilbert.

— Valérie avait été froissée de m'entendre parler de son Gilbert qu'elle ne voyait plus, disait-elle, et à qui elle n'avait jamais accordé d'importance. Nous avions regagné la salle à manger. Le garçon à la chemise verte était assis sur le parquet à sa place habituelle. Michel qui venait de relire ce qu'il avait écrit arrachait à son cachier une vingtaine de pages qu'il déchirait en déclarant : « C'est tout ce qu'il y a de mauvais. Je me demande si je ne vais pas laisser la pièce en plan et écrire à la place une chanson de trois couplets. Ce serait tellement plus simple. »

A sept heures et demie, quand je suis arrivé rue Eugène-Carrière, Sonia était en conversation avec une dame de son âge. Elles s'entretenaient en russe et c'est en russe que Sonia a fait les présentations et qu'elle m'a parlé en me remettant une lettre. L'enveloppe portait mon nom écrit de la main de Tatiana. J'ai lu : « Martin chéri. Je prends tout à l'heure l'avion pour Berlin avec le groupe qui doit présenter lundi la collection de printemps. Je suis très peinée de n'avoir pas pu t'embrasser. Je crains que pendant quelques mois nous ayons rarement l'occasion de nous voir. Sur les instances de Raphaëlo, j'ai accepté de présenter les collections en Europe et en Amérique. Je vais pouvoir voyager et gagner un peu d'argent. Nous arriverons bien à nous voir une ou deux fois par mois. Pourtant, ne sois pas triste. Je ne cesse pas de penser à toi. Je t'embrasse de tout mon cœur. Tatiana. » « *P.-S.* — Lu tout à l'heure dans un journal d'avant-hier : Monsieur et madame Souffard et leur fille Floriane, mis en présence du jeune amnésique de la gare de Vendôme, n'ont pas reconnu en lui, en dépit d'une certaine ressemblance, leur fils Léopold mystérieusement disparu, on s'en souvient, dans la soirée du 23 septembre dernier. »

Malgré l'insistance de Sonia qui avait retrouvé l'usage de la langue française, j'ai pris congé rapidement et je suis rentré rue Saint-Martin. Valérie et Porteur étaient déjà partis, chacun de son côté. A la cuisine, sans m'asseoir, j'ai mangé une boîte de sardines et un morceau de pain. Il était trop tôt pour dormir. Je suis allé à la salle à manger m'asseoir à la table de Michel. J'ai essayé de réfléchir à la disparition de Léopold Souffard et à sa sœur dont le prénom de Floriane méritait de retenir l'attention, mais je me suis rendu compte que le mystère du jeune inconnu m'intéressait de moins en moins et je n'ai pu penser qu'à Tatiana et à son départ soudain qui me laissait désemparé. Distraitement, j'ai pris le cahier auquel Michel avait arraché des pages et je me suis mis à lire.

XIV

CAHIER JAUNE DE MICHEL
(sans titre)

ACTE I. — *Le public, peu nombreux, est composé de femmes de moins de trente ans et d'hommes de moins de quarante ans. Tous et toutes ont des vêtements de couleurs vive. Soudain des voix retentissent à l'orchestre :* « Algérie française ! » *auxquelles répondent les voix de* « Algérie libre ! » *Les spectateurs se ruent les uns sur les autres. Bataille violente et brève. Entendant frapper les trois coups qui annoncent le lever du rideau, les spectateurs reprennent leurs places. On emporte un mort sur une civière. Le rideau se lève. Décor : A gauche, une table et une chaise, à droite une chaise, et face à la rampe un fauteuil de rotin. L'ouverture du trou du souffleur est tournée non pas vers les acteurs, mais vers le public.*

Jean-Pierre Donadieu est assis à la table en face d'un dossier ouvert. Le buste de Bordeur, le souffleur, apparaît dans l'ouverture de sa cabane. Tout au fond de la scène apparaît Célestin et tandis qu'il s'approche en enjambant des câbles et des planches, Bordeur joue sur un harmonica l'air de « Passant par Paris, vidant la bouteille... »

CÉLESTIN, *s'arrêtant derrière le fauteuil*. — Toc, toc !
JEAN-PIERRE. — Entrez. Ah ! c'est toi, Célestin ? Bonjour. Ça va ?
CÉLESTIN. — Ça va. Et toi ? Tu m'as fait appeler ?

Jean-Pierre. — Oui, mais je te demande une minute. Assieds-toi.

Bordeur. — Jean-Pierre Donadieu, le beau garçon bien habillé, est le patron de l'usine, Célestin est un employé. Son père était le concierge de l'usine. C'est dire que les deux garçons se connaissent depuis longtemps. Monsieur Donadieu, le père, qui a rejoint le caveau de famille depuis trois ans, avait voulu que Célestin fasse les mêmes études que son fils. Malheureusement, Jean-Pierre était toujours dans les derniers de la classe et Célestin toujours le premier, en quoi il manquait de savoir-vivre. Aussi quand il a eu quatorze ans, monsieur Donadieu lui a-t-il donné un emploi à l'usine. Trente mille francs par mois. Les parents étaient ravis. Maintenant il est à cinquante mille. Pour un célibataire, dans une petite ville, c'est joli.

Jean-Pierre. — Ah! ça y est. Dis donc, il y a un temps fou que je ne t'avais pas vu. Il est vrai que maintenant ton bureau est dans le bâtiment H. Et puis, j'ai tellement de travail. Ah! tu as de la chance, toi. Quand la sirène a sonné, tu plaques tout. Enfin... Comment va Ernestine? Toujours à Paris?

Célestin. — Je pense. Tu sais, ma sœur ne m'écrit pas souvent.

Jean-Pierre. — Drôle d'idée d'aller à Paris pour être mécanographe. Elle aurait aussi bien pu l'être ici, à l'usine. Tu te rappelles le jeudi, quand vous veniez tous les deux jouer au jardin avec ma sœur et moi?

Célestin. — Oui.

Jean-Pierre, *riant*. — Ha! ha! Une fois, je me souviens, ce qu'on avait pu rire. Yolande avait déculotté ta sœur, et nous, on lui crachait entre les fesses.

Célestin. — *Tu* lui crachais entre les fesses. Pas moi.

Jean-Pierre. — Ah! C'est possible. En tout cas, c'est un souvenir amusant, non? Tu n'as pas l'air d'apprécier.

Célestin. — Mets-toi à ma place. Suppose qu'à l'âge de douze ans j'aie craché entre les fesses de ta sœur et qu'aujourd'hui...

Jean-Pierre, *sec*. — Je t'en prie.

Bordeur. — Ce n'est pas la même chose. Célestin devrait le comprendre.

Jean-Pierre. — Tu te demandes pourquoi je t'ai fait venir à mon bureau. Voilà. J'entends dire de tous les côtés que tu es un vrai don Juan, que tu fais des ravages dans l'usine. Ne proteste pas. Je suis très bien informé. Note que je n'ai pas l'intention de te faire de la morale. J'ai l'esprit très large et ce n'est pas moi qui te ferai le reproche de coucher avec les petites ouvrières de l'usine. Il y en a d'ailleurs de très jolies.

Célestin. — Comme je travaille dans le bâtiment H, je n'ai guère l'occasion de les rencontrer.

Jean-Pierre. — Autrement dit, c'est dans le personnel des bureaux que tu exerces tes ravages. Justement, mon vieux, c'est là où je me vois dans l'obligation de freiner tes ardeurs. Maintenant et de plus en plus, on voit des jeunes filles de bonnes familles, qui travaillent. Elles sont professeurs, rédactrices, secrétaires, que sais-je ? C'est simple, elles vont dans le sens de l'histoire. Tu comprends ?

Célestin. — Non.

Jean-Pierre. — Peu importe. Mon devoir est de veiller sur ces jeunes filles bien élevées qui appartiennent à un milieu honorable, et de ne pas laisser jeter le discrédit sur elles et sur leurs familles. On m'a dit que tu tournais autour d'Olga Couturier.

Célestin. — On t'a induit en erreur. Mais si c'était vrai, je ne risquerais pas de lui faire du tort puisqu'on sait qu'elle a été ta maîtresse.

Bordeur. — Là non plus Célestin n'y est pas du tout. Il devrait comprendre qu'une jeune fille très bien n'est pas dévalorisée aux yeux du monde pour avoir couché avec un jeune industriel. Au contraire.

JEAN-PIERRE. — Pense aussi que tu occupes à l'usine une certaine situation. Tu es parmi ceux dont on attend qu'ils montrent l'exemple. Je ne sais pas ce qui t'a pris, tout d'un coup, de courir après les filles. Souviens-toi, il n'y a pas si longtemps, tu écrivais des vers. Tu avais même publié une plaquette, tu l'avais intitulée... zut...

CÉLESTIN. — « Plate-forme. »

JEAN-PIERRE. — Quoi ?

CÉLESTIN. — Le titre que tu ne trouvais pas est « Plate-forme ».

JEAN-PIERRE. — C'est ça « Plate-forme ». Très bon titre, d'ailleurs, qui dit bien ce qu'il veut dire. Eh bien, pourquoi ne continuerais-tu pas ? C'est tellement mieux que de fourailler dans les jupons ! Je suis sûr que ça prend moins de temps.

CÉLESTIN. — Tu sais, moi, je rature beaucoup. Et puis, c'est tout de même assez différent.

JEAN-PIERRE. — Célestin, veux-tu que je te dise ? La sagesse serait pour toi de te marier. Tu trouverais bien une brave fille...

CÉLESTIN. — Merci, mais ça ne me dit vraiment rien.

BORDEUR. — Ce garçon-là nous cache quelque chose.

JEAN-PIERRE. — Enfin, tu feras comme tu voudras. L'essentiel... (*Baissant la voix.*) L'essentiel, pour moi, est que tu ne touches pas à Olga Couturier. Elle a beau n'être plus ma maîtresse, je n'aimerais pas qu'elle soit la tienne. Je te dis ça entre nous. Tout à fait entre nous.

(*Yolande, sœur de Jean-Pierre, apparaît au fond de la scène. Tandis qu'elle s'approche, Bordeur joue sur un harmonica l'air de « Ah j' l'aimais tant, mon mari ».*

Lorsqu'elle a dépassé le fauteuil de rotin, Jean-Pierre sursaute.)

JEAN-PIERRE, *furieux*. — Yolande, s'il te plaît, ne claque pas la porte. J'ai horreur de ça.

YOLANDE. — C'est une bonne raison pour que je le fasse. Tiens, Célestin. Quelle surprise. Contente de te voir.

CÉLESTIN. — Moi aussi. Tu vas bien ?

YOLANDE. — Non, très mal. Assieds-toi. Tu as des nouvelles de ta sœur ? Toujours à Paris ? Toujours mécanographe ? Pauvre Ernestine. Au fait, en quoi ça consiste, être mécanographe ?

CÉLESTIN. — Ça consiste à percer des trous dans une feuille de papier avec une machine.

YOLANDE. — J'imagine que ce n'est pas très passionnant. La pauvre. Tu te rappelles les jeudis dans le jardin, quand vous veniez jouer avec nous ?

CÉLESTIN. — Je m'en souviens comme si c'était hier. Ma mère nous mettait nos plus beaux habits.

YOLANDE. — Et nous, on s'arrangeait toujours pour vous les salir ou les déchirer. Pauvre Ernestine, je n'oublierai jamais cette fois où elle était à plat ventre sur le gravier de l'allée. Je la tenais par les cuisses et Jean-Pierre lui crachait dans les fesses. Vous vous souvenez, tous les deux ?

JEAN-PIERRE. — Bien sûr. J'en parlais encore tout à l'heure à Célestin.

YOLANDE. — Tu avais l'air ignoble. (*Mouvement de Jean-Pierre.*) Je dis ignoble. Et moi, de voir ta tête de sale petite brute qui crachait, qui crachait, c'était comme si un courant électrique m'avait secouée tout entière. Tiens, encore maintenant, quand j'y pense... (*Silence. Elle a le regard fixe.*)

JEAN-PIERRE. — Alors, tu es allée au tennis ?

YOLANDE, *avec violence*. — Oui, j'y suis allée et je n'y ai pas fait long feu ! Ah ! ça, mais tu te fiches de moi ? (*A

Célestin qui fait mine de partir.) Ne t'en va pas, Célestin, reste ici. (*A son frère.*) Après tout, Célestin est un garçon qui nous est dévoué et moi, à la fin, je veux me faire entendre de quelqu'un qui ne soit pas un soliveau, une bûche. (*A Célestin.*) Tu connais ma situation. Je suis veuve depuis dix-huit mois, après avoir été mariée deux ans. Mon imbécile de frère avait cru bon de me faire épouser un homme de quarante-deux ans.

Jean-Pierre. — Pardon. Je t'ai fait connaître Victor. C'est tout.

Yolande. — Un homme de quarante-deux ans avec de l'apparence, bien sûr, des épaules, du muscle, mais le cœur fatigué, usé. Victor avait toujours vécu à Paris, sans autres occupations que le cheval, le whisky, les femmes. C'est incroyable le nombre de femmes qu'il peut y avoir eu dans la vie d'un homme de quarante-deux ans. Quand il a hérité du château de son oncle, qu'il est venu faire sa vie ici, il a pensé qu'une femme, ce serait moins fatigant que d'en avoir deux cents. Il prétendait faire chambre à part, mais moi, je savais ce que je voulais.

Jean-Pierre. — Yolande, Célestin n'a pas besoin d'en savoir tant. Moi non plus, d'ailleurs.

Yolande. — Oui, mais moi j'ai besoin de le dire. Il faut que ça sorte. Ce n'est pas au confessionnal que je peux me débrider. Victor était mon mari. Nous n'étions pas dans le péché. Le soir, quand il m'avait prise...

Jean-Pierre. — C'est révoltant !

Yolande. — Je l'obligeais à me raconter une de ses aventures. Il avait sommeil, il essayait de se dérober, mais moi, je me mettais à cheval sur son ventre. (*Elle se met à cheval sur la chaise.*) Tu te rappelles, il était poilu jusque dans le faux col. Je fourrageais des deux mains dans sa toison. Raconte, Victor ! Raconte !

Bordeur, *passant la tête hors de son trou.* — Mais,

chérie, qu'est-ce que tu veux que je raconte ? (*Il bâille.*) Ces trucs-là, c'est toujours la même chose.

Yolande. — Raconte... Tiens, avec une femme de chambre. Je suis sûre que tu as eu des femmes de chambre.

Bordeur. — Bien sûr. Un soir que je rentrais de Deauville en voiture, je tombe en panne, obligé de coucher dans une auberge de campagne. Les patrons étaient allés à un mariage, j'étais seul avec la servante. Bâtie comme une armoire normande avec une devanture, et par-derrière un de ces balanciers... nom de nom ! Pendant le dîner, je lui demande : « Qu'est-ce qu'on fait, le soir, dans le pays ? » « ... Le souér, elle me répond, ben c'est ben commode à dire, le souér, je monte à m' coucher. » Je lui dis : « Passez donc dans ma chambre, on parlera un peu. » (*Il bâille.*)

Yolande. — Alors ?

Bordeur. — Dans ma chambre, j'ai pensé à ma voiture et la fille, je l'ai oubliée. Mais au bout d'un moment, j'entends de l'autre côté de la porte craquer une lame du parquet, et une voix qui demandait : « M'sieu-eu, vous avez t'i besoin de quelque chose ? » Une voix extraordinaire.

Yolande. — Une voix comment ?

Bordeur. — Une voix timide, une voix sourde avec une espèce d'angoisse... oui, l'angoisse du plaisir... ou peut-être du péché. Alors, je suis allé lui ouvrir. Voilà.

Yolande. — Ah ! non ! Tu ne vas pas m'escamoter le principal. Je veux savoir, moi.

Bordeur. — Savoir quoi ? (*Soupir excédé, puis d'un ton furieux.*) Elle avait voulu que j'éteigne la lumière. Elle s'est déshabillée et au lit, je l'ai déchiffrée.

Yolande. — Déchiffre-moi.

Bordeur. — Mais je te connais par cœur. (*Il bâille.*)

Yolande, *tandis que Bordeur rentre dans son trou, elle se lève de sa chaise et parle à Célestin.* — Ah ! j'en ai entendu des histoires et de scabreuses. Une par jour. Pendant deux ans.

Jean-Pierre. — Il devait se répéter.

Yolande. — Jamais. Je ne l'aurais pas permis. Ses aventures, je les ai toutes notées. J'en ai huit cahiers pleins. Des femmes de toutes conditions, de tous formats, sans parler des maisons de tolérance. Le matin, pour m'échapper, il se levait de bonne heure, il faisait de longues promenades à cheval, mais au retour, il me trouvait là. Victor ! allons !

Bordeur. — J'ai fait une balade épatante. Ah ! le printemps dans la forêt, les chants des oiseaux...

Yolande. — Tu me parleras du printemps après. Dépêche-toi.

Bordeur. — Yolande, je t'en supplie, aie pitié de moi, au moins pour aujourd'hui. Je suis éreinté.

Yolande. — Ne joue pas la comédie. Tu dois, donc tu peux.

Bordeur. — Tu es un monstre.

Yolande. — A quoi bon récriminer ? Tu sais bien qu'il faudra céder.

Bordeur, *soupir*. — Bon. Je vais me laver les mains.

Yolande. — Pauvre Victor, je sentais bien, les derniers temps, qu'il avait du mal, mais je croyais que les hommes, c'était comme les femmes. Je n'avais jamais supposé qu'un mâle était quelque chose de fragile. Un matin, Victor m'a claqué dans les mains, le cœur a lâché, d'un seul coup. Mais enfin, il y a maintenant dix-huit mois. Je ne peux pas rester seule plus longtemps.

Célestin. — Les prétendants ne doivent pas manquer. Tu n'as que l'embarras du choix.

Yolande. — Erreur. Ma vie est faite ici. J'ai mes amis, mes relations, ma famille aussi. Je ne quitterai la ville pour rien au monde. D'ailleurs, j'ai horreur de Paris. Alors ?

CÉLESTIN. — Tout de même, dans une ville de quinze mille habitants, tu as de la ressource.

YOLANDE. — Je suis la fille des usines Donadieu. Je suis riche. Je ne peux pas épouser n'importe qui. Les deux autres industriels, les Lambert, les Chabru, n'ont que des filles, c'est-à-dire des rivales. A la rigueur, je pourrais me rabattre sur les notaires, mais ils sont mariés. Leurs fils sont encore au lycée. Bien sûr, il doit y avoir tout de même des hommes acceptables. Si mon frère voulait m'aider.

JEAN-PIERRE. — Plains-toi. Aujourd'hui encore...

YOLANDE. — Parlons-en. L'autre jour mon frère me parle d'un jeune médecin qui vient de se fixer dans la ville. Etre la femme d'un tout petit médecin de province, ce n'est déjà pas emballant. Un chirurgien, oui, ça taille, ça tranche et en général c'est râblé, costaud. Enfin, tout à l'heure, chez les Lambert, je rencontre le médecin sur leur court de tennis. La trentaine, long, fluet, pâlot, pas d'épaules, rien. Moi, j'aime qu'un homme ait des épaules. J'aime qu'un homme ait des fesses et qu'il remplisse ses habits. Ce qu'il me faut dans mon lit, c'est autre chose qu'un ectoplasme. Le plus fort, c'est que lui, le gringalet, il n'a même pas une lueur dans l'œil et qu'il me regarde comme il aurait regardé un lapin, sans même voir que j'étais une femme. Je ne suis tout de même pas si mal faite.

CÉLESTIN. — Tu es tout simplement sensationnelle. Des jambes, des... Tu as une ligne extraordinaire.

YOLANDE. — N'est-ce pas ? Voilà pourtant le genre de phénomène auquel Jean-Pierre est prêt à donner sa sœur. Un homme usé avant d'avoir servi, un homme qui ne pense pas plus aux femmes que mon caniche aux fractions décimales. (*A Jean-Pierre.*) Tu es d'un égoïsme !

JEAN-PIERRE. — C'est bien la première fois que tu

me fais part de tes préférences pour un type d'homme. Je pensais que tu étais plutôt pour les intellectuels.

YOLANDE. — Je n'ai pas envie de plaisanter. Imbécile. Tu t'en fiches, toi. Tu as des filles tant que tu veux, dans tes bureaux et ailleurs et tu ne t'en prives pas. C'est même le plus clair de tes occupations. Je ne vois d'ailleurs pas que tu sois capable d'autre chose. Quand Olga Couturier était ta maîtresse, tu avais au moins deux autres liaisons. Peut-être même t'arrivait-il de les réunir toutes les trois. Ah! Pourquoi faut-il que la religion et la morale ne me permettent pas d'avoir trois hommes, moi aussi. Trois, quatre (*Criant*.), cinq! six! Je les dévorerais, je les sécherais tous les six! Hélas, à quoi vais-je penser. Je n'en ai même pas un. Et j'en crève. Le soir, je n'en finis pas de me retourner dans mon lit, de me rouler dans mes souvenirs. J'ai beau prendre des tranquillisants, rien n'y fait. Hier soir, j'en avais pris deux. J'étais brûlante. Et même dans la journée, quand je suis seule, il me vient brusquement à l'esprit un souvenir, une image qui me laboure la tête et alors, c'est une angoisse qui me prend à la gorge, qui descend, qui me serre le ventre, qui me tenaille, qui me tenaille comme une tenaille.

JEAN-PIERRE. — Dis donc, mais ça m'a l'air sérieux. Tu dois souffrir. En attendant de trouver un mari, pourquoi ne prends-tu pas un amant?

YOLANDE. — Jean-Pierre, je t'en prie, ne dis pas de saletés. Depuis que tu as tourné au radical-socialisme, tu as une mentalité révoltante.

JEAN-PIERRE. — Mais je n'ai pas tourné au radical-socialisme! J'ai simplement soutenu le candidat radical dans une circonscription où la politique patronale m'y a obligé et je n'ai pas eu à le regretter puisque j'ai pu faire ainsi l'économie d'une grève.

YOLANDE. — Celui qui compose avec l'enfer se livre à l'enfer. Je ne compose pas, moi. Si j'ai réussi à préserver ma dignité de veuve et mon honneur de femme, c'est que je n'ai rien cédé au démon, rien, jamais. A de certains moments, je suis comme une place assiégée qui n'aurait plus de munitions, plus de vivres, plus d'eau. Et positivement, j'ai le gosier sec. Mais je me raidis, je lutte inlassablement contre la tentation, avec l'aide de Dieu et de mon confesseur. Je prie, je me confesse, je communie et puis tout est à recommencer sans cesse. Quand j'étais mariée, j'avais pour confesseur l'abbé Fouchard, tu le connais, un costaud, le pas élastique, des yeux chauds. J'ai eu peur. J'ai eu peur de moi. Alors, j'ai pris le vieux curé Mouchet. (*Elle s'agenouille sur la chaise au bord de la scène. Jean-Pierre et Célestin sortent.*) Mon père, plus que jamais je me fais horreur. Depuis trois jours, je suis en proie à un orage de désirs qui ne me laisse presque pas de sommeil. C'est comme une houle venue d'abominables profondeurs qui brasserait ma chair brûlante sans trêve ni repos. Je suis torturée par de monstrueuses représentations du péché de luxure, des représentations que je me forge moi-même et auxquelles je me complais misérablement.

BORDEUR, *à peine visible dans son trou*. — Et quelles sont ces représentations, mon enfant ? Décrivez-les-moi.

YOLANDE. — Mon père, j'ai si grand-honte. Il y a des hommes nus. Il y en a qui se déboutonnent. Ils viennent sur moi. Ils me prennent.

BORDEUR. — Quelle est alors votre position ?

YOLANDE. — Ma position ? mais... je suis couchée. Est-ce qu'il existe d'autres positions ?

BORDEUR. — C'est la seule recommandable. Mon enfant, Dieu vous soumet à une rude épreuve et vous n'en triompherez qu'en vous tournant vers Lui. C'est par la prière que vous vous sauverez, mon enfant, et par vos bonnes œuvres. A ce propos, je vous signale que certains de nos fidèles se sont émus de l'état de délabrement où se trouvent les ornements sacerdotaux. Il est vrai que c'est une pitié de voir nos étoles et nos chasubles rongées, usées jusqu'à la trame et d'une couleur pisseuse qui ne fait guère honneur à Jésus. Un comité est en voie de se constituer. On a pensé à vous pour la présidence.

Yolande. — J'accepte, mon père. Encore une présidence qui va me coûter cher. On n'en finit pas. Enfin, il faut bien que les curés aient des chasubles.

Bordeur. — Le Seigneur vous saura gré d'un mouvement généreux et la paroisse aussi. Avez-vous toujours l'intention de vous marier ?

Yolande. — Certainement, mon père. Je ne pense qu'à ça. Mon frère avait pensé au jeune médecin qui vient de s'installer.

Bordeur. — N'épousez surtout pas cet homme. D'après nos renseignements, c'est un socialiste et un socialiste dissident, la pire espèce qui soit en France.

Yolande. — Socialiste ou non, il n'a pas d'épaisseur.

Bordeur. — Vous avez raison. J'ai pensé pour vous... Il s'agirait d'Hermangaut, le marchand de biens qui a eu le malheur de perdre sa femme l'année dernière. Grosse fortune. Un catholique exemplaire. Une âme d'élite.

Yolande. — Mais mon père, il est affreusement laid !

Bordeur. — C'est lui qui porte la bannière de Saint-Anastase à la fête paroissiale.

Yolande. — Evidemment, il est fort. J'ai entendu dire qu'il courait les filles.

Bordeur. — Vous tombez bien. C'est moi qui suis son confesseur. Or, il ne m'a jamais dit qu'il courait les filles. En revanche, il m'a confié qu'il souffrait les mêmes tourments que les vôtres. Tenez, au cours d'une conversation que nous avons eue dernièrement à la sacristie, il me disait : « Ah ! le jour où je serai marié, mon père, ça va fumer ! Ma femme n'aura pas à se plaindre. »

Yolande, *oppressée*. — Vraiment, mon père, il a dit ça va fumer ?

Bordeur. — Je vous l'ai dit, c'est un catholique exemplaire, mais que voulez-vous, il est fort comme un buffle. Ecoutez, mon enfant, ne me donnez pas votre réponse aujourd'hui. Prenez le temps de la réflexion. Son prénom est Léonard.

Yolande. — Léonard... Léonard... Je vais tout de même réfléchir. Quelle pénitence ordonnez-vous ?

Bordeur. — Un confiteor le soir au lit, suivi d'un Pater donné à pleine voix, pour vous décomprimer. Autant le matin en vous levant. Vous aimez le bœuf bourguignon, la poule au riz ?

Yolande. — Oui, mon père.

Bordeur. — Donc pas de viande en sauce pendant une semaine. Récitez votre confiteor.

(*Bredouillement inintelligible de Yolande, auquel répond un bredouillement de Bordeur.*)

Allez, mon enfant.

(*Musique liturgique sur l'harmonica. Yolande se lève et s'éloigne. Arrivée au fond de la scène, elle se tourne face au public, fait une génuflexion et sort. Célestin entre par la coulisse.*)

Bordeur. — Célestin, lui, est entré dans sa chambre, une modeste petite chambre, modestement meublée. Le lit à gauche, l'armoire en face, un fauteuil et un lavabo. Les vécés sont sur le palier. C'est pourquoi on ne les voit pas. Au mur, une aquarelle de son camarade Mortier. Elle représente le clocher de l'église Saint-Anastase. C'est assez joli. (*Prenant une voix de femme.*) Toc, toc.

Célestin. — Entrez... (*Sombre.*) Bonsoir.

Bordeur. — Chéri, mon chéri... Mais qu'est-ce que tu as ? Tu en fais une tête !

Célestin. — Mais non, je ne fais pas la tête... Simplement, je ne suis pas en train. C'est tout.

Bordeur. — Ah ! très bien. Je comprends. On a été appelé tout à l'heure au bureau du patron. Ne dis pas non. Je t'ai vu traverser la cour. Et le patron t'a dit, mon petit vieux, je t'aime bien, mais tu me feras le plaisir de ne pas toucher à Olga Couturier.

Célestin. — Oui, à peu de chose près. C'est d'ailleurs uniquement pour me dire ça qu'il m'a fait appeler.

Bordeur. — Ah ! je te jure. Qu'est-ce qu'il faut pas voir. Pendant plus d'un an je l'ai eu dans mes cuisses tous les soirs et quand un beau jour il me plaque en me faisant cadeau d'un sac du soir en argent doré, c'est pour faire monter la garde autour de moi. Monsieur ne veut plus de moi et il ne veut pas non plus me voir tomber dans les bras d'un autre. Ah ! je te jure.

Célestin, *s'asseyant*. — Ouvre un peu la fenêtre. Il fait une chaleur.

Bordeur. — Un sac du soir. Qu'est-ce que j'en ai à foutre de son sac du soir. Pour aller au cinéma le vendredi ? Surtout que l'argent doré, ça vaut des haricots. Et toi, qu'est-ce que tu me donnes ? Un porte-monnaie en fer-blanc, hein ?

Célestin. — Qu'est-ce qui te prend ? Je t'ai toujours dit que je ne t'aimais pas, mais je n'ai pas l'intention de me séparer de toi.

Bordeur. — Chéri ! Tu es quelqu'un de bien, toi... Tu ne veux pas que je t'embrasse ? C'est à cause de Jean-Pierre... non ? à cause de sa sœur ? Elle est venue chez lui pendant que tu étais là... Célestin, regarde-moi... mieux que ça... Ah ! je vois... Tu es amoureux de la belle Yolande.

Célestin. — Je ne sais pas.

Bordeur. — Depuis toujours, probablement. Chameau de femme. Quand elle me rencontrait dans le bureau de Jean-Pierre, elle ne savait qu'imaginer pour m'humilier. Je l'aurais étranglée. Tiens, j'en crèverais de jalousie, mais je donnerais tout au monde pour que tu couches avec elle. La belle Yolande Donadieu couchant avec le fils des anciens concierges de l'usine. Mais qu'est-ce que tu attends ?

Célestin. — Tais-toi. Tu es folle.

Bordeur, *reprenant sa voix naturelle*. — N'empêche que le lendemain soir, Célestin descendait de son pigeonnier pour aller tenter sa chance.

(*Célestin quitte la scène par l'escalier qui descend à l'orchestre. Yolande entre par la coulisse.*)

Bordeur. — Yolande est maintenant dans sa chambre à coucher, meublée avec goût et simplicité. La commode Louis XVI, le grand lit troubadour, la coiffeuse également troubadour, le bureau en bois de gayac veinulé et les fauteuils Armagnac. Sur la commode une photo de Victor et au mur, une très belle toile de Banquier, le grand peintre régionaliste, représentant le clocher de l'église Saint-Anastase, dans un cadre d'époque. (*Il change de voix.*) Madame n'a plus besoin de moi ? Je peux aller me coucher ?

Yolande. — Allez vous coucher, Mélina. Oh ! dites-moi, connaissez-vous monsieur Léonard Hermangaut ?

Bordeur. — Celui qui est si laid ? Je pense bien. L'autre soir, comme je prenais le frais sur la promenade des Marronniers, il m'a abordée et il m'a mis la main où Madame pense.

Yolande. — Il vous a mis la main... Alors, qu'avez-vous fait ?

Bordeur. — Je parlerai franchement à Madame. Ce soir-là, j'avais du vague à l'âme et je me suis d'abord laissé faire, mais au moment où il a voulu du positif, je n'ai pas pu me décider. Il était vraiment trop laid. Madame sait comme l'esprit est prompt dans ces instants-là. Je me suis dit, ma petite Mélina, si jamais tu es enceinte, primo, monsieur Léonard est trop bon catholique pour reconnaître l'enfant. Secundo, il y a des chances pour que l'enfant ressemble à son père.

YOLANDE. — C'est vrai, il y a là un risque à considérer. C'est bien. Vous pouvez vous retirer.

BORDEUR. — Je souhaite à Madame une bonne nuit. Les tranquillisants sont sur la table de chevet.

YOLANDE. — Bonsoir, Mélina.

BORDEUR, *reprenant sa voix naturelle*. — Yolande est seule dans sa chambre. Des images lascives commencent à lui ravager la tête. Elle essaie de penser à son vieux curé, mais n'y parvient pas. Elle sort sur son balcon dans l'espoir que la fraîcheur de la nuit apaisera ses ardeurs. Célestin, lui, est caché derrière un massif de rhododendrons. Il regarde la belle Yolande appuyée au balcon et, il faut bien le dire, il est un peu congestionné. Elle est tellement sexie. Un rayon de lune éclaire la naissance de sa gorge nacrée. Un autre rayon de lune fait valoir le galbe de sa jambe qui sort de son peignoir. Ah ! elle est drôlement baraquée, la fille des usines Donadieu. Enfin, surmontant son émoi et sa timidité, le voilà qui étire son accordéon et qui fait monter dans le silence de la nuit profonde les sanglots d'un air de Chopin.

(*Il joue sur son harmonica l'air de « Il était une bergère et ron et ron ».*)

Et maintenant qu'il l'a mise en état de réceptivité, il va dire des vers à lui.

CÉLESTIN. — Nocturne.

BORDEUR. — Ce sont des vers libres !

CÉLESTIN. — Nocturne. (*Récitant.*)

J'ai cherché pour toi des mots très anciens
Des mots d'amour durs et lisses
Oubliés au matin du monde
Par un chasseur d'aurochs
Serrant sur sa peau de bête une fille effarée
J'en ai trouvé deux...

YOLANDE. — Qui est là ?
CÉLESTIN. — C'est moi.
YOLANDE. — Qui, moi ?
CÉLESTIN. — C'est Célestin.
YOLANDE. — Comment ? Célestin, ici ? (*Riant.*) Gros bête, mais les chambres de bonnes, c'est sur l'autre façade !
CÉLESTIN. — Ah ! bon. Je te demande pardon.
YOLANDE. — Célestin ! Une minute. J'ai des responsabilités envers ces filles que je loge dans ma maison. Viens un peu ici et prends garde à n'être pas vu.
CÉLESTIN. — Si tu éteignais la lumière ? Ce serait plus sûr.
YOLANDE. — Tu as raison. (*Elle fait le geste d'éteindre. La lumière reste la même.*) Je suis dans l'obscurité complète. Tu peux venir. (*Célestin monte sur la scène.*) Célestin, je veux la vérité. Est-ce à Hélène que tu en as ?
CÉLESTIN. — Non. C'est pour toi, Yolande, que je suis venu ce soir. Yolande, je t'aime !
YOLANDE. — Quoi ? Tu veux dire... (*Célestin l'enlace et lui prend la bouche. Long baiser. Elle le repousse et le gifle.*) Célestin, est-ce que tu es fou ?
CÉLESTIN, *s'éloignant.* — C'est vrai, je suis fou. (*Il sort par la coulisse.*)
YOLANDE. — Je ne t'en veux pas. Je ne dirai rien à Jean-Pierre.
BORDEUR. — Yolande arpente nerveusement son balcon. Des deux mains elle comprime les battements de son cœur et tout à coup, elle s'arrête, frappée d'une évidence qu'elle n'avait jamais soupçonnée.

YOLANDE. — Un homme. Le fils des concierges de l'usine était un homme. Seigneur, où va le monde ? Pourtant, ce baiser... (*Criant.*) Ah ! ce baiser !

Rideau

ACTE II. — *Même décor qu'au I. — Ernestine, vêtue d'une robe en lamé or fendue sur la cuisse est assise sur la chaise de droite.*

BORDEUR. — Nous sommes à Paris au « Firmament », la célèbre boîte de nuit des Champs-Elysées fréquentée par la haute aristocratie de l'argent et par une pègre en smoking qui s'efforce d'en saisir les miettes. Sous les dorures et les lumières changeantes, vous reconnaissez le prince Cardoban, le banquier Jacobstein, l'armateur Dumont-Leroi, Deborah Warner, la vedette de cinéma la plus chère du monde, Douglas Marc-Fargal, le roi des pétroles du Texas et là-bas, qui lève la jambe au pied du grand escalier, la fameuse Diamantine, l'hermaphrodite à la poitrine épanouie, une des gloires de Paris les moins contestées. Il est une heure du matin. La fête bat son plein. Le champagne coule à flots. On danse, on rit, on s'amuse. Le prince Cardoban invite à danser la grande Deborah Warner. C'est peut-être un très grand événement qui se prépare. Les journalistes prennent fébrilement des notes. Des flashes éblouissent les danseurs. L'orchestre noir joue un cha-cha-cha endiablé.

(*Il joue sur son harmonica l'air de « Malbrough s'en va-t-en guerre ». Pendant que joue l'harmonica, Jean-Pierre fait son entrée au fond de la salle, il avance lentement comme se frayant un passage, parfois reculant, s'excusant d'un sourire, regardant de droite et de gauche.*)

Bordeur. — L'orchestre fait un tel tintamarre qu'on ne les entend pas parler. Cette belle fille que Jean-Pierre vient de retrouver par hasard, c'est Ernestine, la sœur de Célestin. Dans sa petite ville natale, on croyait qu'elle était mécanographe à Paris. Mais il s'agissait bien de mécanographie ! Cette robe en lamé or, fendue sur la cuisse, vous avez compris ? Oui, Messieurs, c'était une putain. Ah ! un tango. C'est moins bruyant.

Ernestine, *elle danse un tango avec Jean-Pierre.* — Tu n'as pas changé, tu sais. Quelle veine que tu sois venu là ce soir.

Jean-Pierre. — Toi, tu as changé, Ernestine. C'est incroyable ce que tu as embelli.

Ernestine. — Ne m'appelle pas Ernestine, c'est un peu gênant. Ici, on m'appelle Gloria.

Bordeur. — Si ces messieurs dames veulent profiter, il y a là deux places.

Ernestine. — Merci, Etienne. (*A Jean-Pierre.*) Mets-toi sur la banquette. Si, je préfère. (*Jean-Pierre s'assied à la table. Ernestine va chercher la chaise de droite et s'assied en face de lui.*) Dire qu'on ne s'était pas vus depuis dix ans. Mais oui, ça fait dix ans que je suis partie.

Jean-Pierre. — Comme le temps passe. Tu te souviens, les jeudis, quand tu venais avec Célestin jouer au jardin ?

Ernestine. — Pauvre Célestin. Ce qu'il était gentil pour moi, on ne se figure pas. Ah ! il m'aimait bien. Mais maintenant...

Jean-Pierre, *avec délectation.* — Tu te rappelles la fois où Yolande te tenait les cuisses pendant que je te crachais dans les fesses.

Ernestine. — Tu parles. Et la fois que tu m'as pris ma virginité dans la buanderie ? Yolande faisait le guet devant la porte. Tu y penses quelquefois ?

JEAN-PIERRE. — Bien sûr que j'y pense.

ERNESTINE. — Je n'avais pas encore mes quinze ans.

JEAN-PIERRE. — Que veux-tu, il fallait bien que ça se fasse un jour. Alors autant moi qu'un autre.

ERNESTINE. — Et Yolande, est-ce qu'elle avait perdu sa virginité quand elle s'est mariée ?

JEAN-PIERRE. — Non, évidemment. Quelle idée !

ERNESTINE. — Oui, quelle idée. La virginité, quand on est riche, ça a sûrement un sens. Ta sœur s'est bien mariée ?

JEAN-PIERRE. — Oui, elle est veuve.

ERNESTINE. — Ça, c'est mieux que tout. L'argent, la considération, la tranquillité... La vie rêvée, quoi. (*Soupir*.) Qu'est-ce que tu dois penser de moi maintenant que tu m'as vue ici ?

JEAN-PIERRE. — Oh ! moi, tu sais, je connais suffisamment la vie pour ne m'étonner de rien.

ERNESTINE. — Tu es plus fort que moi. Il m'arrive d'être étonnée de me trouver ici. Ça dure une seconde... Tiens, voilà Deborah Warner qui s'en va.

JEAN-PIERRE. — La vedette de cinéma ? Où ? Laquelle ?

ERNESTINE. — La grande rouquine debout devant l'escalier. Elle a l'air d'un manche. Avec ça une vraie gueule de raie. C'est égal, je voudrais bien avoir le pognon qu'elle a. Et je me contenterais même de moins. Tiens, seulement sept à huit millions. Je rentrerais au pays tout de suite. J'achèterais une boutique rue du Général-Trochu. J'aurais une vendeuse que j'engueulerais. Je tricoterais pour les bonnes œuvres de monsieur le curé. Mais ce n'est pas pour demain, ni après-demain.

JEAN-PIERRE. — Tu danses ?

(*Ernestine place sa chaise à côté du fauteuil de rotin. Elle danse avec Jean-Pierre. Ils s'éloignent vers le fond pendant que l'harmonica joue « Malbrough s'en va-t-en guerre ». Ils sortent et Yolande vient s'asseoir dans son fauteuil.*)

BORDEUR. — Pendant que son frère danse au « Firmament » avec Ernestine, Yolande dort dans son grand lit troubadour, mais elle a un sommeil agité, en dépit des tranquillisants. Pour le moment, elle rêve qu'elle se promène dans une lande déserte. Autour d'elle, à perte de vue, il n'y a rien qu'une herbe rare, d'une couleur grise. Et en tournant la tête, tout à coup, elle voit une porte debout sur la lande. Elle y court, elle ouvre la porte, elle se trouve en face de Léonard Hermangaut, elle referme la porte pour revenir sur ses pas, mais Célestin est devant elle. Elle franchit de nouveau la porte, la repasse, la refranchit et toujours se heurte aux deux hommes. Epuisée par ce va-et-vient, elle est à bout de force. Ecoutez-la qui gémit.

YOLLANDE. — Non, non, non !

BORDEUR. — Tout à coup la porte tombe sur la lande à nouveau déserte. Célestin et Léonard ont disparu. Elle se couche sur la planche. Alors, elle rêve qu'elle est morte, qu'elle est dans son cercueil, devant le grand autel de Saint-Anastase. Elle voit tout ce qui se passe autour d'elle, elle entend la messe, les chants, les orgues. (*L'harmonica joue quelques mesures du « Dies irae »*.) Au premier rang de l'assistance, elle voit Jean-Pierre les yeux remplis de larmes. Son cœur se serre à lui faire mal. Quand la famille se place pour recevoir les condoléances, elle quitte son cercueil pour se placer à côté de son frère. Les gens lui serrent la main avec des paroles de sympathie et Mélina lui dit en sanglotant : « J'ai tant de peine pour Madame ! » Un homme masqué de noir et ganté de noir pousse Yolande derrière la famille et la fait sortir par la porte latérale qui donne rue du Chapitre. L'homme la prend par la main et ils dévalent ensemble la rue des Tonneliers. Pour qu'elle soit sauvée, il faut qu'elle se trouve hors de la ville avant que les cloches se mettent à sonner. L'homme la tire, la soutient, mais elle sent qu'elle n'aura pas la force de courir assez vite. Ils sont encore dans la rue des Lavandières. Elle ne peut plus. Le souffle lui manque. Elle s'arrête. Non, elle se remet à courir. Enfin ils arrivent dans un pré. Elle est sauvée. Les cloches de Saint-Anastase se mettent à sonner. Elle est tombée à genoux dans l'herbe haute. Alors l'homme retire son masque et ses gants. Et voilà : Il a une tête de mort, il a les mains d'un squelette. Il éclate de rire. Et Yolande lui dit : « Je le savais. »

Fin du cahier jaune de Michel.

XV

J'étais depuis trois semaines sans nouvelles de Tatiana, lorsqu'un jeudi à midi, elle est venue m'attendre à la sortie de la S.B.H. Elle portait son manteau à col de lapin. Nous sommes entrés dans un café de l'avenue de Friedland.

— C'est une chance que je sois sorti à midi. D'habitude Lormier me retient toujours au bureau, mais ce matin, il a fait téléphoner qu'il était obligé de garder la chambre pendant deux ou trois jours.

— Chéri, je suis contente de te revoir. Je suis arrivée de Stockholm hier soir et malheureusement, je repars vendredi pour Rio de Janeiro.

Tatiana m'a demandé de l'embrasser. Je me suis exécuté à contrecœur et furtivement, car il y avait du monde dans la salle. Je n'ai jamais su être indifférent, dans un lieu public, à l'opinion que peuvent avoir de moi les inconnus qui m'entourent. J'incline naturellement à les présumer délicats, sensibles à une manifestation de mauvais goût. Comme je m'écartais, Tatiana m'a pris la tête à deux mains et introduit un pouce de sa langue dans la bouche. J'étais hors de moi, je pensais à des claques. Sentant que je lui résistais, elle a ri d'un rire qui sonnait faux et soudain s'est mise à pleurer. Je me fermais de plus en plus. Tous les regards convergeaient sur nous et comme elle était belle, je me trouvais dans mon tort. Après avoir eu l'air d'un cochon, je devais passer pour un sale type, un brutal ayant d'odieuses exigences.

— Si tu ne t'arrêtes pas de pleurer, je fous le camp, ai-je prononcé fermement.

Aussitôt, le visage de Tatiana s'est éclairé d'un sourire et l'entretien s'est poursuivi dans le calme et la dignité. Nous sommes convenus que le lendemain soir je dînais et passais la nuit chez elle. Quand nous nous sommes séparés, son visage s'est assombri et ce que j'ai cru lire dans son regard de détresse, presque d'effroi, m'a ému à ce point que je l'ai pressée contre moi sans souci des passants.

L'après-midi de ce même jour, à quatre heures, Lormier m'a fait venir chez lui dans son hôtel de Neuilly pour s'informer de ce qui se passait à la S.B.H. Assis au chevet du lit, ma serviette de cuir ouverte sur les genoux, je lisais des lettres à haute voix tout en surveillant du coin de l'œil les réactions du gros homme qui m'écoutait sans me regarder, les paupières alourdies par la fièvre et par la fatigue. Jamais depuis que je travaillais dans la boîte il ne m'était apparu ainsi, toute sa boursouflure étalée, lâchée sur les oreillers. D'habitude, dans son bureau, Lormier, harnaché, frotté, le cou pris dans un faux col dur, avait encore une pesanteur imposante, mais là, dans son lit capitonné, il était répandu comme une truie. Chaque fois qu'il remuait la tête, tout le gras de la face roulait en vague lourde, ses mentons mous lui déboulaient sur l'épaule et sa viande en était remuée jusque dans le pyjama. J'étais légèrement incommodé par d'aigres relents de transpiration montant d'entre les draps et plus encore par la vue d'un ustensile de verre, appelé pistolet, posé devant moi sur une table de chevet en marqueterie et contenant un fond d'urine trouble.

De temps en temps, le patron, m'imposant silence d'un signe de la main, s'accordait un temps de méditation. Et moi, en l'isolant du luxe de cette chambre à coucher, je me demandais pourquoi cet homme malade à l'aspect d'un gros mollusque grisâtre avait encore l'air d'un riche. Tout d'abord, j'ai cru pouvoir rapporter cet air-là au cou vitellien et au gonflement des lèvres, qui rappelait la moue d'un enfant gâté, mais c'étaient là des caractères extérieurs qui se rencontrent trop communément pour être aussi chargés de sens. A la réflexion, la cause m'a paru résider dans un certain sans-gêne, une façon de s'accepter soi-même en toutes circonstances, sans égard à aucune présence, avec une quiétude et un naturel presque surhumains. Comme pour illustrer cette idée, Lormier m'a coupé au milieu d'une phrase et d'un enchaînement d'explications qu'il allait falloir reprendre tout à l'heure.

— Martin, a-t-il dit, j'ai envie de pisser. Passez-moi le pistolet.

— Non, ai-je répondu d'une voix mal assurée. Non, excusez-moi.

Je ne saurais dire aujourd'hui si, dans le moment où je les ai prononcées, j'ai regretté mes paroles, mais j'en ai sûrement compris l'insanité. Je lui refusais là un service qu'il était en droit d'attendre de n'importe qui. Il est vrai qu'il l'avait réclamé sur un mode injonctif dont aucune précaution n'était venue atténuer le fâcheux effet. Depuis, et particulièrement durant les heures qui ont suivi l'incident, j'ai beaucoup réfléchi à la question. Je suis sûr que si Lormier au lieu de dire : « Passez-moi le pistolet », avait dit : « Passez-moi *donc* le pistolet », je n'aurais pas hésité à lui tendre l'ustensile. Et quant au ton le plus convenable, il aurait pu me faire savoir qu'il avait envie de pisser, d'une manière à me rendre la nouvelle touchante et à m'inspirer justement la pensée d'empoigner le pistolet. Ce qui, peut-être, m'avait le plus éprouvé dans mon amour-propre, c'était qu'il eût parlé ainsi sans aucune intention blessante, comme si cette façon d'être avec moi se fût imposée à lui sans même qu'il eût eu besoin d'y réfléchir le moindrement.

Le pistolet se trouvait assez près du lit pour que Lormier, en faisant un effort, pût lui-même s'en saisir. J'avais chaud, je me sentais en mauvaise posture, j'attendais le pire. Lormier a tourné la tête de mon côté, son regard a rencontré le mien sans s'y arrêter et, d'une voix égale, il m'a demandé en détachant les mots :

— Ainsi, Martin, vous ne voulez pas me passer le pistolet.

J'ai répondu non, la mort dans l'âme. Je n'aurais pas pu répondre autre chose.

— Dites au moins : « Non, monsieur le président. »
— Non, monsieur le président.

D'un geste tâtonnant qui lui a demandé peut-être plus d'efforts que ne lui en aurait coûté celui d'atteindre le pistolet, il a saisi la poire électrique qui pendait au-dessus de son oreiller.

— Je continue ? ai-je demandé.
— Non.

En attendant l'infirmière, il a pris le parti de m'ignorer et a contemplé, à travers les rideaux de l'une des deux fenêtres, les arbres presque dépouillés de leurs feuilles, ceux du parc, et plus loin, ceux du Bois de Boulogne. Pour la première fois, devant cet homme de cinquante-sept ans dont la vieillesse, l'insistance à vivre, étaient ordinairement pour moi un sujet d'indignation, je me suis senti gêné par ma jeunesse. Si l'occasion avait été favorable, j'aurais été tenté de m'en excuser.

Peut-être la sonnerie n'avait-elle pas fonctionné ou la préposée était-elle absente. Lormier, le visage sombre, le regard fixe, attendait en vain et je songeais avec une compassion contrariée qu'il devait avoir une pressante envie d'uriner. Je me sentais odieux et ridicule, mais la crainte de me déjuger me paralysait encore. J'allais enfin me lever et faire le nécessaire lorsque le président, pour la seconde fois, a pressé la poire électrique. Et la sonnerie a fonctionné, car je l'ai entendue. Presque aussitôt, la porte du couloir s'ouvrit, donnant passage à l'infirmière et au valet de chambre, puis la porte du petit couloir par laquelle est entrée madame Lormier.

— Le pistolet, a simplement demandé le président de la S.B.H.

L'infirmière et le valet de chambre se sont rués sur l'ustensile. Lormier l'a introduit dans les draps et, sous la couverture qui en épousait la forme, j'ai pu suivre le récipient jusqu'à ce qu'il soit arrivé à destination. Le visage du malade a exprimé un grand bien-être, mais l'œil restait froid. Par intermittence, un bruit d'eaux vives parvenait à mes oreilles. Je m'étais levé par déférence pour l'épouse et aussi pour faciliter l'accès au pistolet.

— Comment vous sentez-vous ? a demandé madame Lormier à son mari.

Il a répondu d'abord par une moue, puis par un geste de la main, signifiant qu'il avait des préoccupations plus graves, plus urgentes que celles de sa santé. L'infirmière lui ayant rappelé que l'heure de la potion approchait, il l'a congédiée sèchement, de même que le valet de chambre qui lui proposait de retaper ses oreillers. Lorsqu'il n'y a plus eu avec nous que sa femme, il s'est tourné vers moi.

— Alors, Martin, qui croyez-vous être ?

— Monsieur le président, je ne comprends pas votre question.

— Justement si, vous la comprenez très bien et c'est

pourquoi vous n'avez pas envie d'y répondre. Mais moi, je répondrai pour vous, gibier de prison !

Sa femme l'ayant exhorté au calme, il s'est mis à brailler de sa voix fluette, un peu féminine :

— Gibier de prison ! gibier de potence ! Sale voyou ! Mais répondez donc, à la fin ! Sans moi, où seriez-vous à présent ? Dans quelle misère ? Mais vous ne m'en avez aucune reconnaissance, bien sûr !

— Non, monsieur le président.

Je m'enfonçais. Il n'y avait dans ma réponse nulle volonté de provocation, mais troublé par les injures de Lormier, je n'avais plus assez de sang-froid pour mentir. J'ai voulu lui expliquer pourquoi je n'étais pas reconnaissant bien qu'il eût beaucoup fait pour moi. Il m'a coupé.

— Fripouille, je vous apprendrai à être insolent ! Et si je vous flanquais à la porte ? Si je vous faisais reflanquer en prison comme vous l'avez cent fois mérité ? J'ai été trop bon. Qu'ai-je à faire d'un assassin dans mon personnel ? Oui, un assassin !

— Calmez-vous, a dit madame Lormier qui se tenait de l'autre côté du lit. Vous avez tant besoin de repos.

Elle ignorait évidemment mon passé d'assassin. En entendant prononcer le mot, elle avait tourné la tête de mon côté pour un examen rapide, mais sans laisser paraître de surprise indiscrète. Je l'avais aperçue une fois à la S.B.H. dans le bureau du président. C'était une femme de quarante-cinq ans, sans beauté, sans charme, pour qui la vie semblait être une épreuve supportable, mais dont il n'y avait rien à attendre de bon. Ses yeux gris avaient un regard d'une mélancolie remarquable. Il était notoire que son mariage avec Lormier (que j'avais une tendance invincible à situer vers 1900 alors qu'il remontait au plus loin à 1935) avait été celui de deux grosses fortunes. Ce qui m'a désespéré et rendu furieux, c'est l'évocation de mon crime en présence d'une tierce personne.

— Renvoyez-moi donc ! Je ne le regretterai pas. C'est une triste vie, même pour un assassin, d'être condamné à être le témoin passif de vos malversations !

Lormier a tressailli et, sous mon regard, le sien a chaviré. Je poursuivais sans respirer :

— Figurez-vous, Lormier, qu'au sortir de prison, j'avais une grande envie de vivre. Si donc, par mon silence, je me suis fait votre complice, c'est que j'y étais contraint sous peine de crever de faim, en sorte que je pourrais très bien être en paix avec ma conscience. Mais il se trouve que j'ai moins envie de vivre.

Je me suis interrompu, la gorge serrée tout à coup et sentant mes yeux s'humecter à la pensée de mon désespoir. En même temps, je me voyais quittant la S.B.H. et traînant dans les bureaux de placement l'obsession de mon casier judiciaire. Lormier a dû voir briller des larmes entre mes cils et peut-être mon visage grimacer de l'effort que je faisais pour les contenir.

— Eternelle jeunesse et toujours excessive ! a-t-il prononcé d'un ton bonhomme et il a eu un petit rire essoufflé et comme attendri.

Sentant revenir la paix, la sécurité, je n'ai pu retenir deux ou trois grosses larmes de vaincu, qui ont roulé sur mes joues. Avec des mouvements gauches qu'il suivait avec plaisir, j'ai posé sur la chaise ma serviette et mes papiers pour me moucher et m'essuyer la face. Il a laissé durer un silence émollient qu'il jugeait propre à consommer ma déroute et il a repris, paternel :

— Vous êtes trop susceptible, mon garçon. Prenez-y garde, c'est un travers qui risque de s'aggraver en raison même de votre situation. Allons, reprenons. Mathilde, voulez-vous nous laisser ?

Mathilde sortie, j'ai recommencé à entretenir le président des affaires de la S.B.H., mais l'incident du pistolet l'avait fatigué et quelques grosses quintes de toux achevaient de l'aplatir. Il ne me suivait plus que distraitement. Après une quinte plus longue que les autres, il m'a dit d'une voix entrecoupée :

— Laissez-moi reposer, je suis claqué. Vous reviendrez dans une heure. J'ai encore à vous parler.

Comme je sortais dans le couloir, madame Lormier, qui s'entrenait avec l'infirmière, m'a pris en charge. Nous sommes entrés dans un petit salon luxueusement meublé en Louis XVI dont l'authenticité m'a paru probable, quoique je n'y connaisse rien. Mon attention a tout de suite été attirée par une table en bois jaune, d'un modèle courant à la S.B.H. et qui jurait de façon provocante avec l'ameublement. Par ses dimensions, ses tiroirs superposés, elle rappelait la table occupant le milieu de la pièce où s'étaient écoulées mes premières journées à la S.B.H. Nous sommes allés deviser à la fenêtre, le nez aux carreaux, en regardant la pluie qui commençait à tomber sur les arbres du petit parc. Il était près de cinq heures, le jour déclinait. Nous n'avions, me semblait-il, pas grand-chose à nous dire. Comme je faisais l'effort de lui parler de la grippe de l'époux, elle a tourné vers moi son visage terne et fixé longuement sur le mien le regard de ses yeux tristes.

— Ainsi, a-t-elle dit très calmement, mon mari commet des malversations.

— Absolument pas. Tout à l'heure, sous le coup de la colère, j'ai prononcé des paroles absurdes, dépourvues de toute espèce de vérité.

— Je suis sûre que tout ce que vous lui avez dit est vrai, a-t-elle affirmé sans élever la voix.

Quand j'ai voulu protester encore, il lui a suffi d'un signe de tête pour m'arrêter et me signifier que la malhonnêteté de Lormier était pour elle un fait acquis.

J'ai eu la surprise de l'entendre dire et d'une voix monocorde, comme si elle récitait une leçon :

— La concentration des capitaux dans une seule main suscite une volonté de puissance qui cherche à s'assouvir par tous les moyens et d'abord en opprimant le prolétariat.

J'ouvrais des yeux ronds. Elle a parlé de prise de conscience du prolétariat et m'a demandé avec une exaltation à peine perceptible :

— Ce crime pour lequel vous avez été emprisonné, vous l'avez commis en révolte contre l'injustice sociale qui pèse sur votre classe. Oh ! vous pouvez me le dire.

J'ai voulu la détromper, mais notre entretien a été interrompu par l'arrivée du ministre, Lucien Lormier, qui nous a vus du couloir par la porte restée ouverte. Il m'a semblé que sa belle-sœur le voyait venir avec appréhension.

— Comment va monsieur mon frère ? a demandé l'ancien ministre.

— La grippe suit son cours, a répondu madame Lormier. Dites-moi, Lucien, vous saviez que Gabriel est un malhonnête homme ?

— Mais voyons, Malthide, bien sûr ! Je vous l'ai dit vingt fois en sa présence, mais vous ne m'avez pas cru. On ne me croit jamais. On me prend pour un farceur, dépourvu de sérieux et de réflexion. Je suis un de ces êtres ridicules qui ne savent pas faire de l'argent. Je ne jouis pas de l'estime et de la considération de ma famille. Tant pis. Que voulez-vous, l'argent, moi, je le dépense. C'est d'ailleurs pourquoi je n'en ai plus.

Lucien Lormier avait en effet claqué sa part de l'héritage paternel tant au jeu qu'à des ribouldingues puériles. Mais le plus grave, aux yeux de son frère, était qu'il eût vendu ses parts de la S.B.H. en dehors de la famille dans un moment où ils étaient en froid. Lormier l'aîné n'aurait jamais pardonné si, à la Libération, il n'avait eu besoin de son frère résistant pour éviter des ennuis de mur atlantique. Le ministre se plaignait de l'avarice de son frère qui l'obligeait à s'endetter, lorsque des voix enfantines, en provenance de l'escalier du deuxième étage, ont fait dresser l'oreille à madame Lormier qui est sortie d'un pas pressé. J'ai demandé à Lucien Lormier s'il poursuivait son œuvre poétique.

— J'ai essayé de m'y remettre, mais ce n'est pas impunément que pendant près de quinze ans, on a été ministre presque sans discontinuer. Les discours et les réunions politiques vous tuent un poète plus sûrement que ne ferait le choléra morbus. En tout cas, j'ai perdu ma veine érotique. Il faut dire que le climat n'est pas favorable non plus. Quand la tendance est à la grandeur, les fêtes galantes n'ont plus leur chance. Nous vivons une petite époque, monsieur Martin, une époque de remplissage.

Madame Lormier est entrée avec une figure consternée dont s'est alarmé son beau-frère.

— Qu'avez-vous, Mathilde? Lormier-le-grand irait-il tout à coup plus mal?

— Ah! mon pauvre ami, quel ennui! Valentine n'arrive pas à faire sa version latine. Elle y a travaillé toute la matinée, elle l'a reprise cet après-midi et sans pouvoir avancer. Et la répétitrice paraît perdue, elle aussi. Lucien, est-ce que vous ne pourriez pas...

— Ah! non, la dernière fois que je l'ai aidée, elle a eu trois sur vingt. Non seulement son père m'a fait une scène, mais il l'a attrapée, elle aussi.

— Alors? Il faut que sa copie soit remise demain matin!

— Bien sûr, c'est embêtant. Monsieur Martin, vous ne savez pas faire une version latine? Il s'agit de venir en aide à des enfants martyrs.

— Peut-être, si elle n'est pas trop difficile.

Déjà je regrettais de m'être avancé, mais madame Lormier m'a pris les mains et d'un débit précipité par l'émotion s'est répandue en propos décousus :

— Je suis sûre que vous saurez la faire. Quelle reconnaissance ! Valentine est nulle en tout. Si vous saviez, quel souci ! Mon mari est terrible et il a raison. Il faut que les enfants soient plus tard en mesure de gagner leur vie. A présent, il n'y a plus de fortune qui vaille, les enfants les plus riches sont les plus menacés. L'an dernier, Valentine a dû abandonner le grec, on n'en sortait pas. Vous êtes notre Providence. Il est juste que les privilèges soient abolis et que seul le mérite soit récompensé, mais quelle angoisse pour des parents ! La malheureuse n'a aucune disposition pour les études, elle est comme ses frères et sœurs.

Tout en parlant, elle m'avait entraîné dans l'escalier du deuxième étage, réservé aux enfants. Le ministre nous a suivis. Au moment d'ouvrir une porte, madame Lormier a voulu lui faire entendre que sa présence dans la salle d'étude n'était pas souhaitable. N'en tenant aucun compte, il est entré derrière nous. La salle était grande, éclairée par deux fenêtres mansardées orientées comme celles de la chambre paternelle. Une petite fille de dix ans et deux garçons de quatorze et seize ans travaillaient chacun à une table en bois blanc, surmontée d'un casier où ils rangeaient les livres scolaires. Tous trois avaient de beaux visages, des physionomies avenantes, ce qui ne pouvait manquer de surprendre quand on pensait aux parents. A l'autre bout de la salle, Valentine, assise devant sa version, nous était dissimulée par la répétitrice qui se penchait sur son épaule. A notre entrée, ses frères et sœur avaient baissé la tête sur leurs livres et leurs cahiers. La répétitrice, une étudiante de vingt ans, courte et replète, a tourné vers nous un visage que la tension d'esprit et l'inquiétude rendaient écarlate.

— Lucette, a dit madame Lormier, allez vous occuper du problème de Jean-Jacques. M. Martin va aider Valentine à faire sa version.

Valentine, une grande fille de dix-neuf ans, belle, robuste, au visage délicat entre deux retombées de cheveux châtains et brillants, s'est levée avec déférence. Nous nous sommes assis côte à côte et tandis que sa mère me regardait avec avidité, j'ai empoigné la version. L'ayant lue d'un bout à l'autre sans y découvrir de difficulté majeure, j'ai pris connaissance du travail de Valentine, une espèce de mot à mot à peu près sans rapport avec le texte et si maladroitement assemblé qu'il n'arrivait pas à former, en français, une seule phrase correcte ou simplement intelligible. L'écriture, si gauche qu'elle semblait être d'une petite fille de dix ans, m'a ému. Comme j'attaquais la première phrase, des rires se sont élevés derrière nous et, jetant un coup d'œil par-dessus mon épaule, j'ai vu le ministre, à plat ventre sur la moquette, résistant à ses deux neveux qui essayaient sur lui des prises de catch, tandis que Béatrice, la fillette, trépignait de plaisir et que la répétitrice considérait le spectacle d'un air gêné, mais non sans sympathie.

— Lucien, s'est écriée madame Lormier, votre conduite est sans nom ! Vous allez sortir immédiatement. Et vous, retournez à vos places ! Vraiment, Lucien, on croirait que vous faites exprès d'ignorer les difficultés que nous avons avec ces enfants-là.

Les écoliers avaient regagné leurs tables en bois blanc. Le ministre, en se relevant, a tenté de s'excuser.

— Voyons, Mathilde, les gosses ont voulu me dire bonjour. Quoi de plus naturel ? Je suis leur oncle.

— Lucien, je vous en prie, sortez.

Il a d'abord acquiescé et tout à coup s'est ravisé, le visage empourpré, les yeux flambants de colère.

— Mathilde, c'est une honte de maltraiter des

enfants comme vous le faites, de les confiner dans une salle d'étude pendant toute une journée de jeudi sans lever le nez de leurs pupitres ! Vous les torturez, vous les abêtissez. C'est une tyrannie monstrueuse. Ils ont un père qui gagne des montagnes d'argent et ils seraient cent fois plus heureux si, orphelins, ils étaient à l'Assistance Publique.

Madame Lormier, livide, avait saisi son beau-frère par le bras et tentait vainement de le pousser vers la porte. D'une secousse il s'est dégagé pour venir à Valentine.

— Toi, Valentine, tu seras majeure dans dix-huit mois. Tu me feras le plaisir de plaquer tes tortionnaires et de venir habiter chez moi. Tu te lèveras tous les jours à midi, tu te promèneras, tu achèteras des robes, tu dîneras en ville et après, je t'emmènerai danser, je t'emmènerai dans les boîtes de nuit et une fois par an, une seule, tu enverras une carte postale à tes parents pour leur souhaiter une joyeuse année. En attendant, dis-toi que la délivrance approche.

Il a baisé sa nièce sur les deux joues et il est sorti en sifflotant. Quand il a eu passé la porte, madame Lormier s'est ressaisie et a prononcé d'une voix dure :

— Votre oncle est un fou qui ne comprend rien à l'époque. La vérité est que notre monde est en train de s'écrouler. Malheur à celui qui n'aura ni métier ni instruction.

Prenant le stylo de Valentine, j'ai attaqué la version et la lui ai expliquée en nourrissant ma traduction de références à des règles de grammaire et de syntaxe. J'étais rompu à ce genre de travail, car jusqu'au jour de mon arrestation, je n'avais pas cessé de donner des leçons de latin et de français pour augmenter mes revenus. Lorsqu'elle ne comprenait pas, Valentine me regardait timidement sans oser m'arrêter et je reprenais l'explication. Nous étions très près l'un de l'autre, à nous toucher, et il m'arrivait d'être troublé en pensant que ce grand corps de fille restait en sommeil dans des limbes scolaires. La dernière phrase de la version comportait une sorte d'ellipse de la pensée que je lui ai vainement expliquée. Levant sur moi un regard admiratif, elle m'a dit à mi-voix et en rougissant :

— En tout cas, il vaut mieux que je mette autre chose. Le professeur saurait bien que je n'ai pas pu comprendre ce passage-là toute seule.

J'ai été touché par la simplicité de l'aveu, par l'humilité avec laquelle cette belle fille de dix-neuf ans acceptait sa pauvre condition d'écolière et de cancre. La version terminée, j'ai pensé à lui faire refaire sans le secours de ma traduction, pour m'assurer qu'elle l'avait comprise, mais un sentiment de compassion m'en a empêché. Il me paraissait scandaleux, de la part des parents, de contraindre leur fille à faire des études alors que rien ne l'y disposait, qu'ils en avaient eux-mêmes l'intime certitude et qu'elle aurait pu briller dans d'autres activités et s'y épanouir. Madame Lormier a quitté la salle d'étude et je suis resté auprès de Valentine. C'est pendant le temps qu'elle recopiait sa version que je me suis épris d'elle. Je la regardais à mourir. Belle et modeste, elle avait ce tendre éclat de la jeunesse que n'avait plus Tatiana. Je ne veux pas dire que Tatiana était vieille, mais enfin, elle avait déjà vingt-six ans, ce qui n'est tout de même pas la fraîcheur. Valentine était une merveille de pureté, de grâce, de tout. A cinq heures dix, j'étais déjà très amoureux. La fille de Lormier, pour le bon motif ou pour le moins bon, il n'y fallait pas penser. A cet égard, je ne pensais à rien de précis. Je m'enivrais de Valentine, je la respirais, je la mangeais d'un œil, je la mangeais des deux. Exprès, j'ai fait tomber un crayon sous la table, j'ai plongé et, comme maladroitement, je me suis des deux mains accroché à ses jambes. J'en ai eu la vue, les mains, le cœur et le ventre éblouis. Quand je suis remonté à la lumière de ses yeux, je me suis penché sur elle en feignant d'examiner son travail, la joue contre ses cheveux, l'une de mes mains serrant le bord de la table et frôlant son sein à travers le pull. La fille de Lormier. Afin de ne pas perdre la tête tout à fait, j'ai rompu le silence.

— Est-ce que vous avez entendu parler de Porteur ? lui ai-je demandé.

— Oui. Dans ma classe, les élèves intelligentes en parlent souvent, surtout Claire de Poupineuil avec qui je suis très amie. Elle connaît un étudiant qui a rencontré Porteur, qui lui a parlé. Claire est gentille. Elle me disait hier qu'elle m'aimait autant que Porteur.

Je lui ai demandé ce que Porteur représentait pour elle, mais sa mère est arrivée et j'ai quitté la salle d'étude.

Lorsque je suis entré dans la chambre du président, il était en conversation avec son frère. Tandis que je traversais la pièce, il m'a suivi des yeux, les paupières à demi baissées, le regard curieux et méfiant, comme s'il me découvrait sous un aspect nouveau.

— Alors, Martin, il paraît que vous êtes très fort en latin ?

J'ai protesté modestement pour me donner une contenance. Lormier a baissé la tête et, le nez sur le drap, a paru méditer. Je voyais trembler la viande autour de sa bouche menue, comme si cette méditation eût été agitée. Et soudain, se tournant vers son frère, il s'est écrié rageusement :

— C'est tout de même extraordinaire ! Le fils du concierge de la S.B.H., qui va au lycée, est premier en tout ! Et mes quatre cancres n'arrivent même pas à suivre !

Il a eu un ricanement d'amertume. Il a eu aussi vers moi un regard dur et je crois qu'il pensait avec rancune à une certaine inégalité fondamentale qui devait révolter son sens de la justice. Le ministre lui ayant fait observer que ses enfants n'avaient pas besoin de diplômes pour que leur avenir fût assuré très convenablement, il a répliqué avec un geste d'impatience :

— Nous n'avons pas dix ans devant nous. Avant dix ans, la France aura fini de chanter sa chanson à elle. Et quand à nous, ha !

Après le départ du ministre, j'ai ressorti mes papiers de ma serviette et repris mon travail de lecture et de commentaires. Lormier, très fatigué — il avait plus de 39 de fièvre — était en outre préoccupé. Il m'a dit à la fin de l'entretien :

— Cette étudiante que ma femme a prise comme répétitrice est une imbécile, un zéro. Je la flanque à la porte. Trouvez-moi quelqu'un comme vous qui connaisse son affaire.

J'ai promis de m'y employer. Je regardais avec bonté le papa de Valentine. S'il avait eu envie d'uriner, je lui aurais bien volontiers tendu le pistolet.

Dans le métro qui m'emportait vers mon quartier, je rêvais aux années de bonheur que j'avais devant moi. Il s'agissait, sans plus, du bonheur d'aimer Valentine, mais je n'en souhaitais pas d'autre. Ainsi ai-je la certitude de ne pas l'exposer à la dégradation d'un commerce amoureux, aux désillusions, au désenchantement, aux sordides souffrances de la jalousie. En rentrant à la maison, j'ai trouvé Valérie dans la cuisine, je l'ai joyeusement embrassée en l'assurant qu'elle n'avait jamais été aussi jolie que ce soir-là. Elle m'a souri très tendrement et je crois qu'elle était émue. Dans la salle à manger, Michel, assis sur un coin de la table, contemplait le plafond. Moi, jovial :

— Bonsoir, vieux. Alors, tu as travaillé à ta pièce ? Elle part rudement bien, tu sais.

— Ah ! ma pièce, si tu savais ce que je m'en fous. Je suis amoureux.

Alors, je l'ai regardé mieux que je n'avais fait. Porteur, je le jure, avait un visage illuminé, extatique.

— Tu te rappelles, le jour où tu es venu. Il y avait une fille qui s'appelait Lena. Je la voyais pour la première fois. Comme je travaillais à ma pièce, je l'avais sautée un peu distraitement. J'étais loin de penser... Elle est revenue cet après-midi. Alors, je l'ai vraiment vue. Elle vient demain s'installer ici pour la vie. Et moi, je cherche du travail.

— Tu cherches du travail ? Tu veux dire que tu reprends ton métier de comédien ?

— Non, je parle d'un vrai travail. Un travail ennuyeux, quoi. Je veux pouvoir dire : C'est pour elle. Tu comprends ?

— Alors, j'ai peut-être quelque chose pour toi. Mais ce n'est pas sûr. Je serai fixé demain.

Porteur m'a étreint. Ses yeux se sont humectés. Pendant le dîner, il y a eu peu de conversation, mais nous avons ri souvent et presque toujours sans raison. Quand je me suis couché, Valérie était dans mon lit et me tendait les bras et moi, j'étais si heureux, j'aimais tant Valentine que je ne demandais qu'à faire plaisir. Après m'avoir dit que j'étais très beau et que j'avais un charme infini, elle a ajouté en me tendant sa montre qu'elle avait gardée au poignet :

— Tu serais gentil de la mettre dans le tiroir de la table.

Ces deux derniers mots ont fait surgir en moi le souvenir de cette table-bureau modèle S.B.H., que j'avais vue chez Lormier dans le petit salon Louis XVI du premier étage. Je me suis endormi en pensant à Valentine et à la table.

XVI

Le lendemain matin, en arrivant à la S.B.H., mon premier soin a été de me rendre dans la pièce que j'avais occupée pendant les deux premiers jours passés à la boîte. La table n'y était plus et n'avait d'ailleurs pas été remplacée. J'ai tiré la porte derrière moi pour réfléchir à cet enlèvement. La table disparue était évidemment celle qui se trouvait chez Lormier, je n'en ai pas douté un instant. Tatiana, pour faire sa cour et se donner de l'importance, lui avait livré notre secret. Je ne voyais pas d'autre explication. Depuis que Keller s'était fait admonester par le président pour m'avoir mis en quarantaine, les recrues de la S.B.H., je m'en étais assuré, étaient sur-le-champ affectées à un service, au moins à titre provisoire et j'avais été le dernier occupant du petit bureau. Assis sur l'unique chaise, j'ai médité un instant sur le mystère de l'inconnu, que j'avais un peu oublié pendant ces dernières semaines où j'avais perdu le contact avec Tatiana.

Je suis descendu chez Faramon, au sous-sol, afin d'obtenir des précisions circonstanciées sur l'événement. Je l'ai trouvé dans sa cage de verre, déjà occupé à taper sur la machine à écrire. Depuis ma première visite, j'étais venu le voir plusieurs fois, non pour raison de service, mais pour le plaisir de me soustraire pendant quelques minutes à l'ambiance de la maison.

— Bonjour. Je descends chez vous parce que je viens de m'apercevoir que la table du bureau 23 a disparu. Est-ce vous qui l'avez fait enlever ?

— Oui, c'est moi. Il y a une dizaine de jours, le président m'a fait appeler dans son bureau. Il m'a dit sans autre explication : « Mon jardinier attend dans le bureau 23. Envoyez votre homme de peine. Il l'aidera à emporter la table et à la charger sur la camionnette. » Voilà. En cinq minutes, c'était fait.

Je ne m'étais pas trompé. C'était bien la table-manuscrit qui se trouvait chez Lormier. J'ai demandé à Faramon la permission de téléphoner. Il m'a laissé seul dans la cage de verre et j'ai d'abord cherché sur l'annuaire le numéro de la maison de couture Orsini.

— Allô ! la maison Orsini ? Je voudrais parler à M. Raphaëlo. De la part du professeur Martin.

— Je vais voir s'il est là.

L'attente a été longue. Sans vouloir être indiscret, simplement parce que je l'avais sous les yeux, j'ai parcouru le feuillet que Faramon était en train de taper... « Il a ralenti en passant au pied de la tribune et Forquier, le député S.F.I.O. lui a remis une lettre qu'il a glissée dans la poche de son veston... »

— Allô ! Monsieur le Professeur ? Que je suis ravi, que je suis ravi ! Ah ! professeur cher, si belle la surprise et si rares les matins exquis.

— Cher monsieur Raphaëlo, je dois faire une communication à l'Académie des Sciences et je voulais en dire un mot à Tatiana, mais je n'aurais pas osé l'appeler sans votre gracieuse permission.

— Que je suis ému ! L'Académie ! Que je suis fier ! La communication ! C'est si grand ! Professeur cher, mais vous ne savez pas ? Tatiana, notre ravissante, notre si aimée, elle nous a quittés depuis un mois ! L'oiseau des steppes, il a pris son vol. Ah ! que triste, monsieur le Professeur !

Contrairement à ce que m'avait affirmé Tatiana, il n'y avait donc pas eu de présentation de collections à l'étranger. Pendant que j'échangeais avec Raphaëlo les dernières politesses, j'ai eu un sursaut. Mon regard s'était détourné de la machine à écrire, j'avais maintenant sous les yeux un feuillet dactylographié portant des corrections et des surcharges faites à la main, d'une écriture penchée. Un seul mot, ajouté dans la marge, était d'une écriture droite. Sans doute la position de sa main droite à l'instant où l'écrivait Faramon avait-elle exigé qu'il en fût ainsi. Cette ajouture marginale était l'adverbe « normalement » et se superposait avec précision à un souvenir visuel d'une rare acuité. Ce même adverbe « normalement » je le revoyais dans une phrase écrite par l'inconnu sur le fond du sixième tiroir : « S'il ne m'arrive rien, si je quitte normalement la pièce où je me trouve pour aller ailleurs, je ferai une croix sous la table entre les tiroirs. » De cette phrase qu'en raison de son importance dans le récit j'avais lue maintes et maintes fois, j'avais retenu non seulement les mots, mais aussi le détail du graphisme.

— Faramon, ai-je dit, en le rejoignant près de la réserve des chaises, vous m'avez caché que vous étiez un écrivain.

— A mes moments perdus, j'essaie de me distraire un peu. Ecrire, c'est une façon de voyager.

— En tout cas, j'ai lu de vous un excellent récit quoique le manuscrit soit un peu encombrant. Un seul reproche. Vous déguisez mal votre écriture. Si au lieu de tomber entre les mains du président, vos tiroirs étaient tombés entre les mains du directeur général, vous auriez eu de graves ennuis, soyez-en sûr.

Faramon, surpris, n'a opposé à mes paroles aucune

dénégation. Il me regardait avec inquiétude et se dandinait, gêné par son grand corps.

— Voyons, Faramon, qu'est-ce qui vous a pris ? Vous n'avez pas le droit d'accuser ainsi un homme gratuitement et de l'exposer aux pires soupçons. Encore une fois, qu'est-ce qui vous a pris ?

— C'est difficile à expliquer. Je dois vous dire que je me suis toujours intéressé à la littérature et qu'en dépit du plaisir que j'y ai trouvé, elle m'a beaucoup déçu. Alors que Marx et Freud nous fabriquent des kilomètres d'histoire, la simple littérature n'engrène pas sur la vie. On se récite un poème de Baudelaire comme on prend un cachet d'aspirine ou on lit un romancier pour s'isoler dans un monde déjà dépassé, dans une espèce de paradis artificiel. C'est pourquoi j'ai imaginé la littérature appliquée. Pour moi, l'œuvre littéraire commence au moment où je l'ai terminée.

— Moi, vous savez, les théories littéraires, je m'en bats l'œil. Ce que je vois de plus clair, c'est que vous avez noirci Hermelin gratuitement.

— Je ne l'ai pas noirci. J'ai eu affaire à lui et je commence à le connaître.

— Voulez-vous dire que votre récit est rigoureusement exact ?

— Pas du tout. Mon récit est imaginé d'un bout à l'autre. Mais je crois avoir réussi un assez bon portrait d'Hermelin.

A son tour, Faramon m'a posé quelques questions touchant la découverte des tiroirs-manuscrits et celle de la clé et de la chambre à air derrière le radiateur. Tout s'était passé selon ses prévisions. Il exultait. Je l'ai quitté vers neuf heures et demie pour entreprendre dans les étages une tournée d'information aux postes principaux. A onze heures moins le quart, je me trouvais à la direction commerciale de *l'Electronica* où je prenais connaissance de l'échange de courrier effectué dans les dernières vingt-quatre heures. Une lettre a retenu mon attention, une lettre qui était pour le président une véritable catastrophe. En provenance de la S.S.A., société fictive créée par Lormier pour une prétendue exportation vers la Suède de machines électroniques, elle était ainsi rédigée : « Stockholm, 23/11/58.

— Monsieur le Directeur d'*Electronica*. Veuillez trouver sous ce pli chèque de 57 000 couronnes, représentant votre part de bénéfices pour le mois d'octobre. Sincèrement. » Cette lettre était aussi absurde que le chèque qui l'accompagnait, puisque Lormier était à lui seul, ou presque, toute la S.S.A. et que les bénéfices étaient vraisemblablement virés à un compte personnel qu'il devait avoir à Stockholm. Une telle maladresse ne pouvait être imputable qu'à une accumulation d'erreurs et d'étourderies auxquelles avait eu part un employé trop fraîchement initié. En tout cas, elle était révélatrice du trafic auquel se livrait Lormier et la lettre aussi bien que le chèque constituaient de redoutables pièces à conviction. J'ai fait comme si je n'avais rien vu et j'ai conversé un instant avec Bloyé, le sous-directeur, le temps d'apprendre qu'Hermelin était déjà passé dans la matinée et qu'il avait emmené dans son bureau Anjubé, le directeur. L'affaire prenait mauvaise tournure. A n'en pas douter, Hermelin avait déjà fait mettre le chèque à l'encaissement. La seule chose à tenter, qui permettrait de gagner du temps, était de faire envoyer un télégramme de Stockholm signalant l'erreur d'un employé et réclamant le chèque. Afin de ne pas passer par le standard qui eût noté l'appel, je suis allé téléphoner à la poste de la rue de Balzac. Après une longue attente, j'ai obtenu le numéro, mais j'ai eu au bout du fil une secrétaire suédoise qui, ne comprenant pas, a raccroché. J'ai appelé une seconde fois et lorsque après une nouvelle attente, la postière m'a donné Stockholm, il n'y avait plus personne pour répondre. Il était alors midi cinq. Je voulais m'entretenir de cette affaire avec Odette et Jocelyne, mais elles étaient parties. Comme je sortais du bureau, Hermelin a ouvert la porte du sien et m'a invité à entrer. Il était seul.

— Monsieur Martin, vous vous êtes absenté pendant près d'une heure. Voulez-vous me dire où vous étiez ?

— Je suis allé faire une course pour le président.

— En effet, vous êtes allé à la poste de la rue de Balzac et vous avez téléphoné à Stockholm.

— Vous m'espionnez ?

— Voulez-vous être poli, sale cochon ? Je vous prends en flagrant délit et vous vous permettez d'être insolent ?

— En flagrant délit de quoi, monsieur le directeur général ?

— Ce coup de téléphone à Stockholm établit sans discussion votre complicité dans cette affaire de la S.S.A. Mais vous allez parler et rendre des comptes.

— Monsieur le directeur général, entre midi et une heure et demie, je ne dois de comptes à personne. Je déjeune.

— Pour aujourd'hui, vous vous passerez de déjeuner. Ce ne sera pas la première fois, espèce de voyou ! Crève-la-faim ! Vous ne devez votre situation à la S.B.H. qu'à une putain qui vous a introduit auprès du président, mais c'est un point sur lequel nous aurons l'occasion de revenir. Pour l'instant, je vous somme de parler.

— Je n'ai rien à vous dire. Je m'en vais.

Comme je me dirigeais vers la porte, Hermelin, d'une poigne vigoureuse, m'a saisi par le bras.

— Voyons, Monsieur, lâchez-moi. Vous ne prétendez pas me retenir de force.

J'ai vu dans ses yeux qu'il avait envie de cogner, mais il a jugé politique de s'abstenir.

— Allez donc faire votre rapport à Lormier, je m'en fous. Cet après-midi, Van der Helst, le président du groupe hollandais doit passer ici. Nous déposerons une plainte au parquet, ce qui n'empêchera pas les autres actionnaires d'en faire autant.

Je me suis rendu à Neuilly en taxi. Pendant le parcours, j'ai essayé de faire le point. Lormier, cette fois, était coincé. Le plus fâcheux me semblait être qu'il se crût probablement très fort en face d'Hermelin à cause de la table-manuscrit qu'il avait en sa possession. Or, Faramon était formel. « Mon récit est imaginé d'un bout à l'autre », avait-il dit. Pour moi, il ne m'était pas possible d'informer le président de ce que j'avais appris. C'eût été perdre Faramon, le faire renvoyer de la S.B.H. Je suis entré dans l'hôtel du président sans rencontrer personne qu'un valet de chambre à qui je n'ai même pas pris le temps de me nommer. Au premier étage, j'ai frappé à la porte du malade sans obtenir de réponse et, poussant la porte, je l'ai trouvé endormi, bouche ouverte. Le visage que les muscles relâchés ne maintenaient plus, apparaissait étrangement déformé, les masses graisseuses fuyant vers le bas et tassant, entre le maxillaire et son col de pyjama, une accumulation d'énormes bourrelets livides. A voir cette large face molle, amorphe, il semblait bien que l'homme fût vidé de toute énergie, qu'il n'y eût plus en lui qu'une vie diminuée aux ressorts détendus, et j'augurais mal de ses réactions en face du péril. J'avais tout à coup la révélation qu'il était fini, hors d'état, et pour toujours, de parer à la menace d'un renversement de situation. Le pistolet, aujourd'hui à portée de sa main, trônait sur une petite table, à moitié rempli d'une urine rougeâtre, et il m'est venu un vrai remords d'avoir refusé, la veille, mon assistance à un malade qui n'était déjà plus qu'un vaincu. Lui ayant à plusieurs reprises frappé légèrement l'épaule, il a fini par ouvrir les paupières et a tourné vers moi le regard de ses yeux troubles. Ensuite de quoi, il a eu cette espèce de rumination qu'ont parfois les malades dont la fièvre a desséché le palais, puis ses paupières se sont refermées. Mais aussitôt, il s'est dressé sur son oreiller, m'a examiné d'un regard lucide et, devinant qu'un danger pressant m'amenait à son chevet, m'a donné l'ordre de parler.

Je lui ai rapporté l'affaire de la lettre et du chèque, mes tentatives infructueuses pour joindre la S.S.A. au téléphone et mon entrevue forcée avec Hermelin. Tandis que Lormier me suivait avec la plus grande attention, j'adoptais son point de vue sur cette affaire et, sans m'en rendre compte, je consentais totalement à ma complicité. Et ce n'était pas un désir de vengeance contre Hermelin qui m'y incitait. Simplement, je suivais ma pente de bon employé.

— Martin, m'a dit le président, vous avez très bien manœuvré. Et cet éloge m'a causé un vif plaisir, presque voluptueux, auquel se mêlait juste ce qu'il fallait de honte pour le rendre plus aigu.

— Monsieur le président, je vous rappelle que M. Van der Helst sera à la S.B.H. à trois heures et demie.

— Je sais, mais ne craignez rien, nous arriverons à temps, a répondu Lormier en pressant la poire électrique.

— Autre chose, monsieur le président. Hier après-midi, à côté de votre chambre, dans le petit salon Louis XVI, j'ai reconnu la table aux inscriptions du bureau 23. Or j'y ai beaucoup réfléchi et je dois vous le dire, je suis absolument sûr qu'il s'agit d'une fumisterie.

Lormier a eu un signe d'approbation ironique. J'ai

compris qu'il ne me croyait pas. Le valet de chambre est entré et, presque sur ses talons, madame Lormier. Le président a donné des ordres pour qu'on lui fasse couler un bain tiède, qu'on lui prépare du linge et qu'on avertisse le chauffeur d'avoir à se tenir prêt.

— Vous aviez presque 39 ce matin, a fait observer madame Lormier.

Le président n'a répondu que par un froncement de sourcils. Je suis sorti avec madame Lormier qui, dès la porte fermée, m'a dit d'un ton résigné :

— Mon mari s'est fait prendre, n'est-ce pas ?

— Mais, Madame, prendre à quoi ?

— Pour qu'il aille là-bas dans l'état de faiblesse où il se trouve, il faut que les choses aillent bien mal pour lui. Ça devait arriver un jour ou l'autre.

J'ai voulu la rassurer, lui faire entendre qu'il s'agissait des seuls intérêts de la S.B.H., mais son siège était fait. Rien ne trahissait du reste dans ses paroles le moindre sentiment de rancune à l'égard de son mari, jugeant qu'elle avait elle-même mérité un juste retour des choses.

— Les événements se précipitent. Pour les enfants, j'aurais souhaité encore quelques années, mais nous n'avons pas à nous plaindre et vous êtes vraiment trop bon de compatir à notre malheur. Non, monsieur Martin, ne protestez pas. Je sais bien que la bourgeoisie est pourrie. Je l'ai lu encore avant-hier dans le journal du jardinier, qu'il avait laissé traîner dans la resserre aux outils.

— Quel journal lit-il, le jardinier ?

Nous étions arrivés à l'escalier. Avant de descendre, madame Lormier s'est tournée vers moi et il m'a semblé voir danser dans ses yeux tristes comme une lueur de désir, tandis qu'elle disait à voix basse :

— Il lit *l'Humanité*. Mais ne le dites pas à mon mari. Lui, naturellement, il est pour la pourriture et il ne comprendrait pas. Et maintenant que tout est perdu, à quoi bon l'irriter ?

J'aurais pu lui répondre que la fortune du président se montait à quelque cinquante ou cent milliards et qu'en tout état de cause, rien n'était perdu, mais je l'aurais probablement déçue. Elle m'a fait asseoir à la table familiale, en face d'elle, à la place du père. Valentine et ses frères et sœur venaient de passer à table. Elle a eu en répondant à mon bonjour un sourire de gratitude à cause de la version latine, un sourire qui m'a inondé de félicité. Madame Lormier s'est excusée de n'avoir pas de hors-d'œuvre et de me faire commencer par le plat de viande.

— Leur père veut qu'ils soient habitués à une chère frugale. Demain, peut-être, ils n'auront que le pain qu'ils gagneront.

J'ai vu s'assombrir les visages des enfants et se lever sur moi, le prolétaire, des regards exprimant une respectueuse inquiétude. Ce sentiment de culpabilité, chez la petite Béatrice qui venait d'avoir dix ans, m'a touché d'autant plus que je me souvenais de l'avoir éprouvé, mais parce que j'étais un enfant pauvre. Quelques instants plus tard, madame Lormier quittait la salle à manger pour aller voir où en était le président. Ne voulant pas entretenir Valentine de ses études, je lui ai demandé si elle allait au théâtre ou au cinéma. Elle a eu un sourire de gaîté, sans doute en pensant à l'étonnement que sa réponse ne manquerait pas de me causer.

— Je ne vais ni à l'un ni à l'autre. Mon père ne veut pas en entendre parler et d'ailleurs, maman non plus.

— Il y a pourtant des pièces et des films que tous les jeunes gens peuvent voir et entendre.

— Probablement, mais bons ou mauvais, ce n'est pas ce qui peut décider mes parents. S'ils nous interdisent théâtre et cinéma, c'est simplement que le temps qu'on y passerait serait perdu pour les études. Que voulez-vous, j'ai beau travailler et Dieu sait si je travaille, je suis toujours aussi mauvaise élève. Il n'y a qu'en conduite où j'ai de bonnes notes.

Il n'y avait dans le ton de ses paroles aucune affectation, aucune coquetterie et, dans l'aveu qu'elle faisait explicitement de sa médiocrité, on aurait cherché en vain ce ton de forfanterie qu'ont parfois les mauvais élèves de familles riches. Pendant qu'elle parlait, je regardais son merveilleux visage, aux volumes parfaits, d'une carnation saine. Il m'a paru qu'elle avait cette forme d'intelligence tournée aux seules choses de la vie et qui ne trouve pas sa nourriture dans les oraisons de Bossuet ou dans un traité de géométrie. J'en voulais à Lormier de son obstination à vouloir que Valentine fût bachelière.

— Je parle de moi, mais c'est la même chose pour mes frères et sœur. Pour eux, ce n'est pas encore le bac, mais en fin d'année, il y a l'examen de passage sur lequel mes parents ont les yeux fixés. Que d'histoires, ces examens, que de drames.

Madame Lormier est arrivée, l'œil triste, la voix endeuillée.

— Mon mari va descendre dans un quart d'heure, m'a-t-elle dit, mais dans quel état ! Et quelle folie de vouloir aller là-bas ! Je suis sûre qu'il va attraper la mort.

Nul n'a élevé la voix pour dire qu'il fallait empêcher le père de partir, sachant qu'il était vain de vouloir aller contre sa volonté. Le plat de légumes terminé, la maîtresse de maison a ordonné au maître d'hôtel d'apporter le fromage et j'ai vu, sur les visages des enfants, un air de stupéfaction, puis d'allégresse. Et quand le fromage a été sur la table, j'ai vu aussi les yeux de Valentine briller de convoitise. Après le fromage, il y a eu les mandarines et j'ai pu conclure de diverses observations qu'un pareil festin était absolument contraire aux habitudes de la maison. Une certaine gaîté commençait à se répandre autour de la table et malgré les remontrances de sa mère, Renaud, le plus jeune des garçons, a été secoué d'un fou rire qui a gagné la petite Béatrice. Lorsque Lormier est entré, suivi du valet de chambre qui semblait craindre de le voir s'effondrer, un silence de stupeur s'est appesanti dans la salle à manger. Il était livide, effrayant, les yeux brillants, égarés, la bouche tirée vers le bas par l'effort auquel il s'obligeait, le souffle court, à peu de chose près le visage que je lui avais vu en entrant dans sa chambre. Pesamment, il s'est assis au bout de la table, à côté de moi, et tout en cherchant sa respiration, il regardait ses enfants avec des yeux noyés de fièvre.

— Valentine, a-t-il demandé, la version latine, quelle note ?

Il ne s'agissait pas de la version que j'avais faite la veille, mais d'une autre version remise au professeur la semaine d'avant et rendue corrigée ce matin-là.

— Cinq, a répondu Valentine dans un murmure, et sous le regard du père, la belle fille se courbait, se tassait, les épaules creusées et ses jeunes seins s'effaçant dans les plis de son pull-over.

— Cinq sur vingt ! de mieux en mieux ! s'est indigné Lormier d'une voix haletante. Voyez-moi l'idiote ! Et c'est avec ces notes-là qu'en juin tu espères...

Une quinte de toux l'a coupé au début de son homélie. Il toussait encore lorsqu'il a pointé son index vers Renaud.

— Renaud, a interrogé pour lui madame Lormier, quelle note as-tu obtenue pour ton devoir de français ?

— Cinq et demi, a répondu le malheureux Renaud, l'air tout pénétré de son indignation.

Ce demi-point qu'il avait de plus que sa sœur a dû

apparaître à Lormier comme une ironie du hasard, qui lui fusait à la face. Il a éclaté d'un rire affreux qui lui tordait la gueule, qui brassait sur son faux col dur des bourrelets adipeux. Le cœur serré à la vue des quatre cancrelats tremblant sous la rafale, j'ai souhaité que son rire l'étouffe, le fasse crever sur-le-champ.

— Cinq et demi ! Ha ! ha ! Cinq et demi ! Tous des abrutis ! Tous des fainéants ! Des bûches ! Mais qu'est-ce que vous comptez faire dans la vie ? Des commis de magasin ? Mais non ! Des manœuvres, des balayeurs, des...

Épuisé, il a fait signe qu'il n'en pouvait dire davantage, que ce serait pour une autre fois, pour un autre jour, quand il aurait retrouvé la force de les insulter tout son content, de les faire ramper sur le ventre. Il y a eu un long silence qui n'était plus troublé que par le halètement et les sifflements de sa respiration. Les enfants se tenaient droits, immobiles, les yeux baissés sur leurs assiettes. De la main, Lormier m'a touché le genou.

— Martin, vous avez cherché ce que je vous ai demandé pour ces quatre misérables ?

— Justement. Mon frère se marie et il a besoin de gagner de l'argent immédiatement.

— Qu'il vienne tous les jours de quatre à huit heures. Mais le jeudi et le dimanche, de huit heures à huit heures.

L'heure étant venue de partir pour le lycée, les cancrelats se sont levés et j'ai admiré l'élégance de Valentine, le profil du ventre et celui de la fesse, la montée de la jambe, une longue ligne allant jusqu'à la nuque. L'un après l'autre, ils sont allés embrasser leur père et l'un après l'autre, il les a pressés contre lui avec tendresse et dans le regard qu'il arrêtait sur chacun d'eux, il y avait à la fois tant de désespoir et de volonté d'espérer que j'en ai été remué. Dans l'instant, je me suis senti plein de compassion pour cet homme richissime qui, ne croyant plus à l'avenir de la richesse ni à celui de sa classe sociale et en proie à des angoisses paternelles, espérait encore que pourrait survivre quelque chose des fastes et privilèges de son existence de milliardaire dans une postérité diplômée.

Nous sommes arrivés à la S.B.H. à deux heures et quart. Malgré la chaleur qui régnait dans le bureau, Lormier grelottait, mais il a tenu à se débarrasser de son pardessus et de son foulard. Pendant qu'Odette appelait au téléphone Hermelin pour lui dire que le président l'attendait dans son bureau, j'ai fait mine de me retirer, mais Lormier m'a donné l'ordre de rester ainsi qu'à Odette. Je le trouvais plus mal en point qu'au départ de Neuilly et je craignais que ses forces ne le trahissent en face du directeur général. Soudain, ses yeux se sont révulsés, il a porté sa main à sa bouche et n'a eu que le temps de se rendre au cabinet de toilette attenant à son bureau pour rejeter l'infusion qu'il avait prise avant son départ. A peine avait-il regagné son fauteuil qu'Hermelin était introduit. Hermelin dont l'assurance et le contentement illuminaient la face. En voyant le piteux état dans lequel se trouvait Lormier, il a eu la certitude du triomphe et n'a pas su dissimuler un sourire de joie sauvage.

— Monsieur le président, je ne m'attendais pas à vous voir aujourd'hui. Je suis heureux que votre rétablissement ait été plus prompt que vous ne l'attendiez vous-même.

— Merci. Je suis venu pour examiner avec vous une histoire de chèque relative à un envoi de marchandises en Suède. Asseyez-vous.

Hermelin s'est assis en visiteur à quelques pas de la table présidentielle. Odette et moi avons pris place

chacun à un bout de la table, l'un face à l'autre. J'ai eu l'impression qu'elle n'ignorait rien du trafic de la S.S.A.
— Je n'avais pas osé espérer votre présence, monsieur le président. Elle va nous permettre d'éclaircir les quelques points restés obscurs en dépit des aveux passés par Martin.
J'ai voulu protester, mais un regard du président m'a imposé le silence.
— Voici les faits, poursuivait Hermelin.
Il a entrepris un copieux exposé de ce qu'il appelait l'affaire S.S.A. Il citait des chiffres, des dates, soulignait certaines concordances entre des erreurs de divers services et amorçait des conclusions. Lormier, avachi dans son fauteuil, ne réagissait pas et le spectacle de ce gros homme effondré, qui lui semblait panteler de frayeur, était singulièrement confortant pour le directeur général.
— Alors, qu'est-ce que vous comptez faire ? a demandé Lormier lorsque l'exposé a été terminé.
— Toute la lumière, a répondu agressivement Hermelin. M. Van der Helst sera là tout à l'heure. Nous le mettrons naturellement au courant.
— Mon cher ami, vous feriez mieux de ne plus penser à cette histoire qui risque de valoir des ennuis à certaines personnes.
— Tant pis, n'est-ce pas, monsieur le président.
— Monsieur Hermelin, je vous en prie, ne vous faites pas plus méchant que vous n'êtes.
— Rien ne m'arrêtera maintenant, je vous en donne ma parole d'honneur. J'irai jusqu'au bout.
Hermelin avait la voix tranchante, le geste aussi. Lormier a soupiré, s'est tourné lentement dans son fauteuil et a demandé d'une voix lasse :

— Dites-moi, monsieur Hermelin, vous rappelez-vous que c'est grâce à moi que le poste de directeur général vous a été attribué ?

— J'étais particulièrement qualifié pour l'obtenir. Vous en avez la preuve aujourd'hui.

— Et savez-vous pourquoi je vous ai choisi ? Non, vous ne devinerez pas. C'est parce qu'il me convenait qu'un imbécile occupât le poste de directeur général.

— Sachant ce que je sais aujourd'hui, votre opinion ne m'importe guère, a répliqué Hermelin. Mais je vous engage à être poli.

Lormier devenait provocant. Il comptait évidemment sur l'arme que constituait à ses yeux le récit de l'inconnu. J'aurais voulu l'avertir encore, mais déjà, redressé dans son fauteuil, il attaquait d'une petite voix dure, acide :

— Hermelin, pendant la semaine où M. Martin est resté enfermé dans le bureau 23, il a eu l'idée de retirer les tiroirs de la table et ces tiroirs, sur la face intérieure, portaient les confidences manuscrites d'un garçon qui l'avait précédé dans ce même bureau.

C'était bien ce que j'avais pensé et supplémentairement, il me mettait dans le bain. Pour le coup, j'ai failli lui dire qu'il s'égarait.

— Ce document, a poursuivi Lormier, je le détiens à la maison. Après en avoir pris connaissance, j'ai fait faire une enquête approfondie et je n'ignore plus rien de ce qui concerne le jeune Raoul Dudevant. Hermelin, avant qu'il soit trois heures, je peux vous faire arrêter. Je n'ai qu'un coup de téléphone à passer.

— Monsieur le président ! s'est écrié Hermelin d'une voix implorante et il était aussi pâle que Lormier.

— Demandez-moi pardon de vos insolences, Hermelin. Demandez-moi pardon à genoux.

Le directeur général s'est levé et son premier mouvement a été de refuser. Après quoi, il a paru réfléchir et je crois que seule, notre présence, à Odette et à moi, l'a empêché de s'exécuter. Il s'est approché de la table afin de parlementer, d'obtenir un pardon honorable, mais il se heurtait à un mur.

— Mettez-vous à genoux et dites : Monsieur le président, je vous demande pardon de mes insolences.

Hermelin se défendait encore, alléguait son âge, ses fonctions, les services rendus, son honorabilité, sa rosette d'officier de la Légion d'honneur. Il suppliait en joignant les mains.

— Tant pis, vous l'aurez voulu, a dit Lormier, en faisant le geste de saisir le téléphone.

Alors, Hermelin est tombé à genoux sur la moquette. Ses mains restées suppliantes rendaient le spectacle plus pénible qu'on ne peut imaginer. Lormier s'était levé de son siège pour le mieux voir de l'autre côté de la table.

— Monsieur le président, je vous demande pardon de mes insolences.

— C'est bien. Relevez-vous et débarrassez le plancher, dégoûtant personnage.

J'ai détourné la tête pour ne pas voir la sortie d'Hermelin, mais j'ai vu le hideux sourire de Lormier triomphant, assuré d'avoir mis pour toujours son adversaire hors de combat.

Après le départ du président que son chauffeur a installé dans sa voiture, je suis sorti prendre l'air. Il tombait quelques flocons de neige qui fondaient en tombant sur le trottoir. Cinq minutes de marche m'avaient déjà remis le cœur en place, mais il me restait tout à apprendre de ce Raoul Dudevant dont le seul nom, jeté par Lormier, avait mis Hermelin en déroute. Il me paraissait surprenant et même improbable qu'un homme aussi retors eût agi assez légèrement pour être à la merci d'une enquête menée probablement par une agence de police privée. Les enquêteurs n'avaient sans doute rien découvert de plus que ce nom de Raoul Dudevant et Lormier, muni de ce seul bagage, avait eu Hermelin au bluff. En tout cas, celui-ci devait avoir sur la conscience un noir forfait, peut-être un crime, et il était remarquable que dans son récit, Faramon, sans fournir de précisions (pour cause), en eût si bien persuadé ses lecteurs. La littérature appliquée faisait en somme des débuts assez brillants. Faramon m'avait donné quelques explications sur le manuscrit en train dont j'avais lu quelques lignes pendant mon coup de téléphone à Raphaëlo. C'était une machine destinée à faire sauter un ministère. On l'oubliait sur une banquette de chez Lipp un soir, à minuit, à côté d'une personnalité politique. Malheureusement, les suites du 13 mai rendaient l'opération impossible et Faramon ne poursuivait son travail qu'à titre d'exercice. Il était d'ailleurs permis d'espérer que le manuscrit servirait un jour. Je me faisais ces réflexions sur un trottoir de la rue de La Boétie en marchant parmi d'autres passants lorsque mon attention a été attirée par une longue voiture basse, de couleur vert amande, qui s'est arrêtée en deuxième file à quelque cinquante mètres de moi. C'était peut-être une « Jaguar » ou une « Idée » — je ne me connais pas en voitures — en tout cas un engin extraordinaire. J'ai vu s'ouvrir la portière et Tatiana s'extraire du siège du conducteur. Elle était vêtue d'un manteau à poil ras, d'une couleur très claire. Traversant le trottoir, elle est entrée chez un marchand de tableaux et j'ai pris une rue latérale.

Le soir à sept heures, selon ce qui avait été convenu, je suis allé rue Eugène-Carrière. Je suis passé à côté de la voiture vert amande, rangée au bord du trottoir. Tatiana est venue m'ouvrir, vêtue d'une blouse de travail écrue. Elle m'a embrassé avec sa fougue habituelle. Je me suis laissé faire.

Elle m'a scruté d'un coup d'œil aigu et rapide pour voir si je savais, mais ne m'a pas interrogé, évitant volontairement de mettre en question son nouveau genre d'existence. M'ayant entraîné à la cuisine où cuisait un rôti dont le parfum m'a pénétré de mélancolie, elle a retiré son slip et ouvert le four de la cuisinière pour voir où en était le rôti. Après quoi, elle s'est retroussée jusqu'au ventre, m'a longuement tenu embrassé en disant je t'aime, d'une voix rauque. « Vite, chéri », a-t-elle ajouté. C'était bien joli, mais j'avais un slip, moi, un de ces slips dédaléens que le génie anglo-saxon a lancés à la conquête du globe afin de reléguer le franc caleçon de mes seize ans, qui ménageait un passage aisé même dans les circonstances les plus chaudes. Tatiana devenait nerveuse. Je lui ai demandé si sa mère était là. Oui, justement, elle était dans la salle à manger en conversation avec Jules Bouvillon. Ils pouvaient l'un et l'autre surgir dans la cuisine. J'ai eu envie de dire que je n'étais pas tellement pressé, que je prendrais le temps de dîner et d'aller faire à Tatiana un peu de conversation dans sa chambre. En somme, j'étais près d'accepter la situation. Je me suis ressaisi, j'ai pris de la distance. Tout de même, j'ai eu un serrement de cœur quand elle a laissé tomber sur ses belles jambes son jupon, sa jupe et sa blouse écrue.

— Volodia, il y a longtemps que je vous ai vu. Quand Tatiana voyage les Amériques, la maison pour vous n'est plus rien. Et moi, j'ai si souvent pensé à vous. J'aurais voulu vous raconter la Russie de mon enfance, vous parler d'Illignka le désespéré qui s'est donné la mort dans notre maison parce qu'il aimait la fille d'un riche marchand de chevaux. Elle s'appelait Machenka.

— Maman, ne retarde pas Martin, a coupé Tatiana. Il est pressé de rentrer. Sa fiancée est malade.

Elle avait appuyé sur le mot fiancée et posé sur moi un regard dur, presque méprisant. La nouvelle a paru surprendre Sonia. Je n'ai pas démenti.

— Alors, mon garçon, tu te maries, a dit Jules Bouvillon. Tu as raison. Il faut connaître le fond de la misère humaine. Moi, ma femme m'a laissé après six mois de mariage pour suivre un garde municipal. J'ai essayé de souffrir. Je n'ai pas pu. J'espère que tu es mieux doué que moi. En tout cas, j'aimerais qu'avant d'aborder l'état de mariage, tu lises le livre que j'ai écrit. Je l'avais prêté à mon copain Moncornet. Il a mis trois semaines pour le lire et il n'y a rien compris. J'ai peur qu'il ne soit pas seul, tellement tout ça est pensé. Mais toi, tu devrais comprendre. Viens donc me voir, impasse de la Baleine. Tu demanderas Jules Bouvillon.

— Je passerai un samedi après-midi, comptez sur moi.

J'ai pris congé et je suis rentré chez moi où je n'étais pas attendu. En entrant dans le vestibule, j'ai entendu, venant de la salle à manger, les éclats d'une dispute sur le propos de savoir où coucherait Lena, venue s'installer dans notre deux pièces au début de l'après-midi. Porteur ne voulait pas quitter l'étroit divan de la salle à manger, affirmant qu'il ne pourrait fermer l'œil s'il avait quelqu'un à son côté.

— Mon frère, disait-il, pourrait prendre Valérie dans son grand lit, à moins que ça ne le contrarie. Alors il prendrait Lena.

— C'est honteux ! protestait Valérie. Alors, tu ferais coucher ta femme avec ton frère ? J'ai jamais vu quelqu'un d'aussi immoral que toi. C'est honteux, je te dis.

— Tu as peur qu'avec mon frère, Lena... Et après ? Lena et moi, on s'aime, ça suffit. Pour le reste on sait bien qu'il peut arriver n'importe quoi. Toi, Lena, qu'est-ce que tu en penses ?

— Oh ! je veux bien tout ce qu'on voudra, pourvu que je ne gêne personne, a répondu Lena avec un joli accent tudesque.

— Ça alors, pardon ! Voyez salade ! En plein judéo-marxisme qu'on est ! Plus de principes, plus rien, la partie carrée permanente ! Le communisme au conjugo. Mais minute, j'arrive, moi, ni juive ni métèque. Je vous apprendrai ce que c'est que les mœurs à la française ! Et les traditions ! Non, mais sans blague !

C'est alors que je suis intervenu. J'avais à proposer une solution simple, ayant le mérite de ne gêner personne et de ne pas offenser les mœurs à la française. Valérie et Lena coucheraient dans le grand lit tandis que j'occuperais le lit de cuivre. Valérie a refusé sèchement. Elle ne supportait pas, prétendait-elle, l'odeur des règles d'une autre femme. Il m'a fallu céder et, seul moyen de résoudre le problème, accepter de prendre Valérie dans mon lit. J'étais touché de ce que Michel eût envisagé aussi tranquillement de me voir coucher avec la femme qu'il aimait. J'étais très loin de le suivre, mais son attitude présente m'obligeait à revenir d'une certaine méfiance à son égard que m'avait laissée le souvenir de sa conduite avec Valérie avant l'affaire Chazard.

Ce soir-là, en m'endormant aux côtés de Valérie, j'ai voulu faire surgir en moi l'image de Valentine, mais j'ai dû constater que l'enchantement de la veille avait disparu et que mon grand amour s'était évaporé.

XVII

Depuis sa victoire sur Hermelin, l'humeur du président s'était améliorée. Dans les entretiens qu'il me réservait généralement à l'heure de la sortie des bureaux, il lui arrivait même de se laisser aller à l'optimisme. Il voyait avec de Gaulle une possibilité de rèprendre en main la canaille socialisante, d'aiguiser le sens de la propriété et de durcir les égoïsmes. Le général traitait avec le F.L.N., faisait rentrer en France des centaines de milliers de militaires qui tombaient sur le parti communiste et le mettaient à rien. Les paras et la légion faisaient merveille. Un patronat éclairé, dont les conseils d'administration étaient bourrés de généraux, réduisait les salaires de près de la moitié, en sorte que les produits manufacturés français triomphaient sur tous les marchés étrangers. La grande industrie et la grande banque, mettant au point la question agricole, remembraient à leur profit, possédaient toute la terre, produisaient à bas prix céréales, légumes, fruits, et en inondaient l'Europe et l'Angleterre. Les grèves étaient interdites (comme derrière le rideau de fer, disait-il gaiement), les enfants pauvres élevés dans l'amour de la religion, ce qui faisait que la France partait pour des siècles de prospérité et de grandeur.

Mais plus encore que la défaite d'Hermelin, ce qui incitait Lormier à l'optimisme était le changement survenu chez ses enfants. Incomparable pédagogue, Porteur les avait, semblait-il, révélés à eux-mêmes, principalement Valentine dont nul ne doutait maintenant qu'elle dût avoir son bac au mois de juin. Le président ne tarissait pas d'éloges sur mon frère qu'il augmentait tous les huit jours.

— Croyez-vous, m'a-t-il demandé un après-midi, qu'il serait content si je lui faisais avoir la Légion d'honneur ?

Je l'ai dissuadé d'en rien faire, alléguant la modestie du jeune professeur. Débordant de reconnaissance, il lui a un jour alloué une gratification de cent cinquante mille francs que Michel a partagée entre Lena et Valérie, ne gardant rien pour lui. Valérie s'est acheté entre autres choses un tailleur, une paire de souliers à talons aiguilles, une autre d'usage courant, une cuiller de bois à tourner les ragoûts, qui lui faisait envie depuis longtemps, et a fait pour moi l'emplette d'une cravate couleur lie-de-vin, que je m'obligeais à porter de temps en temps pour ne pas l'irriter. J'ai plusieurs fois demandé à Michel comment il s'y prenait pour décrasser ses quatre cancres, à quoi il répondait simplement : « je les amuse » ou « je les détends ». Un jeudi après-midi, j'étais allé à Neuilly porter un document à Lormier qui se rendait chez un notaire de Saint-Germain-en-Laye. Le lui ayant remis alors qu'il se hissait dans la voiture, il m'a invité à monter à la salle d'étude. Madame Lormier m'a accompagné jusqu'au bas de l'escalier.

— Monsieur Michel nous en a interdit l'entrée, aussi bien à moi qu'à mon mari. Mon beau-frère, seul, y est admis et il y va d'ailleurs très souvent. Votre frère lui reconnaît des compétences pédagogi-

Les tiroirs de l'inconnu.   9.

ques que j'étais loin de soupçonner. Vous allez pouvoir en juger. Il est justement là-haut.

Quand je suis entré, les quatre écoliers, assis sur la moquette et tournant le dos à la porte, regardaient leur oncle faire avec Michel un numéro de cirque. Le ministre portait un chapeau de clown rose et sur son veston, pour en égayer la couleur grise, un porte-jarretelles également rose. Il restait élégant. Michel, qui flottait dans un veston et dans des souliers appartenant à Lormier, avait un énorme faux nez et une perruque rousse. J'arrivais à la fin du numéro.

— Non, monsieur Auguste, disait le ministre, vous avez les pieds plats.

— J'ai les pieds plats, monsieur Félix ?

Et dans les énormes souliers de Lormier, il semblait bien que M. Auguste eût les pieds plats.

— Et vous, monsieur Félix, vous n'avez pas les pieds plats ?

— J'ai le pied cambré, monsieur Auguste. J'ai d'ailleurs le coup de pied très fort.

— Et moi, monsieur Félix, je n'ai pas le coup de pied très fort ?

— Non, monsieur Auguste, vous n'avez pas le coup de pied très fort.

— Je n'ai pas le coup de pied très fort, moi ? Mettez-vous là, monsieur Félix.

M. Auguste plaçait M. Félix à côté de lui, reculait d'un pas en disant : « Et moi, je vous dis que j'ai le coup de pied très fort. » Et en prononçant les derniers mots, il donnait un grand coup de pied au cul à M. Félix qui tombait à plat ventre sur la moquette. M. Auguste, lui marchant sur le dos, répétait : « Je n'ai pas le coup de pied très fort ? » Les enfants riaient, les épaules secouées, mais sans bruit, leurs mouchoirs plaqués sur la bouche afin d'étouffer les éclats. Ayant dépouillé leurs oripeaux, les deux hommes se sont assis et aussitôt, les élèves se sont pressés contre Michel en commentant le numéro de clown. Les plus petits, Béatrice et Michel, montés sur ses genoux, l'embrassaient, se frottaient contre ses joues. Jean-Jacques et Valentine, occupant chacun une épaule, parlaient en le couvant des yeux. On ne m'accordait aucune attention. Pourtant le ministre m'a pris à témoin.

— Il n'y en a que pour lui. Je devrais être jaloux, mais c'est un tel miracle que je ne suis pas le moins heureux. Quel homme que votre frère !

Le fait est qu'il m'apparaissait sous un jour des plus inattendus. Je commençais à comprendre la légende de Porteur.

— Dis-moi, a demandé le ministre à Michel, qu'est-ce qu'on fait maintenant ? Une petite demi-heure de danse ?

— Non, a répondu Michel après un coup d'œil à sa montre. Maintenant, on fait une heure d'histoire. La Révolution, l'Assemblée Législative.

A ma surprise, ces mots barbares, loin de semer la consternation parmi les élèves, ont été accueillis comme l'annonce d'un divertissement. Michel avait pour principe que les petits suivaient avec profit les leçons destinées aux grands et réciproquement. Aussi les quatre élèves assistaient-ils à tous les cours et paraissaient-ils s'en trouver bien. Pour ma part, j'aurais voulu pouvoir suivre ceux d'histoire. Non seulement Michel exposait les faits avec limpidité mais il les jouait comme s'il eût été à lui seul vingt acteurs à la fois. Jusqu'alors, je n'avais vu l'histoire en général et la Révolution en particulier qu'en à-plat. J'en éprouvais tout à coup le relief et la vie. Après avoir écrit une date au tableau, il entrait à la Législative et, Vergniaud, improvisait une péroraison, se transportait aux Feuillants, interpellait La Fayette, se répondait, se transportait aux Tuileries, devenait tour à tour le roi, la reine, le dauphin, passait la rivière, entrait aux Cordeliers, se faisait acclamer par Lucien Lormier, repassait la Seine pour prendre l'air du Palais-Royal. Ses élèves qui faisaient tantôt le peuple, tantôt la garde nationale ou l'Assemblée, savaient qu'en faisant trois pas vers la gauche, il entrait aux Jacobins et quatre en avant à l'Hôtel de Ville. Visiblement, il avait réussi à les mettre dans le coup. C'est à regret que j'ai dû partir avant la fin de la leçon. A madame Lormier qui m'interrogeait discrètement quant à mes impressions, je n'ai pu résister à faire l'éloge de Michel et celui du ministre.

Au bureau, je m'entendais si bien avec Odette, Jocelyne et Angelina qu'il me semblait auprès d'elles être aussi une femme, malgré mon crime et mes prisons qui me conféraient à leurs yeux un caractère viril et aussi une sorte d'aînesse reconnue même par Odette. Elles étaient, je crois, fières de moi, fières d'avoir placé leur confiance dans un assassin. En ma présence, elles parlaient de leurs affaires de cœur aussi librement qu'elles l'auraient pu faire entre elles et, sans le solliciter, attendaient souvent de moi un conseil. Jocelyne se livrait moins vite que les autres, au moins sur ce sujet. Un jour que nous étions seuls, elle m'a confié qu'elle était éprise d'un chimiste de vingt-neuf ans qui demeurait dans sa maison. Ils prenaient l'autobus ensemble, avaient de longues conversations sur toutes sortes de sujets, sauf sur l'amour, ce que Jocelyne n'espérait d'ailleurs pas, consciente de sa disgrâce physique. Je lui ai juré que la beauté n'était rien, à peine un ornement qui donne de la vanité aux hommes et ne conditionne même pas le sex-appeal. Pour le reste, je l'ai renvoyée à Porteur : Prendre l'initiative avec autorité, coucher avec le chimiste et le persuader qu'il avait accompli quelque chose de très grand. Elle ne m'aurait pas pris au sérieux si j'avais parlé sous ma seule responsabilité, mais l'opinion de Porteur lui a paru d'un intérêt considérable.

Un soir à six heures, sortant de la S.B.H., j'ai rencontré dans le couloir Tatiana, vêtue du même tailleur qu'elle portait quelque cinq mois plus tôt, le jour où sortant de prison, je l'avais rencontrée sous les arcades de la rue de Castiglione. Elle m'a embrassé, serré sur sa poitrine avec force et comme si nous étions seuls et qu'il n'y eût pas autour de nous un déferlement, elle s'est mise à clamer avec une grande voix qui dominait de haut le brouhaha de la sortie :

— J'en ai marre de me faire entretenir par ce type-là. Note que ce n'est pas à cause de ses cent trente kilos. Ça, je m'en foutais complètement. Et pas honte d'être putain non plus. Ne va pas imaginer des débats de conscience, des nuits blanches. C'est plus simple que ça. Lui et moi, on n'appartient ni à la même espèce ni au même univers. Je ne pouvais pas ouvrir la bouche sans avoir envie de l'agonir à zéro. Alors, j'ai demandé un poste de professeur. Pour l'instant, je vais lui rendre les clés de la bagnole et les clés de l'appartement où il trouvera les fourrures et les bijoux et tout le bataclan.

Elle a ri et ajouté en baissant la voix :

— Ne crois pas que j'aie des scrupules ou que je fasse un geste mousquetaire, mais pendant trois mois, j'ai mené une vie de luxe et de superbagnole et ce matin, dans la glace, je me suis vue aussi bête que Christine de Rézé. J'ai eu peur. Voilà. Adieu.

Je me suis félicité d'une décision que je n'avais pas cessé d'espérer. Le lendemain matin, j'arrivais au bureau comme à l'ordinaire, avec quelques minutes d'avance. Odette était déjà assise à sa table. Elle est venue à moi avec un visage consterné, m'a pris la main et l'a gardée dans la sienne.

— Martin, je suis chargée d'une mission qui m'est

très pénible. Hier soir à neuf heures, le président m'a téléphoné à mon domicile pour me dire que vous ne faisiez plus partie de la S.B.H., que ce matin, vous ayez quitté la boîte avant neuf heures et demie. Que vous disiez à votre frère de ne pas se représenter à la maison de Neuilly. J'ai voulu lui demander des explications. Il ne m'a pas répondu. Je ne pouvais pas croire à ce qui nous arrivait. Tout à l'heure, je l'ai appelé à Neuilly, je lui ai représenté que vous étiez indispensable. Il n'a pas fléchi.

Jocelyne et Angelina sont entrées l'une après l'autre. Il a fallu les mettre au courant. A leurs questions touchant le motif de mon renvoi, je n'avais rien à répondre, pas même une hypothèse à proposer. Il me fallait cacher la vérité. J'en étais gêné et j'ai abrégé les adieux.

— Je vous écrirai bientôt, m'a dit Odette. Vous aurez du mal à décrocher une situation, mais moi, je vous en trouverai une.

— Je chercherai de mon côté, a promis Jocelyne.

Nous nous sommes séparés après embrassades. A la direction du personnel, Keller m'a ignoré et c'est une secrétaire qui m'a remis, en même temps qu'un certificat de travail, un bon de caisse pour la quinzaine écoulée et huit jours de préavis. Comme par hasard, Hermelin était là, mais loin de se montrer arrogant, il était aimable et presque obséquieux. C'est qu'il croyait que je partageais avec Lormier un secret menaçant pour sa sécurité.

— Vous nous quittez, monsieur Martin ? Je vous regretterai, car j'ai toujours eu pour vous la plus haute estime.

— Ne craignez rien, monsieur le directeur général. En me mettant à la porte, le président me donne une preuve de sa confiance. Vous pouvez donc être vous-même rassuré.

Ses oreilles se sont empourprées et il s'est éloigné en me souhaitant bonne chance. Ce matin-là, pour la première fois de ma vie, je me suis promené au Bois un jour de semaine. Il y avait du brouillard et les promeneurs étaient peu nombreux. Bien que je me sois perdu plusieurs fois, le temps m'a paru s'écouler lentement. La campagne, au fond, c'est assez décevant. Les arbres sont à peu près tous pareils et rien ne ressemble plus à une pelouse qu'une autre pelouse. Je retardais le moment de rentrer à la maison où Porteur devait dormir profondément et où je me serais trouvé seul, Lena ayant un cours à la Sorbonne. Sur le chemin du retour, faubourg Saint-Honoré, je suis entré dans une galerie de tableaux, ce qui ne m'était jamais arrivé non plus. Assise à une table, il y avait une dame que j'ai saluée, mais qui ne m'a pas vu. J'étais bien tombé. Le peintre dont on exposait les œuvres s'appelait Marcel Pinglard et un carton imprimé qui lui était consacré commençait ainsi : « Notre grand Marcel Pinglard est à coup sûr le peintre le plus original, le plus valable d'une époque qui restera marquée à jamais par la fulguration de son génie onirique. » Fort utile pour un profane tel que moi, cet avertissement m'a tout de suite sensibilisé et mis à même de reconnaître la fulguration onirique dans plusieurs des toiles exposées, en particulier dans celle intitulée *Bécane au désert* où un pédalier, un guidon, une pompe à bicyclette, éparpillés sur un rectangle de sable comme les restes d'un squelette, réfléchissaient en cônes de couleurs variées la lumière d'une bougie plantée à même le sable dans un coin du désert. C'était audacieux. Tant de beauté ne parvenait pourtant pas à détourner de mon esprit l'image de Tatiana. C'était à cause d'elle que j'étais entré dans cette galerie, en souvenir d'un après-midi où je l'avais vue descendre de sa superbagnole pour pénétrer dans une autre galerie, rue de La

Boétie. Je pensais avec beaucoup de tristesse qu'elle allait être nommée professeur dans un département et que je ne la reverrais pas. Je n'imaginais pas d'aller chez elle. Lui cacher que j'étais renvoyé de la S.B.H. me semblait aussi impossible que de le lui dire. En apprenant que sa rupture avec Lormier avait entraîné mon renvoi, elle n'aurait pas manqué de s'ancrer dans cette idée qu'elle avait envers moi des torts et des obligations.

Je suis rentré chez moi à midi et demi, mon heure habituelle. J'ai rencontré devant la maison Lena qui revenait à pied de la Sorbonne. En montant l'escalier, elle m'a parlé de son cours, de ses études. Après une année passée en France, elle devait retourner à l'Université de Bonn où elle avait déjà étudié pendant deux ans. Ce qu'elle racontait de sa vie passée et de ses projets ne ressemblait jamais que d'assez loin à ce qu'elle avait raconté les jours précédents. C'était une fille pleine de bonté, de douceur et de mensonge. Nous avons trouvé Valérie et Michel à la cuisine. Depuis qu'il aimait Lena, il ne prenait plus le repas de midi au lit.

— Tu fais une drôle de tête, m'a dit Valérie. Qu'est-ce qui se passe ?

— Je suis renvoyé de la S.B.H. et Michel est renvoyé aussi. Ne me demande pas pourquoi. Je n'en sais rien.

Devinant que je dissimulais la vérité, Valérie me regardait sévèrement et préparait un questionnaire serré, mais Porteur l'a devancée.

— Ne cherchez pas. Tout est arrivé par ma faute. Hier soir, vers six heures, madame Lormier m'a surpris en train de sauter Valentine dans sa chambre. Elle a été très mécontente, mais elle n'a pas poussé des cris de putois. De mon côté, j'ai essayé de lui faire entendre que ce que j'en faisais n'était que pour le bien de Valentine, pour son développement artistique et intellectuel et c'était un peu vrai. Madame Lormier a paru le comprendre, mais elle n'en finissait pas de me répéter : « Vous avez sans doute raison, mais c'est une chose que je n'ai pas le droit de cacher à mon mari. » Pourtant, à huit heures, quand je suis parti, elle m'a promis de ne rien dire. Et tu vois.

Pour ma part, je doutais que madame Lormier eût parlé. Il se pouvait tout aussi bien que la sincérité insolente de Tatiana eût éveillé chez Lormier un désir de vengeance. Lena s'était mise à rire et, embrassant Porteur, lui disait qu'il était son vrai cœur. Valérie haussait les épaules.

— C'est bien joli, mais avec vos saloperies, vous voilà sur le sable. Vous aurez peut-être compris que la morale des curés a du bon quand on a sa vie à gagner. Et aussi que les idées judéo-libertaires sur l'émancipation de la cuisse et les coucheries de tous les côtés, ça va quand papa est derrière. Vous, les sans-un, vous avez droit à la vertu. Une femme, un amour et la semaine de quarante heures. Et dites-vous que c'est déjà bien beau et que c'est grâce à Pinay que ça dure.

Le déjeuner a été morose. Porteur était triste comme jamais je ne l'avais vu. Il pensait évidemment à ses élèves qu'il aurait dû rejoindre à Neuilly à quatre heures. Après le départ de Valérie et alors que Lena était à la cuisine, il m'a dit :

— Je suis embêté. Je croyais être amoureux de Lena et je m'aperçois que pas du tout. Tu serais gentil d'aller le lui dire. Bien entendu, je ne l'oblige pas à partir.

Lena a accueilli la nouvelle avec un peu de mélancolie, mais très tranquillement.

— Tant pis. Je l'aimais tant que j'aurais pu rester avec lui toujours, mais j'avais tout de même gardé ma chambre, rue des Ecoles. Je fais la vaisselle et je déménage tout à l'heure. J'avais gardé aussi deux autres amants, un jeune, et un pas jeune qui a trente-neuf ans. J'essaierai de n'être pas triste.

Ce disant, elle a laissé s'échapper de ses doux yeux bleus deux larmes aussitôt essuyées et s'est excusée d'un sourire. Quand je suis revenu dans la salle à manger, Michel sifflotait, le visage serein. Il ne m'a pas demandé comment s'était passé mon entretien avec Lena et je crois qu'il ne pensait déjà plus à elle. Il m'a dit en s'asseyant à sa table de travail :

— J'ai envie d'écrire un scénario sur l'amour.

J'ai répondu poliment : « Pourquoi pas. » Et je suis sorti. Depuis la fin du repas, je pensais à la promesse que j'avais faite un soir à Jules Bouvillon d'aller le voir un après-midi impasse de la Baleine. Je m'interdisais d'aller rue Eugène-Carrière jeter le trouble dans la conscience de Tatiana, mais je trichais avec la mienne en comptant sur un hasard qui me la ferait rencontrer chez son cousin. L'impasse de la Baleine, contrairement à mon attente, n'offrait aucune particularité remarquable. A cause de son nom insolite, j'avais imaginé, passant sous des voûtes, un boyau étroit, tortueux, grouillant de gosses dépenaillés et de matrones à grandes gueules. En réalité, l'impasse de la Baleine est une voie droite, spacieuse, aux alignements tirés au cordeau, et à peu près déserte. Chez Jules Bouvillon, ce n'était pas non plus le pittoresque fouillis auquel s'était complu mon imagination. Le vieux bricoleur occupait un petit appartement soigneusement rangé et épousseté. Quand je suis arrivé, il était occupé à réparer un canard Donald dont la mécanique intérieure s'était bloquée. Tatiana, est-il besoin de le dire, n'était pas là. Je n'ai d'ailleurs pas eu le temps de demander de ses nouvelles. Le vieux m'a aussitôt collé entre les mains le manuscrit de *Dieu* à la couverture enluminée par ses soins et m'a installé auprès de lui, surveillant mes réactions avec des yeux fiévreux tandis qu'il travaillait. J'ai dû me mettre à la lecture, ravalant ma colère contre moi-même qui étais venu me jeter dans ce traquenard, et dès les premières pages, j'ai été pris au point d'oublier mes regrets. Dans le premier tiers de l'ouvrage, Jules Bouvillon prouvait noir sur blanc, non pas du tout par des arguments d'ordre sentimental, mais par succession et imbrication de raisonnements logiques d'une rigueur éblouissante, accablante, ne présentant pas une faille, pas même un soupçon d'ambiguïté (et quand je dis « prouvait », je sais ce que parler veut dire, n'étant pas de ces natures artistes aspirant au flou et à l'infini, qui se laissent chauffer la tête par des mots et tiennent pour vraies preuves des affirmations et des concours de témoignages humains, tout juste bons à emporter la conviction d'un tribunal correctionnel), prouvait donc par raisons non réfutables que Dieu existe, qu'il a créé le monde et qu'il surveille l'accomplissement de sa création. Depuis ce jour-là, je crois en Dieu (bien obligé), mais la démonstration de Jules Bouvillon, qui ne m'a pas rendu Dieu plus proche que lorsque je ne croyais pas en lui, m'a émerveillé sans vraiment m'émouvoir. Comme j'arrivais à la fin de ce premier tiers du livre, le canard Donald s'est mis à évoluer en se dandinant sur la table où travaillait Jules Bouvillon. Celui-ci, qui n'avait cessé de me surveiller, savait exactement où j'en étais.

— Alors, mon garçon, qu'est-ce que tu penses de ça ?
— Evidemment, Dieu existe, il n'y a plus moyen de dire le contraire. Mais si j'étais à votre place, je flanquerais mon manuscrit au feu.
— Alors, toi aussi ? Tu parles comme Moncornet. Il dit que je veux faire le malheur de l'humanité, que les curés vont devenir intenables et qu'en fin finale, ils deviendront les maîtres de tout.

J'ai abondé dans le sens de Moncornet, tant et si bien

qu'après une heure de disputes, j'ai obtenu de Jules Bouvillon qu'il mette son manuscrit dans le fourneau. J'ai moi-même soufflé sur les braises et j'ai eu le soulagement de le voir flamber. Le pauvre homme était assez déprimé. Je crois l'avoir un peu consolé en lui représentant que pour un croyant, la religion doit être une aventure et qu'une certitude absolue, démontrée, tend à supprimer la foi et l'espérance, vertus cardinales dont le doute est l'aliment essentiel.

Je suis entré rue Saint-Martin vers cinq heures et j'ai eu la surprise d'y trouver Tatiana qui m'avait précédé de quelques minutes. Je l'ai embrassée tendrement. Ma joie, mon bonheur, qui devaient être visibles, ont paru l'émouvoir. Michel lui ayant déjà appris que nous étions renvoyés, elle s'est indignée de la conduite de Lormier : « Je l'aurais cru plus sport », a-t-elle dit, paroles qui n'avaient leur vrai sens que pour moi. Afin d'alléger le poids de ses responsabilités, je me suis promis de la mettre au courant, dès que nous serions seuls, de la part qu'avait pu avoir madame Lormier à nos ennuis. A peine avions-nous échangé quelques phrases que Lucien Lormier, le ministre, est arrivé. Tatiana et lui ne se connaissant pas, il m'a fallu faire les présentations. Il a été poli, mais n'a prêté aucune attention à elle et s'est aussitôt tourné à Michel qui s'était levé pour l'accueillir.

— J'arrive de là-bas. Les enfants sont en larmes. Je ne comprends pas ce qui s'est passé. J'ai demandé des explications à ma belle-sœur qui n'a pas été fichue de m'en donner. Je voulais aller trouver mon frère à la S.B.H., mais les gosses m'ont supplié de passer d'abord chez toi. Tiens, j'ai une lettre pour toi.

Il a tendu à Michel une enveloppe sur laquelle j'ai reconnu l'écriture de Valentine.

— Merci, tu es chic, a murmuré mon frère et j'ai vu ses doigts trembler sur l'enveloppe. Le ministre a sorti de sa poche un très petit ours en peluche de couleur grise, le seul jouet que possédait la petite Béatrice. « Elle a voulu que je te l'apporte pour que tu le gardes. » A ce coup-là, Michel a versé des larmes qui ont redoublé quand le ministre lui a touché l'épaule. Ayant consulté sa montre, Tatiana m'a fait signe de la suivre dans la pièce voisine. Ma décision était prise de ne plus me séparer d'elle et, si elle me le proposait encore, de l'épouser. J'ai donné un tour de clé et, la tenant embrassée, j'ai porté ma main sous sa jupe pour reconnaître la forme de sa jambe. En se coulant dans le grand lit, elle a encore regardé sa montre et m'a dit à voix basse : « J'ai rendez-vous à six heures, nous n'avons guère de temps. »

Quand elle s'est levée, je suis resté une minute au lit, dolent et encore heureux. Elle se hâtait de remettre ses bas.

— Martin, je suis venue t'annoncer une grande nouvelle. Je me marie à la fin du mois. Hier, dans le couloir de la S.B.H., je n'ai pas eu le temps de t'en parler et peut-être que je n'ai pas osé non plus.

A mon tour, je me suis levé, habillé. J'étais sans colère. Je pensais simplement : « Dire que Dieu existe. Que je viens d'en avoir la preuve. »

— C'est un ingénieur. Il a vingt-sept ans. Il rentre d'Algérie. Quelqu'un d'extraordinaire. Très intelligent, très sensible, avec une qualité d'humour qu'on n'a pas souvent l'occasion de rencontrer. J'imagine que Porteur, si vraiment il existe, doit un peu ressembler à Alain. Il s'appelle Alain.

Un silence. Tatiana mettait de l'ordre dans sa chevelure. Je boutonnais mon gilet.

— C'est curieux, la première fois que je l'ai vu, il m'a été antipathique. Et maintenant, j'en suis dingue, littéralement dingue. Sur un mot de lui, je serais prête à me jeter à l'eau. Zut, moins le quart et Alain qui m'attend à six heures.

Je ne crois pas avoir répondu. Je me trouvais debout au milieu de la pièce. Avant de passer la porte, elle a pris le temps de dire encore :

— Je suis inconséquente, n'est-ce pas ?

Elle a souri et de la main m'a fait un geste d'adieu. Pendant que je retapais le lit pour qu'à son retour Valérie ne me pose pas de question, l'idée m'est venue tout à coup que nous étions un vendredi. A moins d'avoir été informée de mon renvoi, Tatiana ne serait pas venue chez moi un vendredi soir à cinq heures avec l'intention de me voir. Comment avait-elle su ? J'ai pensé que, Lormier l'ayant menacée de représailles, elle avait téléphoné à la S.B.H. pour s'inquiéter de mon sort et qu'elle était venue rue Saint-Martin s'offrir à moi en réparation ou en consolation.

Michel entretenait le ministre des dispositions qu'il envisageait de prendre afin de poursuivre, par son intermédiaire, l'œuvre commencée. Il était décidé à écrire des cours que l'oncle lirait à ses neveux et nièces en les mimant selon ses indications. C'est alors qu'est entré le garçon à la chemise verte. Au lieu de s'asseoir sur le parquet à sa place habituelle, il est venu directement à Michel et sur la table, devant lui, il a posé un magazine ouvert. La page qu'il montrait du doigt portait un titre en gros caractères : « Qui est Porteur ? » et contenait deux photos de Michel, l'une en pied, l'autre étant un portrait de face. Le ministre, l'air ahuri, regardait le portrait, regardait Michel et n'en croyait pas ses yeux.

— Les fumiers, il faut qu'ils cassent tout, a dit la chemise verte et il est allé s'asseoir sur le parquet.

Le ministre et moi, penchés sur la table, avons commencé la lecture de l'article : « Qui est Porteur ? Combien sont-ils de moins de trente ans des deux sexes à prononcer avec une étrange ferveur ce nom de Porteur ? Deux mille, dix mille, peut-être davantage ? Il est encore trop tôt pour donner un chiffre, même approximatif, à l'heure où le mythe et la réalité se disputent ce curieux personnage. Essayons au moins de dégager, s'il se peut, le sens de ce mythe nouvellement éclos. Ce n'est pas si facile. Ayant entendu dire qu'un groupe Porteur existait à l'école de la rue d'Ulm, je suis allé l'interroger, mais ces messieurs m'ont tourné le dos avec mépris. L'un d'eux, pourtant, a bien voulu me jeter par-dessus l'épaule que la confidence de Porteur ne serait jamais pour ma sale gueule de larbin du tam-tam et de l'époustoufle... »

J'en étais là de ma lecture lorsque Porteur a quitté la pièce. J'ai entendu s'ouvrir et se refermer la porte d'entrée, mais son départ n'avait pour moi rien d'insolite, étant donné qu'il sortait habituellement sans jamais en rien dire à personne. A onze heures, en nous couchant, Valérie et moi n'avons pas été surpris qu'il ne soit pas rentré. C'est le lendemain seulement vers dix heures du matin que j'ai appris la mort de Porteur. On l'avait ramassé à l'aube dans une rue du quartier Saint-James, à Neuilly, au pied d'un mur de clôture qui était celui de Lormier. Il avait reçu dans le dos une décharge de chevrotine qui, au dire du médecin légiste, l'avait tué sur le coup. L'enquête n'a recueilli aucun témoignage et a été vite abandonnée. Le ministre n'a pas donné signe de vie.

Mon frère avait toujours été indifférent en matière de religion, mais comme j'avais la preuve de l'existence de Dieu, j'ai cru bon de faire passer son cercueil à l'église. Après l'enterrement, Valérie et moi sommes rentrés à la maison en compagnie du garçon à la chemise verte. Dans la salle à manger, il s'est approché de la table et a touché de la main le sous-main en buvard, sur lequel il avait vu si souvent se poser celle de Porteur. J'ai lu à haute voix, avant de le lui donner, ce scénario sur l'amour que mon frère avait commencé à écrire.

Pages écrites par Porteur l'après-midi qui a précédé sa mort.

Perspective d'un couloir rectiligne et sans fin. Les portes du mur de gauche sont numérotées en chiffres impairs, celles de droite en chiffres pairs. De temps à autre, une porte du mur de gauche s'ouvre et une jeune femme apparaît qui, les yeux au ciel, joue un air d'harmonica. Une porte s'ouvre en face, laissant apparaître un homme. Ils échangent un sourire et il entre chez elle. Au premier plan, Porphyre, 23 ans, sort de chez la jeune femme demeurant au 127. Lui-même demeure au 14. Le torse nu, vêtu d'un pantalon arrivant à mi-mollet, il tient à la main ses sandales et sa cravate. Sa chambre, séparée de celle du voisin par un bat-flanc, n'a pas de mur du côté de la rue. Il s'assied sur son lit, ajuste sa cravate, simple nœud papillon qu'il accroche à son cou avec un élastique, et met ses sandales. En face de la sienne, de l'autre côté de la chaussée, se trouve la chambre des Norbert. Il regarde les époux dormir et s'intéresse au réveil de l'épouse. Le voisin, Sylvestre, passe la tête par-dessus le bat-flanc et demande à Porphyre si le mariage lui fait envie. Ce qui tente Porphyre dans le mariage, c'est de ne travailler plus qu'un jour sur deux. Les trois heures qu'il passe au bureau cinq fois par semaine lui paraissent interminables. Cependant, madame Norbert s'est levée et tandis que son mari continue à dormir, elle prend une douche. Un autobus s'arrête au bord de la chaussée, à trois pas du lit de Porphyre. Il y monte en même temps que madame Norbert qui a traversé la rue, vêtue d'une jupe courte et d'un soutien-gorge. Ils se sont assis l'un en face de l'autre. Chacun d'eux ouvre le garde-manger placé sous son siège. Lui mange une saucisse, elle une botte de radis. Il engage la conversation : — Vous avez le derrière bien fait, dit-il. — Vraiment, vous trouvez ? Vous n'êtes pas mal fait non plus. — J'aimerais bien être couché avec vous. — Moi aussi, mais ce serait mal. Comme vous savez, je suis mariée. — C'est vrai, je n'y pensais plus. Où travaillez-vous ? — Au ministère de la Poésie. — Alors, je descends avec vous, je travaille à la Centrale d'architecture, mais je voudrais passer au Révélateur. — Tiens, c'est une idée. Je vous accompagne.

Le Révélateur est une grande rotonde vitrée au centre de laquelle se trouve une dalle surélevée par une marche. Deux hommes et trois femmes précèdent les deux arrivants. Une femme monte sur la dalle, y reste quatre ou cinq secondes et redescend, la bouche pincée. Un homme lui succède. Il s'élève aussitôt dans les airs d'une hauteur de deux mètres, puis reprend pied. Après lui, une femme s'élève à six mètres de haut. Murmures d'admiration. Une autre reste au sol. Un homme s'élève de quelques centimètres. A son tour Porphyre monte sur la dalle et fait trois mètres. Madame Norbert, elle, a beau battre des coudes comme pour s'envoler, elle reste clouée au sol.

— Je n'y comprends rien, dit-elle en sortant. Je suis tout entière à mon mari et à lui seul.

— Vous voyez le résultat. Si vous voulez, nous en reparlerons.

Porphyre s'assied à son bureau, se met un casque sur la tête, le branche sur un transformateur et met en route une machine qui trace une épure sur un rouleau. Entre une jeune fille de vingt-deux ans. — Je suis la nouvelle secrétaire. Je m'appelle Norma, j'habite le couloir des célibataires, numéro 3833. — Soyez la bienvenue. Je termine cette épure et je suis à vous. Si vous voulez bien vous déshabiller... Norma retire ses vêtements. Porphyre arrête la machine, retire son casque et déroule l'épure. Entre un homme de quarante ans, ayant lui aussi le torse nu, mais un nœud papillon de couleur noire et, tatouée sur le sein gauche, une décoration. Il regarde l'épure que tient Porphyre et s'écrie : « Oh ! superbe ! Elle est vraiment superbe ! » Norma qui a encore son soutien-gorge à la main, se retourne avec un sourire aussitôt figé. — Mon cher Porphyre, vous faites des progrès surprenants. — Vous trouvez, Directeur ? — Vous avez un subconscient de grand avenir. Dites-moi, Porphyre, viendriez-vous demain déjeuner chez moi dans ma maison de Monbel ? — Ce serait avec plaisir, Directeur, mais l'après-midi, depuis une semaine, je fais mon service militaire et j'en ai encore pour trois jours. — Tant pis, ce sera pour la semaine prochaine. J'emporte votre épure. Le Directeur quitte la pièce. Porphyre retire son nœud papillon et, en le posant sur la table, dit à Norma qui attend, nue : — Vous me faites une excellente impression. Suivez-moi dans la pièce à côté. Je vais vous tester.

L'après-midi, au service militaire, Porphyre, vêtu comme il l'était le matin, porte un haut képi conique, forme Bugeaud, et chargé de galons. Il commande huit soldats, garçons et filles de vingt ans, vêtus en civil et coiffés du képi. Le local est une pièce nue, sans autres ornements que le portrait du chef de l'Etat, torse nu et képi Bugeaud. Les huit soldats sont assis dans deux rangées de fauteuils de cuir, chacun ayant en face de lui une borne métallique sur laquelle se détache un bouton de couleur foncée. Porphyre, lui, est assis face à ses hommes, dans un rocking-chair. Il pose une question : — « Soldat Théodore, quelle doit être la trajectoire du projectile ? — Orbitale, mon colonel. — Excellente réponse. Passons à la manœuvre proprement dite. Garde-à-vous ! Préparez... pouce ! Appuyez... bouton ! Très bien. Je vous accorde une heure et demie de chaise longue. Les soldats se dirigent vers la porte, mais Porphyre appelle : « Soldat Gertrude ! » Une grande fille, fortement charpentée, revient sur ses pas et se met au garde-à-vous devant lui. — Soldat Gertrude, j'ai été favorablement impressionné par votre sens de la manœuvre. Et il ajoute en retirant son nœud papi.

Fin de l'ébauche du scénario de Porteur.

C'est dans la semaine qui a suivi mon mariage avec Valérie qu'ayant rencontré Odette, j'ai appris que Valentine venait d'être reçue au bac.

J'ai voulu savoir si elle était triste, si la joie du succès n'avait pas laissé sur son visage un voile de mélancolie ou quelque buée dans les yeux. Odette, à qui je posais la question, s'en est montrée surprise.

— Pourquoi serait-elle triste ? En tout cas, il n'y paraissait pas quand je l'ai vue. Le jour où étaient affichés les résultats de l'examen, elle est venue avec son oncle dans le bureau de son père lui annoncer la nouvelle. J'étais là. Elle était gaie, elle riait. Avec le ministre, elle a dansé un cha-cha-cha dans le bureau du président. Non vraiment, je n'ai pas vu qu'elle soit triste.

Bien sûr, Lormier ne trouvait pas que la mort du magicien fût un prix excessif pour la métamorphose de sa fille. Mais Valentine ? Sans doute était-elle trop raisonnable pour s'encombrer d'un souvenir. J'ai fait un peu de chemin avec Odette qui m'a demandé si j'étais content de l'emploi qu'elle m'avait procuré. Il était loin d'avoir l'importance de celui que j'occupais auprès de Lormier, mais il suffisait à mes ambitions. Je regrettais surtout Jocelyne, son cœur délicat et généreux. Si j'étais resté à la S.B.H., je crois qu'en dépit de son physique ingrat, je me serais épris d'elle.

— Dites à Jocelyne que je pense à elle très souvent.
— Elle vous aime beaucoup. Je suis heureuse pour

elle, chère petite. Elle doit épouser bientôt un jeune chimiste qui habite sa maison.

Nous nous sommes séparés à Saint-Augustin et en rentrant chez moi, vers sept heures, j'ai trouvé ma femme en conversation avec Sonia Bouvillon qui a partagé notre repas. Je n'étais pas retourné chez elle depuis plus de trois mois. En la voyant dans une robe d'été, le visage heureux et rêveur, les bras potelés, j'ai pensé sans déplaisir au soir où je l'avais serrée dans mes bras.

— Tatiana est partie en voiture avec son mari, a-t-elle dit pour répondre à la question que je lui posais. Alain a trois semaines de vacances, il est passé le 1er juillet prendre Tatiana à Tonnerre pour aller l'Italie et moi, qui étais restée trois mois dans la petite ville, je suis rentrée à Paris. Voilà huit jours déjà ils sont partis et j'ai l'inquiétude pour les jours qui viennent. Le jour du départ, dans notre petit appartement de Tonnerre, pendant qu'il était dans les vécés, elle m'a dit, pardonnez-moi que je dis le mot, elle m'a dit : « Ton Alain, je le trouve un peu cul. » Oh ! je sais ce qui était dans son esprit. Le garçon est beau, toujours tiré à deux épingles et toujours l'ordre, l'exactitude et qui tient tellement aux choses qu'il dit et fier aussi, Volodia, si fier vous diriez qu'il a un corset pour la taille, un autre pour la voix et un autre pour l'esprit. Et moi, je le regarde, je l'écoute, et voilà, il me fait penser à mon pauvre Adrien — qu'il me pardonne s'il est vrai qu'il puisse m'entendre — mais Adrien avec les études et si vous savez comme c'est plus grave. On croirait il s'en va la vie toujours sur un cheval et qu'il va cracher sur les gens qui marchent sur leurs pieds. Depuis son mariage, Tatiana voyait le garçon une fois par semaine, quand il venait le samedi à Tonnerre. Je tremble qu'ils vont vivre ensemble trois mois, trois semaines l'Italie, le reste à Paris. Ce qui rassure, c'est qu'il a les yeux que je ne sais pas dire, tellement chauds, les yeux qui font chaud sur la figure des femmes et je dis la figure, mais je pense. Et tenez, les yeux de ce gendre, ils me font penser les yeux d'un homme qui habitait Kharkov et il était petit professeur timide avec le grand faux col dur...

— Le professeur qui avait engagé Mariouchka pour faire son ménage ?

— Oh ! je vous ai dit ?

— Non, justement. Plusieurs fois, vous avez commencé à raconter et puis vous avez parlé d'autre chose.

— Alors, je raconte. Le professeur s'appelait Panteleï Kolychkine et il avait les yeux. Elle, Mariouchka, avait le beau visage, mais jamais un sourire, toujours le regard dur et si grande et si forte que les hommes n'osaient pas lui parler, que peut-être c'était ce qui lui faisait le visage dur. Moi, je me souviens quand le professeur l'a rencontrée dans la boutique de mon père pour s'entendre avec elle. Mariouchka, qui lavait le linge pour nous dans la cour, est entrée, les bras écartés, ses grandes mains rouges encore toutes mouillées. Le professeur timide, qui était plus petit qu'elle, il l'a regardée, et ses yeux ont flambé et il est devenu rouge, et à Mariouchka qui avait baissé les yeux, il a demandé si elle voulait venir tous les soirs à cinq heures faire son ménage. Elle a dit elle viendrait. Et alors, écoutez. Mariouchka, son mari était prisonnier en Autriche, et il n'écrivait jamais parce qu'il ne savait pas écrire. Et ils avaient un garçon de douze ans. Volodia, et il était simple d'esprit. Un soir qu'il avait faim, Volodia le simple est monté chez le professeur et sur le palier, il a appelé sa mère. Alors, Mariouchka est sortie et son propre enfant, elle a jeté dans l'escalier en disant : « Va-t'en, fils de porc. » Le lendemain, quand elle est venue laver notre linge, ma mère lui a demandé ce qui se passait avec le professeur. Et Mariouchka a détourné la tête et sans regarder ma mère, elle a répondu : « Maria Stepanovna, vous ne voulez plus de moi pour laver votre linge et vos parquets, je m'en vais. » Quatre jours de suite, Mariouchka est allée faire le ménage du professeur, et les voisins qui surveillaient la voyaient sortir à dix heures du soir et ils disaient que c'était une honte pour une rue honnête. Et alors, écoutez, le cinquième jour, Mariouchka est arrivée à cinq heures comme d'habitude. L'été était venu tout à coup et je me rappelle, il faisait très chaud. Alexandra Gavrilovna, la vieille tante du boulanger, qui était montée s'étendre sur son lit, est allée s'accouder à la fenêtre pour chercher la fraîcheur un peu. Et un grand cri elle a poussé. De l'autre côté de la rue, au deuxième étage, le professeur s'est montré à la fenêtre en faisant des gestes et derrière lui est arrivée Mariouchka qui l'a saisi au cou avec ses grandes mains et l'a étranglé. Il s'est débattu, il a tiré la langue et c'était fini. Mariouchka, je devrais pas dire, mais je dis, elle a dégrafé son corsage, et sur ses gros seins, gros comme la mode est à présent, elle a collé la tête de l'homme et sa langue tirée tout entière. Ainsi est mort Panteleï Kolychkine, le petit professeur timide qui portait le grand faux col dur.

— Mince de cinéma, mais pourquoi elle l'a étranglé ? a demandé Valérie.

— Elle avait surpris qu'il connaissait une autre femme.

Valérie s'est levée en disant que c'était prendre les choses vachement au sérieux. Pendant qu'elle était à la cuisine, Sonia m'a dit en baissant la voix :

— Oh ! Volodia, j'ai si honte. Tatiana a voulu que je vienne chez vous pour vous dire qu'elle sera rentrée dans quinze jours. Elle veut que vous veniez la voir.

— Mais certainement. Avec plaisir.

Pendant quelques secondes, Sonia m'a regardé en

silence, se demandant si j'avais bien saisi le sens de son message. Rassurée, elle a eu un soupir plaintif.

— Tatiana n'en finit pas de me crucifier. Oh! Il y a aussi une chose. Tout à l'heure, je suis passée chez le pauvre Jules Bouvillon. Il m'a raconté le manuscrit brûlé et il est si triste. Le travail de tant d'années. Il m'a donné la parole d'honneur qu'il avait prouvé l'existence de Dieu . Est-ce possible, Volodia?

— Eh bien oui, c'est vrai, Dieu existe.

— Oh! je m'étais toujours doutée, mais j'espérais. On veut tellement espérer.

Inquiète pour sa fille, inquiète pour elle-même, Sonia s'est laissée aller à pleurer. Heureusement, Dieu lui est très vite sorti de l'esprit. Elle s'est mise raconter l'histoire de Rodion le vaurien qui avait réduit sa mère à la mendicité et en était venu à faire un très riche mariage pour avoir dérobé une icône et un pot de confitures.

FIN

DU MÊME AUTEUR

Aux Éditions Gallimard

ALLER-RETOUR, *roman.*
LES JUMEAUX DU DIABLE, *roman.*
LA TABLE AUX CREVÉS, *roman.*
BRÛLEBOIS, *roman.*
LA RUE SANS NOM, *roman.*
LE VAURIEN, *roman.*
LE PUITS AUX IMAGES, *roman.*
LA JUMENT VERTE, *roman.*
LE NAIN, *nouvelles.*
MAISON BASSE, *roman.*
LE MOULIN DE LA SOURDINE, *roman.*
GUSTALIN, *roman.*
DERRIÈRE CHEZ MARTIN, *nouvelles.*
LES CONTES DU CHAT PERCHÉ.
LE BŒUF CLANDESTIN, *roman.*
LA BELLE IMAGE, *roman.*
TRAVELINGUE, *roman.*
LE PASSE-MURAILLE, *nouvelles.*
LA VOUIVRE, *roman.*

LE CHEMIN DES ÉCOLIERS, *roman.*

URANUS, *roman.*

EN ARRIÈRE, *nouvelles.*

LES OISEAUX DE LUNE, *théâtre.*

LA MOUCHE BLEUE, *théâtre.*

LOUISIANE, *théâtre.*

LES MAXIBULES, *théâtre.*

LE MINOTAURE précédé de LA CONVENTION BELZÉBIR et de CONSOMMATION, *théâtre.*

ENJAMBÉES, *contes.*

Impression Bussière à Saint-Amand (Cher),
le 12 mars 1986
Dépôt légal : mars 1986
Numéro d'imprimeur : 223.
ISBN 2-07-037724-5./Imprimé en France.

37044